outras palavras para o amor

CB070322

Lorraine Zago Rosenthal

outras palavras para o amor

Tradução
Joana Faro

1ª edição

GALERA RECORD
RIO DE JANEIRO • SÃO PAULO
2013

CIP-Brasil. Catalogação na fonte
Sindicato Nacional dos Editores de Livros, RJ.

R728o Rosenthal, Lorraine Zago
   Outras palavras para o amor / Lorraine Zago Rosenthal;
tradução Joana Faro. – 1. ed. – Rio de Janeiro: Galera Record,
2013.
   262 p.: il.

   Tradução de: Other words for love
   ISBN 978-85-01-09835-1

   1. Ficção americana. I. Faro, Joana. II. Título.

13-02850   CDD: 028.5
                                        CDU: 087.5

Título do original:
Other words for love

Copyright © 2011 by Lorraine Zago Rosenthal

Todos os direitos reservados. Publicada nos Estados Unidos por Ember, um selo de Random House Children's books.

Proibida a reprodução, no todo ou em parte, através de quaisquer meios. Os direitos morais do autor foram assegurados.

Texto revisado segundo o novo Acordo Ortográfico da Língua Portuguesa.

Editoração eletrônica: Abreu's System

Direitos exclusivos de publicação em língua portuguesa somente para o Brasil adquiridos pela
EDITORA RECORD LTDA.
Rua Argentina, 171 – Rio de Janeiro, RJ – 20921-380 – Tel.: 2585-2000, que se reserva a propriedade literária desta tradução.

Impresso no Brasil

ISBN 978-85-01-09835-1

Seja um leitor preferencial Record.
Cadastre-se e receba informações sobre nossos lançamentos e nossas promoções.

Atendimento e venda direta ao leitor:
mdireto@record.com.br ou (21) 2585-2002.

Agradecimentos

Gostaria de expressar meus sinceros agradecimentos àqueles mais próximos de mim pelo apoio inabalável; minha mais profunda gratidão a minha agente, Elizabeth Evans, por sua dedicação e entusiasmo; e meu sincero obrigada a todas as pessoas da Delacorte Press — especialmente a minha editora, Stephanie Lane Elliot, que contribuiu com seus talentos para este livro.

Um

Em 1985, quase todo mundo que eu conhecia temia duas coisas: um ataque nuclear dos russos e uma morte terrível pelo vírus da AIDS, que supostamente vicejava nos bocais dos telefones públicos de Nova York.

Mas minha melhor amiga, Summer, não tinha medo de pegar AIDS em um telefone nem de qualquer outra coisa. Ela começou a beijar garotos quando tínhamos 12 anos, e escrevia o nome de cada um em seu diário, encapado com veludo roxo.

Eu não tinha diário. Não precisava ter porque só havia beijado um garoto uma vez, nas montanhas Catskills durante as férias da família, entre o oitavo e o nono ano. O garoto das Catskills era de Connecticut e desistiu de mim depois que o beijei. Ele alegou que abri demais a boca e que eu "não passava de 4 em uma escala de 1 a 10 no quesito aparência".

"Não comece a imaginar coisas", disse ele, "as garotas do Brooklyn me entediam. E vou embora em dois dias, então, nunca mais vamos nos ver."

Por mim, tudo bem. Queria fingir que o beijo nunca acontecera. Não tinha sido como eu treinara nas costas da mão enquanto imaginava rostos bonitos de *General Hospital* e *Days of Our Lives*. Nenhum daqueles caras teria dito que eu não passava de um 4 e, definitivamente, não teria me falado para olhar por onde andava depois que nos esbarramos no bufê do café da manhã.

"O que você está fazendo aí?", perguntou mais tarde minha mãe enquanto eu escovava os dentes no banheiro do nosso hotel, na esperança de não haver nenhum germe da AIDS na minha boca. E não contei o que tinha acontecido. Ela já me avisara de que coisas ruins podem se esconder nos lugares mais improváveis.

Summer e eu fomos para escolas diferentes no ensino médio. Eu frequentava nossa escola pública local do Brooklyn, e ela entrou para a Hollister Prep, uma sofisticada escola particular no Upper East Side de Manhattan, cuja mensalidade meus pais não podiam pagar.

Os pais de Summer *podiam* pagar, mas não foi por isso que ela se transferiu para lá depois de estudar comigo por apenas três meses. Foi porque algumas meninas estavam espalhando boatos, inventando histórias sórdidas sobre ela supostamente ter transado com todo o time de luta greco-romana e feito sexo oral no treinador deles em seu escritório. *Summer Simon Chupa* foi o que as garotas escreveram com esmalte vermelho na parede do banheiro. Depois colaram pacotes de Trojan *Texturizada para o prazer dela* em todo o armário da Summer. Isso a fez chorar.

Eu os descolei enquanto ela soluçava com as mãos no rosto. "Deixe para lá", sussurrei. "Elas só estão com inveja porque todos os garotos gostam de você."

Foi difícil dizer aquilo, porque eu também tinha inveja. Mas Summer parou de chorar e até sorriu, e tive certeza de que eu tinha feito algo de bom. E ela também fazia muitas coisas boas, como não me abandonar depois que começou a estudar na Hollister e entrou para o grupinho popular.

Agora nosso segundo ano tinha terminado. Summer e eu estávamos sentadas em cadeiras dobráveis no quintal da minha irmã Evelyn, no Queens. Havia brinquedos espalhados pela grama, e Summer rolava uma bola Nerf com seu delicado pé.

— Temos oito semanas de férias pela frente — disse ela.

Assenti e olhei para meu nada delicado pé. Eu estava com um calo no calcanhar e um machucado no tornozelo, e precisava de uma pedicure, mas a Summer não. O sol se refletia nas unhas pintadas dos seus pés e nos longos cabelos louros com luzes estrategicamente posicionadas em torno de seu lindo rosto. Seus olhos eram escuros, ela sempre usava roupas chamativas e tinha cheiro de L'Air du Temps. Não ficava solteira desde o fim do ensino fundamental. Sua última conquista era um estudante do segundo ano da universidade de Columbia, que ela conhecera em setembro passado e que tinha tirado sua virgindade no Halloween. "Ele tem 19 anos, então é ilegal", ela me contara em um sussurro risonho no dia seguinte. "Ninguém pode ficar sabendo."

Eu sabia. E tinha inveja. Desde que começara a estudar na Hollister, tudo tinha sido muito fácil para Summer. Ela raramente estudava, e mesmo assim seu nome estava sempre no rol de honra. Boa em matemática, era especialista em moda e sabia a pontuação de todos os jogadores dos Yankees. Era filha única e morava em uma casa palaciana em Park Slope. Até seu nome era perfeito: Summer Simon, como uma estrela de cinema em um letreiro reluzente.

Eu me perguntava se os pais dela tinham planejado isso, e desejava que os meus tivessem pensado melhor. Eles deveriam saber que os garotos se sentiriam mais atraídos por meninas chamadas Summer Simon do que pelas que se chamassem Ariadne Mitchell. Eu também desejava que minha mãe tivesse tanto interesse por cinema quanto tinha por literatura. Não foi uma boa ideia tirar meu nome de um velho livro empoeirado de Tchekhov.

Mas mamãe era uma leitora. Tinha mestrado em inglês e ensinava essa matéria para alunos do sexto ano de uma escola pública. Ela achava que minha melhor amiga era extremamente superestimada. Segundo minha mãe, Summer era baixinha, uma namoradeira desavergonhada e totalmente fabricada: cabelo pintado, maquiagem e unhas postiças. Mamãe dizia que eu tinha um corpo muito melhor que o de Summer porque eu era mais magra e 8 cm mais alta, e "ter cabelos pretos e olhos azul-claro é muito raro. Agradeça ao seu pai por isso".

— Ari — disse Summer. — Patrick está maravilhoso hoje.

Minha atenção se voltou para o marido de Evelyn, que estava grelhando hambúrgueres na churrasqueira do outro lado do quintal.

Patrick era um homem de 30 anos com 1,80 m e tinha cabelos louros e olhos castanhos como Summer. Também era dono de um corpo maravilhoso, magro e musculoso, porque ele levantava pesos no porão e combatia incêndios com o FDNY, o corpo de bombeiros de Nova York. Eu tinha uma queda por ele desde que o conhecera. Ele e Evelyn tinham um filho chamado Kieran, cujo quinto aniversário estávamos comemorando, e agora minha irmã estava grávida outra vez.

— Você é muito descarada — respondi, o que mais poderia dizer? Podia dizer a Summer que eu sabia que Patrick era maravilhoso e que, sempre que dormia na casa dele, pressionava a orelha contra a parede do quarto de hóspedes para ouvi-lo fazendo sexo com Evelyn? Eu sabia que aquilo me tornava uma pervertida.

— Calma, maninha — disse Patrick, quando eu, mamãe e Summer estávamos indo embora, mas pronunciou a última palavra como "*maniã*", porque era de Boston. Ele também se referiu aos granulados do bolo de aniversário de Kieran como confeitos e reclamou que estava "quente pra danar" naquele dia. Ele sempre me chamava de *maniã*, e eu aproveitava todas as chances que tinha para zombar do seu sotaque.

— Essa palavra termina com "nha", Patrick Cagney — disse a ele.

— Não seja espertinha — disse ele. — Você critica seu pai assim? Ele não fala mais bem que eu.

Ele não fala *melhor* que *você*, pensei, certa de que mamãe estava estremecendo com a terrível gramática de Patrick. Mas ele estava certo. Papai tinha um forte sotaque do Brooklyn, o sotaque que minha mãe tinha conseguido desestimular em mim, mas não em Evelyn. A gramática da minha irmã era tão ruim quanto à de Patrick, e seu vocabulário, o de um marinheiro bêbado, especialmente quando estava zangada.

Ela não estava zangada naquele dia quando nos despedimos na porta da frente de sua modesta casa, que estava sempre bagunçada e tinha um papel de parede de 1972. Nesse dia, ela sorriu e olhou para mim com os olhos verdes entreabertos. Suas amigas do ensino médio os chamavam de "olhos sedutores". Evelyn tinha sido tão popular quanto Summer quando tinha nossa idade. Os garotos do bairro babavam por seu cabelo castanho-avermelhado, seu nariz delicado e sua boca carnuda.

— Volte logo para passar o fim de semana aqui — disse ela, me dando um abraço apertado. Senti sua barriga protuberante e notei a fina camada de gordura que tinha se formado sob seu queixo. O rosto de Evelyn ainda era lindo, mas sua primeira gravidez deixara um excesso teimoso de peso que ela não tentava perder.

Eu nunca criticava seu corpo em voz alta, nem mamãe, que não estava em posição de criticar. Mamãe estava 13 kg acima do peso, mas não se importava. Jamais abriria mão de seus cupcakes de chocolate favoritos da Hostess ou dos jantares caseiros de domingo com frango assado e batatas encharcadas de molho. "A comida é um dos prazeres simples da vida", sempre dizia.

Mamãe acendeu um cigarro quando eu, ela e Summer entramos em seu velho Honda, voltando para o Brooklyn. As janelas estavam abertas porque o ar-condicionado não funcionava, e o cabelo de mamãe se revolvia ao redor de sua cabeça. Era cortado na altura dos ombros e naturalmente avermelhado, mas começava a ficar grisalho. Em sua foto de casamento, ela se parecia com Evelyn, embora seu nariz não fosse tão pequeno. E agora suas pálpebras estavam um pouco pesadas demais.

— Seus pais estão em casa, Summer? — perguntou, do banco do motorista ao meu lado. Quase ri. Era como se achasse que tínhamos 8 anos e não 16. Mas ela acreditava que os pais deviam ser muito presentes para os filhos. Por isso se tornara professora, para poder me esperar na porta da frente depois da aula, para que pudéssemos passar as tardes de verão juntas em Coney Island. Ela reclamava que papai não ficava em casa tempo bastante, mesmo que não fosse culpa dele. Ele era detetive de homicídios em Manhattan, e a cidade era simplesmente infestada de crimes.

— Sim, Sra. Mitchell — disse Summer, e achei que ela lembrava um dos alunos de mamãe. Aquelas crianças ficavam tão intimidadas que praticamente faziam xixi nas calças quando sua voz áspera ecoava pela sala de aula.

Mamãe parou no meio-fio diante da casa de Summer. Todas as casas daquele quarteirão tinham portas da frente duplas, janelas salientes majestosas e telhados em ângulos elegantes. Os pais dela estavam do lado de fora, plantando flores no pedacinho de terra que era o gramado da frente, e ambos acenaram quando deixamos Summer e fomos para casa.

Nossa casa ficava em Flatbush e não era enorme nem imponente. Era parecida com a casa de Evelyn: toda de tijolos, dois andares, três quartos, quarenta anos de idade. Mas era muito mais organizada que a dela, e tínhamos uma estátua de Santa Ana no gramado. Ela fora abandonada pelos donos anteriores, e tenho certeza de que sabia disso. "Ela era mãe da Abençoada Virgem Maria", disse mamãe. "Então não podemos despejá-la. Seria um pecado terrível." Sempre que chovia, Santa Ana parecia estar chorando.

Evelyn nos achava loucos por ficar com a estátua. Ela também revirava os olhos e enfiava o dedo na garganta sempre que mamãe começava a falar de religião. Dizia que mamãe era uma católica negligente, uma católica fajuta, uma daquelas pessoas que escolhem as regras que consideram convenientes, e não estava errada. Só íamos à igreja no Natal e na Páscoa, e nunca deixávamos de comer carne às sextas durante a quaresma. Uma vez mamãe até assinou uma petição pró-aborto que uma mulher da Organização Nacional pelas Mulheres levou até nossa porta. "As mulheres merecem ter seus direitos", dissera ela, depois que lhe lancei um olhar estranho. "Já existem crianças rejeitadas demais neste mundo."

Então olhei para Santa Ana, parada ali em uma roupa azul lascada com um xale dourado sobre a cabeça e a filhinha nos braços, e naquele momento achei que ela parecia muito triste.

— Summer está namorando? — perguntou minha mãe.

Tínhamos chegado da casa de Evelyn havia algumas horas e estávamos sentadas no sofá da sala de estar, aproveitando a brisa que entrava pela tela da janela. Fogos de artifício ilegais estouravam lá fora, e eu estava passando esmalte nas unhas dos pés. Mal havia luz para enxergar, mas eu não queria acender o abajur porque a escuridão melhorava a aparência da nossa mobília simples e escondia o pequeno buraco chamuscado na poltrona reclinável. Mamãe tinha acidentalmente deixado um cigarro cair no assento depois de beber eggnog demais na última noite de Natal.

— No momento, não. Ela terminou com o cara de Columbia — falei, pensando nos outros ex-namorados de Summer. Uma vez perguntei a ela se sentia saudades de algum deles. Ela apenas deu de ombros e disse: "Não penso muito nos garotos do passado. Gostei de conhecê-los, mas não foi à toa que eles ficaram para trás." E me surpreendi por ela conseguir ser tão indiferente, mesmo achando que provavelmente estava certa.

— Então ela está solteira? Isso é chocante — disse mamãe, tragando um Pall Mall. Eu gostaria que ela não fumasse tanto. Gostaria que ela simplesmente não fumasse. Não queria que ficasse doente ou acabasse como uma daquelas pessoas que precisam arrastar um cilindro de oxigênio para todos os lados. Eu implorava que ela parasse, mas ela nem tentava. Era viciada demais. Ou teimosa demais. Fumar era outro de seus "prazeres simples". Então desisti de implorar, mas me preocupava silenciosamente. — Ela vai acabar se encrencando, se é que você me entende.

Eu entendia muito bem. Mamãe avisara Evelyn sobre a mesma coisa, mas não tinha dado certo. Evelyn contou aos nossos pais que estava "encrencada" durante as férias de inverno do último ano do ensino médio. Então fez o teste de conclusão do ensino médio, casou-se com Patrick antes da Páscoa e deu à luz Kieran em uma manhã chuvosa de junho.

Mais tarde, eu me sentei no antigo quarto de Evelyn, que mamãe tinha desocupado antes mesmo de terminarmos de comer as sobras do seu bolo de casamento. Agora era o que mamãe chamava de meu *estúdio*, o lugar onde eu desenhava os rostos de qualquer um que me interessasse. E encontrava essas pessoas em todo lugar: na escola, no metrô, no supermercado. Só mostrava meus desenhos à mamãe e aos meus professores de arte porque ninguém mais entendia. Mamãe notava os detalhes em um olho, a curva de uma boca. Ela achava que eu tinha herdado seu gene artístico, aquele que a compelia a escrever romances que nunca terminava.

"Eu poderia ter sido escritora", ela dizia às vezes. "Ou trabalhar em uma editora em Manhattan." Então ela me olhava e sorria, fingindo que aquilo não tinha importância, que eu era a melhor coisa que ela já tinha criado. E que eu teria todas as oportunidades que ela nunca tivera.

Eu não esperava que uma oportunidade aparecesse tão rápido. Foi depois que eu e mamãe chegamos do churrasco e fui dormir na velha cama de dossel herdada de Evelyn. Acordei com sons familiares no andar de baixo: a chave de papai na porta da frente, os passos de mamãe no vestíbulo, uma ceia tardia fritando no fogão.

Eles estavam conversando como de costume, mas eu não ouvia as palavras habituais como "conta de luz, encanador, aquele vizinho insuportável bloqueou a entrada da nossa garagem de novo". Nessa noite, a conversa girava em torno de um telefonema e dinheiro, e a voz de mamãe estava alegre, mas eu não sabia por quê.

— Espere até amanhecer, Nancy — disse papai.

— Mas são boas notícias, Tom — respondeu ela, e logo depois apareceu no meu quarto, dando notícias que não pareciam nada boas. — Tio Eddie morreu — disse ela, e vi papai no corredor, mamãe ao lado da minha cama e tio Eddie em minha mente. Ele era o tio solteiro do meu pai, que morava sozinho em um apartamento com valor de aluguel controlado.

— Ah — falei, lembrando-me das muitas vezes em que tinha ido com papai ver como estava tio Eddie. Era um senhor gentil, que adorava game-shows e me oferecia chocolates de uma caixa sortida da Whitman's. Pensar que ele assistia ao *The Price is Right* sozinho sempre me deixava triste.

— Não é uma boa notícia, mãe.

Minha voz falhou; ela afastou o cabelo comprido do meu rosto e olhou para papai como fazia sempre que minha voz falhava. "Dá para acreditar que dois cascas-grossas como nós criamos uma flor tão delicada?", eu a ouvi dizer certa vez, e era verdade: ela e papai eram fortes, e eu não era. Mas eles precisavam ser fortes. Os pais de mamãe eram alcoólatras, e nenhum de seus quatro irmãos jamais tinha visitado nossa casa. Papai fora criado por uma mãe viúva que trabalhava em um hospital beneficente para pagar pelo minúsculo apartamento que dividiam, e tinha visto coisas terríveis durante seus trinta anos no Departamento de Polícia de Nova York. "As crianças são muito mimadas hoje em dia", ele e mamãe sempre diziam, e eu não queria que dissessem isso de mim. Eles achavam que qualquer um que tivesse três refeições ao dia e pais empregados era mimado.

— Eu sei, Ariadne — disse mamãe, porque ela fazia questão de usar meu nome inteiro. — Mas ele fez uma coisa boa. Deixou todas as economias para nós: 100 mil dólares. Agora você pode ir para a faculdade que quiser, e podemos mandá-la para a Hollister Prep em setembro.

Eu podia ir para qualquer universidade que quisesse, e eles iam me mandar para a Hollister Prep em setembro. Eu não sabia como dizer à mamãe que não queria ir para a Hollister. Sabia que não podia me comparar às garotas de lá, garotas como Summer, que tinham boletins impecáveis sem abrir um livro e não saíam de casa se os sapatos não combinassem com a bolsa. Minha escola atual não era ótima, meus colegas de classe pareciam me considerar totalmente insignificante, mas era perto e pelo menos os professores gostavam de mim. Então torci para que meus pais esquecessem a Hollister.

Tentei não pensar nisso quando mamãe e papai saíram do meu quarto, enquanto dormiam no fim do corredor e eu não conseguia dormir de jeito nenhum. Então sentei perto da janela, estudando as estrelas no céu limpo de verão, voltando meus pensamentos para tio Eddie. Pensei nele, em todas as suas economias e no fato de que ele não tinha ninguém além de nós para quem deixá-las.

Dois

Havia mais gente no velório do que eu esperava, então foi bom. Além de mim e meus pais, Patrick, Evelyn e Kieran, alguns vizinhos do prédio do tio Eddie e uma senhora bonita que sussurrou para meu pai que ela e tio Eddie eram "amigos especiais".

Summer também estava lá. Ela fora com a mãe, que tinha um cabelo castanho escorrido e sempre parecia cansada. Provavelmente *estava* cansada, porque era proprietária e funcionária de uma empresa chamada Bufê da Tina. Ela mesma preparava a comida e a colocava em um furgão branco com o qual ia até a casa das pessoas em todos os cinco distritos. Às vezes, Summer e eu ajudávamos a cozinhar e íamos a festas com Tina, onde ficávamos na cozinha e arrumávamos cogumelos recheados em sofisticadas bandejas de prata.

Agora Summer estava sentada ao meu lado usando um vestido sofisticadamente apropriado. Olhei para meu próprio vestido, que tinha escolhido às pressas em uma arara de promoção na Loehmann's. Era largo e sem graça, mas eu não estava pensando em estilo quando o comprei. Estava pensando no tio Eddie, no fato de que seria enterrado sozinho, não ao lado de uma esposa, de filhos ou de qualquer pessoa importante. Eu queria que ele soubesse que alguém se importava, então escrevi um bilhete dizendo quanto agradecia pelos milhares de dólares. Também mencionei que, por causa dele, eu poderia fazer faculdade na Parsons School of Design, em Manhattan, o que era meu sonho desde os 12 anos.

O bilhete estava em um envelope que eu amassava com os dedos suados. Queria entregá-lo ao tio Eddie, que estava deitado dentro daquele caixão do outro lado da sala, mas não conseguia. A ideia de ficar perto de uma pessoa morta fazia meus joelhos tremerem.

— O que é isso? — perguntou Summer, indicando o envelope com a cabeça.

Eu o dobrei no colo e olhei para tio Eddie.

— Ele deixou dinheiro para minha família. Sei que não posso agradecer de verdade, mas gostaria de poder, então escrevi esta carta... — Voltei os olhos para Summer. Ela estava sentada com os tornozelos cruzados e os olhos escuros fixos em meu rosto. — É uma idiotice minha. Ele não pode ler.

Ela sorriu para mim.

— Não é idiotice. Acho gentil da sua parte.

Retribuí o sorriso.

— Mesmo assim, não consigo ir até lá.

Summer descruzou os tornozelos.

— Por que não?

— Porque ele está morto. Isso me assusta.

Ela jogou o cabelo para trás dos ombros.

— Não tenha medo dos mortos, Ari. Eles não podem machucar você. É com os *vivos* que você deve se preocupar.

Ela estava certa. Tio Eddie não podia fazer nada contra mim. Mas fiquei onde estava, dobrando o envelope até ele ficar amassado e úmido.

Summer o tirou de minhas mãos pegajosas. Ela apertou meu ombro e sussurrou em meu ouvido:

— Quer que eu entregue? Não tenho medo.

Não me surpreendi. Summer não tinha medo de nada.

— *Eu* deveria ir — falei. Mas fiquei imóvel, desejando não ser tão covarde.

Summer se levantou e estendeu a mão. Eu me lembrei de todas as vezes que ela fizera isso. Ela havia feito esse gesto em seu aniversário de 16 anos quando eu me escondera em seu banheiro porque não tinha coragem de interagir com o grupo de alunos da Hollister que estava na sala de estar. Summer me persuadira a sair dali e ficara comigo a noite inteira, dizendo a todos "Esta é minha melhor amiga, Ari." Aquilo tinha me feito pensar que talvez eu não fosse tão insignificante.

— Venha — disse Summer, olhando de mim para tio Eddie. — Vamos juntas.

* * *

Em vez de ir para casa com minha mãe e meu pai depois do velório, entrei no banco de trás na picape Ford preta de Patrick. Minha mãe achou que eu tinha passado tempo demais no quarto nos últimos dias e precisava de uma mudança de ares.

Uma hora depois, eu estava ajudando Evelyn a esvaziar a lava-louças em sua cozinha desbotada. Os utensílios eram verde-bile e o papel de parede deixava tonto qualquer um que olhasse por tempo demais. Era coberto de flores laranja, grandes folhas e formas onduladas metálicas que corriam entre as pétalas. Certa vez, Patrick começara a remover o papel de parede, mas nunca encontrava tempo para terminar. Ele estava sempre trabalhando, fosse no Corpo de Bombeiros ou fazendo bicos em seus dias de folga para ganhar um dinheiro extra. Instalar telhas, fazer jardinagem, qualquer coisa para pagar a hipoteca.

— Olhe o que tenho para você — disse Evelyn.

Ela empurrou um saco da Mrs. Fields na minha cara. Estava cheio com meus cookies com gotas de chocolate preferidos, então eu sabia que Evelyn estava de bom humor naquele dia. Eu gostava muito mais dela assim, quando era agradável e atenciosa como antes, e não irritada e cruel como tinha se tornado nos últimos anos. "Fraldas sujas e um marido com um emprego perigoso podem deixar qualquer uma rabugenta", dizia minha mãe. "Eu avisei."

Tudo piorou depois de Kieran nascer. Evelyn teve um caso grave de eczema, chorava o dia inteiro e gritava constantemente com Patrick. Minha mãe teve de ligar para o pai da Summer para pedir conselhos; ele era psiquiatra. Na opinião dele, Evelyn estava com depressão pós-parto, e ele recomendou que a levássemos para o New York Presbyterian

Hospital, em Manhattan. Foi o que fizemos, e ela ficou lá por dois meses.

O plano de saúde de Patrick não cobrira o tratamento. Meus pais tinham descontado alguns títulos de poupança para pagar por tudo e concordaram quando os médicos de Evelyn recomendaram que ela não tivesse mais filhos. Mas minha irmã não escutava ninguém, especialmente mamãe e papai. Eles brigavam o tempo todo. Brigavam por causa de suas notas baixas, suas roupas vulgares e o saco de maconha que minha mãe uma vez encontrou no quarto dela. Sua alta rotatividade de namorados mais o fato de que ela fora sozinha a uma clínica aos 15 anos para conseguir uma receita de pílulas anticoncepcionais eram uma questão constante.

A maior briga aconteceu quando Evelyn tinha 17 anos e anunciou que estava grávida. A boca de papai se contraiu tanto que ficou branca, e mamãe gritou alto o bastante para os vizinhos ouvirem. Ela disse que Patrick era inculto, ignorante e de classe baixa, que não conseguia tolerar seu sotaque do sul de Boston e que ele tinha sorte por ela não contratar ninguém para quebrar suas pernas.

Fiquei preocupada com a segurança dele, temendo que criminosos bárbaros o amarrassem e amordaçassem e o deixassem sangrando em algum lugar de Bed-Stuy. Mas minha mãe preferiu não apelar para atividades criminosas e mudou de tom depois que Patrick e Evelyn foram passar a lua de mel na Flórida. Ela e papai sussurravam no carro enquanto voltávamos para casa do aeroporto de LaGuardia, falando que haviam feito tudo o que podiam e dado a Evelyn um belo casamento, e depois mamãe riu e disse: "Agora ela é problema de Patrick."

Lancei à mamãe um olhar sério ao ouvi-la dizer isso, porque não achava correto uma mãe se referir à própria filha como um problema. E não fiquei chocada quando Evelyn nos contou sobre o segundo bebê. Ser mãe parecia fazê-la sentir que não era apenas uma garota que tinha se casado jovem demais e trabalhava meio-período como caixa no Pathmark. Agora ela organizava brincadeiras entre as crianças, era treinadora de futebol, a mulher que tinha escrito uma carta mordaz para a Hasbro depois que Kieran quase se engasgara com uma peça de plástico de um jogo. É claro que também havia os incessantes comentários de todas as direções elogiando a beleza de Kieran e comentando como fora abençoado com o tom de pele e de cabelos de Patrick e os extraordinários traços de Evelyn.

Ela era deslumbrante, mesmo acima do peso. Eu me sentei diante dela no pátio naquela noite, admirando a forma como a luz decrescente do sol acentuava os reflexos acobreados de seu longo cabelo ondulado. Evelyn estava feliz e sorria com dentes brancos e perfeitos, soltava risadas profundas que sacudiam seu decote.

Eu a ouvi rindo novamente depois que o sol se pôs e fiquei sozinha no quarto de hóspedes, que logo se tornaria o quarto do bebê. Patrick também ria, e depois suas vozes ficaram mais baixas e se transformaram em murmúrios e gemidos, e a cabeceira começou a bater contra a parede. Eu não esperava esse tipo de coisa naquela noite, porque Evelyn já passava dos sete meses de gravidez, mas estava enganada. Era quase impossível não ouvir. Eles faziam muito barulho, e os sons de Patrick aceleravam meu coração. Ele parecia um daqueles jogadores de tênis profissionais que grunhem sempre que rebatem a bola com muita força.

Talvez tenha sido o barulho que me deixou com dor de cabeça. Ou era um castigo por gostar do som do meu cunhado tendo o que meus colegas de turma chamavam, brincando, de *organismo*. Mas eu estava sentindo dor demais para chegar a uma conclusão. Estava começando a ter uma enxaqueca que embaçava a visão do meu olho esquerdo e me fazia ver coisas estranhas. Auras, como meu médico as chamara. Elas apareciam sempre que eu estava estressada, triste ou era exposta a barulhos altos. "Não reprima suas emoções", dissera o médico. "Elas vão se manifestar fisicamente e virar dores de cabeça."

Não segui o conselho dele. E minhas enxaquecas sempre começavam da mesma maneira, com uma teia de luz roxa fluorescente, que pulsava e crescia até o remédio fazer efeito. Naquela noite, estava sem meu remédio. Tinha ficado tão absorta com tio Eddie que me esquecera de colocá-lo na mochila.

Então atravessei o corredor em direção ao único banheiro da casa, onde procurei Tylenol no armário. Mas tudo que encontrei foi o Drakkar Noir de Patrick e um frasco de xarope de ipeca, que Evelyn tinha comprado quando Kieran era menor. Ela havia me mostrado onde estava para o caso de ele engolir alguma coisa perigosa enquanto eu estivesse de babá. Evelyn também me fizera ir com ela a uma aula para aprender a fazer RCP e a diagnosticar ossos fraturados.

Eu só conseguia enxergar claramente com um dos olhos, e a dor de cabeça era tão forte que me ajoelhei ao lado do vaso sanitário, pronta para vomitar. Quando estava ali, vi um livro no chão chamado *Um nome para seu bebê*. Eu o folheei e percebi que Evelyn tinha envolvido alguns nomes, mas apenas femininos. Ela se recusara a fazer uma ultrassonografia, mas tinha certeza de que teria uma filha.

Os nomes, as letras, os rabiscos de Evelyn em tinta azul me fizeram sentir pior, e deixei o livro sobre os ladrilhos antes de me levantar. Não havia motivo para continuar ali porque nada estava acontecendo, nem mesmo uma ânsia de vômito. Fui para a cozinha procurar Tylenol.

— O que foi? — perguntou Patrick.

Eu me virei. Patrick estava no vão da porta da cozinha, sem camisa, com a calça do pijama baixa na cintura, e uma cruz celta dourada pendia de uma corrente ao redor de seu pescoço.

— Estou tentando encontrar um analgésico.

Ele empurrou o cabelo para trás com os dedos, mas foi em vão. O cabelo de Patrick era muito liso e sempre caía sobre a testa em uma onda loura e sedosa.

— Está com uma daquelas dores de cabeça outra vez? — perguntou, e eu assenti. Então ele mandou que eu me sentasse, dizendo que encontraria o analgésico, que o frasco estava escondido na prateleira de cima para Kieran não conseguir alcançar.

Não me sentei. Fiquei de pé no linóleo, observando Patrick vasculhar os armários. Eu olhava porque ele tinha um peito largo. Um abdômen definido. Torci para que ele não me flagrasse encarando-o, e ele não flagrou. Encontrou o frasco de Tylenol e apontou para a mesa.

— Eu disse para você se sentar — disse ele, o que era típico. Patrick era autoritário, e palavras como *por favor* e *obrigado* raramente saíam de sua boca. Mamãe atribuía isso ao fato de Patrick ser de uma família com oito filhos e ter pais que provavelmente eram atribulados demais para ensinar boas maneiras às crianças. Mas eu sempre seguia suas ordens porque ele tinha boa intenção. Então me sentei, e ele se sentou diante de mim, empurrando duas pílulas e um copo d'água sobre a mesa. Então ele esticou a mão e pressionou a palma contra minha testa. — Tem certeza de que é só uma dor de cabeça? Não está com febre?

"Fe-bri", ele disse. *Não, Patrick*, pensei, balançando a cabeça. *Não estou com febre. Você precisa de umas aulas na turma da minha mãe, mas não vou dizer isso. Não conseguiria magoá-lo porque você é deslumbrante e é gostoso sentir sua mão em meu rosto, forte e suave ao mesmo tempo.*

— Então, o que causou isso? Ainda está mal por causa do cadáver? — perguntou, e eu lhe lancei um olhar de desaprovação que o fez rir. — Ah, por favor, Ari. O homem tinha quase 90 anos.

Dei de ombros, analisando o gelo do meu copo. Então contei a ele o que estava pensando, como era triste tio Eddie ter morrido naquele apartamento sombrio, sem ter uma esposa ou filhos, e que seus vizinhos de cemitério fossem desconhecidos.

— Tenho medo disso — falei. — De morrer sozinha.
Ele riu outra vez.

— De onde você tira essas bobagens mórbidas? Não deveria se preocupar com a morte. Você é uma menina.

Mas me preocupo, pensei. *Eu não sou Evelyn. Os meninos não tocam a campainha por minha causa nem me telefonam. Talvez eu nunca tenha um marido como você ou um filho como Kieran, e isso é muito confuso porque nem sei se quero ser como Evelyn. Eu não ia querer ficar encrencada e decepcionar mamãe a tal ponto que ela risse quando eu fosse embora.*

— Vamos — disse Patrick, levantando-se. — Você precisa dormir.

Fiquei parada, observando o gelo derreter. Eu não queria dormir. Só queria ficar ali sentada pensando. Então ele fechou a mão ao redor do meu cotovelo e me levou para o quarto de hóspedes. Eu não deixaria ninguém além de Patrick fazer isso. Estava convencida de que ele tinha boas intenções.

Papai foi me buscar dois dias depois. A manhã estava úmida, e minhas pernas grudavam no banco de couro do carro.

— Como foi seu fim de semana? — perguntei, e repeti, porque ele não respondeu. Um programa de esportes estava passando no rádio, e ele abaixou o volume.

— Eu trabalhei — respondeu ele, e aumentou o volume outra vez.

Os olhos do meu pai eram azuis como os meus, e seu cabelo antes era tão escuro quanto, mas agora estava totalmente grisalho. Ele era alto e não falava muito. Pelo menos não comigo. Era um pai distante, na opinião da minha mãe. Mas ela dizia que ele também era um bom pai porque mantinha um teto sobre nossas cabeças e comida na mesa. E trabalhava muito, o tempo todo; e poderia ter se aposentado dez anos antes, mas não o fez porque a aposentadoria o deixaria louco. Ele não tinha interesse por viagens, jogos de golfe ou qualquer outra coisa além de resolver homicídios, então precisava continuar trabalhando. Pelo menos foi o que ela me contou. Eu nunca sabia o que papai estava pensando.

Ele voltou correndo para o trabalho depois que saí do carro diante da nossa casa. Mamãe estava lá dentro, fatiando bagels na bancada da cozinha. Ela se virou e apoiou as mãos nos quadris.

— Você está muito magra, Ariadne. Evelyn não lhe deu comida no fim de semana?

Eu deveria ter esperado; minha mãe sempre dizia coisas desagradáveis sobre Evelyn. *Evelyn não lhe deu comida? Evelyn deixa Kieran comer besteiras demais. A casa de Evelyn é um chiqueiro.* Eu gostaria que ela não fizesse isso. Evelyn podia não ser perfeita, mas não era tão má. Sempre que ela ficava mal-humorada e estourava comigo, eu tentava me lembrar das coisas legais que ela fazia, como me escolher para ser dama de honra de seu casamento e me deixar ir com ela e os amigos para o boliche, mesmo que eu só tivesse 8 anos na época e ninguém me quisesse ali.

— Claro que deu — falei, mas mamãe pareceu cética. Ela torrou um bagel, encheu-o de cream cheese e me observou comê-lo.

Depois fui lá para cima, onde fechei a porta e abri a janela do meu estúdio. O dia estava ensolarado, e nossos vizinhos de porta, aqueles irritantes que bloqueavam constantemente a entrada da garagem, estavam dando uma festa. Balões esvoaçavam de sua caixa de correio no meio-fio, e os convidados paravam os carros em fila dupla e carregavam caixas de cerveja para a varanda. Observei por algum tempo e depois me sentei ao cavalete, desenhando uma árvore que ficava do outro lado da rua. As folhas, a casca, os raios de sol passando através dos galhos. Não era o melhor tema para desenhar, não era tão interessante quanto rostos, mas meu professor de arte dissera que eu deveria treinar retratar de tudo.

Uma hora se passou antes que eu ouvisse a voz da minha mãe. Eu a vi parada em nosso gramado, conversando com a vizinha. A princípio, ela estava calma, dizendo "eu agradeceria" e algo sobre a entrada da nossa garagem, e quando olhei para lá, vi um Trans Am estacionado ali com um Buick amassado atrás dele. Nossa vizinha levantou a voz e gritou alguma coisa grosseira, e mamãe também.

— Tire a porra daqueles carros da minha propriedade, senão vou chamar a polícia — disse minha mãe. — Meu marido é policial, arranjo alguém para vir aqui em cinco minutos.

Depois escutei nossa porta da frente bater e barulho de panelas na cozinha. Nada disso era incomum, porque mamãe era irascível. Essa era a palavra que papai sempre usava para descrevê-la.

"Eu não teria sobrevivido na minha família de outra maneira", eu a ouvi dizer a ele certa vez, mas não entendi bem o que ela quis dizer. Mamãe tinha falado dos pais poucas vezes na minha frente, usando um tom normalmente reservado a coisas desagradáveis, como diarreia ou o eczema de Evelyn. Seus pais já tinham morrido havia anos, embora seus irmãos ainda estivessem vivos. Um deles ligara para nossa casa algum tempo antes, e mamãe tinha desligado na cara dele. Ela dissera ao papai que seu irmão era um bêbado querendo esmola, e ela não acreditava em esmolas. Mamãe tinha orgulho de ter conseguido tudo sozinha. Até sua educação fora financiada com empréstimos que tinha levado vinte anos para quitar.

— Ariadne — disse mamãe, me surpreendendo. — Você não escutou o telefone?

Eu não tinha escutado. Desviei os olhos do meu desenho e os fixei em minha mãe, que estava parada no vão da porta, sorrindo e falando com uma voz suave. Ela conseguia mudar de humor com muita facilidade, exatamente como Evelyn. Em um minuto gritava palavrões para alguém que a cortara no trânsito e, no outro, ficava reservada como uma bibliotecária.

Balancei a cabeça, e ela entrou no quarto, parando ao meu lado para examinar minha árvore.

— É extraordinária — disse ela. — Fico feliz por você ter aceitado o conselho do seu professor para desenhar de tudo. Ele sabe o que é preciso para ter sucesso como artista.

— Ou como professora — falei, e mamãe revirou os olhos porque não queria que eu me tornasse professora. Ela queria que eu tivesse uma carreira empolgante, melhor que a dela, mesmo que essa ideia me deixasse nervosa.

Mas a ideia de ensinar não me deixava nervosa. Eu imaginava que ensinar arte era divertido, tranquilo e distante de olhos críticos. Se tentasse ser uma artista de verdade, as pessoas podiam dizer que eu não tinha talento, e isso estragaria tudo. Não haveria mais motivo para desenhar, e a vida não teria sentido sem o desenho. Não haveria motivo para memorizar o rosto das pessoas no metrô.

— Summer ligou — continuou mamãe, acrescentando que Tina ia fazer o bufê de uma festa naquela noite e precisava da minha ajuda para cozinhar, se estivesse interessada, o que eu não estava. Queria ficar no meu quarto e desenhar outra árvore, mas mamãe achou que eu tinha treinado o bastante naquele dia.

Ela me levou para a casa de Summer, onde conversou com Tina nos degraus da frente, e eu entrei. Summer estava sentada à mesa de jantar cortando tiras de massa com um cortador. Havia farinha em seu rosto, e ela soprava a franja dos olhos.

— Como está seu cunhado garanhão? — perguntou ela.

Maravilhoso como sempre, pensei. *Adoro quando ele anda pela casa sem camisa. Aqueles pesos que ele levanta no porão devem funcionar mesmo, porque seus ombros são enormes. Mas é claro que não posso dizer isso a Summer. Ele é casado com minha única irmã e é um pecado da minha parte pensar essas coisas.*

— Ele está bem — falei.

Summer me entregou um rolo de macarrão e um saco de nozes. Eu me sentei e esmaguei as nozes, reparando que ela não estava maquiada e achando que parecia muito mais nova assim, como era antes de desabrochar e enfeitiçar a todos. Naquela época, antes da puberdade, dos reflexos e das cirurgias para consertar o olho esquerdo estrábico e endireitar o nariz, ela não chamava atenção. Só durante as festas de fim de ano, quando algumas crianças implicavam com ela porque havia uma guirlanda de Natal em sua porta e um menorá de Chanucá na janela. "Decida-se", diziam elas, e eu retrucava que eram ignorantes. Eu dizia que a mãe de Summer era da Igreja Anglicana e o pai era judeu, e Summer ia escolher sua religião um dia, mas por enquanto era de ambas.

— Ari — disse ela. — Desculpe por ficar babando por Patrick, mas ser solteira está me matando.

— Está matando *você*? — perguntei.

Ela sabia a que eu estava me referindo: ao fato de eu nunca ter tido um namorado na vida inteira. Ela esticou a mão e apertou meu braço, deixando uma marca de farinha na minha pele.

— Você vai arranjar alguém. Aí vai ver como é bom fazer amor.

Ela deu um sorriso sonhador, e fiquei ouvindo aquelas duas últimas palavras mesmo depois que Summer começou a cortar a massa em silêncio. Ela não dizia *transar* nem *foder* e chamava o você-sabe-o-quê do cara de *varinha mágica* em vez da palavra de três letras que todo mundo dizia na escola. Mas Summer era madura e inteligente e tinha lido a maioria dos livros de medicina do pai na biblioteca do fim do corredor.

Ela também queria ser psiquiatra e já agia de acordo. Anos antes, tinha me explicado que os esquizofrênicos ouvem vozes e que vítimas de sequestro podem desenvolver a Síndrome de Estocolmo. Certa vez conversou com um garoto da nossa turma do sétimo ano que era apaixonado por ela. Ele tinha o hábito de ligar para a casa dela só para ouvi-la atender, escrevia poemas bobos e chegamos a pegá-lo recolhendo fios de cabelo de sua jaqueta no armário de casacos. Então Summer o fez se sentar e explicou que ele não estava apaixonado por ela, que só achava que estava porque sofria de outro problema, uma palavra psicológica que logo esqueci. Fosse o que fosse, ela disse que era similar ao desejo, mas muito pior, porque podia deixar alguém tão apaixonado que simplesmente ia à loucura.

Ele não a incomodou mais depois disso. Summer o considerou seu primeiro paciente curado e começou a falar sobre a UCLA, a *alma mater* de seu pai. Mas eu não queria que ela falasse de nenhuma universidade que não ficasse em Nova York. Summer era minha melhor amiga desde o primeiro ano, e a possibilidade de ela ir para tão longe era deprimente.

— Ari — disse Tina mais tarde, quando Summer e eu estávamos cortando carne crua em cubos. Ela me deu um pedaço de papel com um nome e um número de telefone e passou a mão pela testa. Seu cabelo estava escorrido, e ela tinha a aparência exausta de sempre. — Por favor, entregue isto a sua mãe. Ela precisa do nome de alguém para entrar em contato na Hollister.

— Obrigada, Tina — falei, e não estava sendo desrespeitosa. Os pais de Summer não queriam que eu me dirigisse a eles como Sra. Simon e Dr. Simon. Anos antes, tinham me pedido para chamá-los de Tina e Jeff. Minha mãe revirou os olhos quando soube e resmungou que Tina e Jeff eram *modernos*.

Dobrei o papel e o enfiei no bolso. Senti Summer olhando para mim. Eu tinha contado a ela sobre a herança e a Parsons School of Design, mas não tinha mencionado a Hollister Prep.

— Você vai para a Hollister? — perguntou Summer.

Ela parecia nervosa. Achei que temia que eu acidentalmente mencionasse coisas constrangedoras para seus amigos daquela escola, coisas como sua cirurgia no olho ou sua plástica no nariz. Eles deviam achar que ela havia nascido perfeita.

— Minha mãe quer que eu vá — respondi. Eu ainda torcia secretamente para que mamãe esquecesse tudo aquilo e me deixasse terminar os dois últimos anos no Brooklyn. Mas eu raramente conseguia o que queria.

Um mês depois, eu e meus pais fomos ao Queens para um almoço tardio no sábado. Patrick estava trabalhando, e eu ia dormir lá, pois a data do parto de Evelyn estava se aproximando e ele não queria que ela ficasse sozinha.

Eu me sentei no sofá enquanto Evelyn se inclinava solicitamente diante de papai, oferecendo uma daquelas minissalsichas enroladas com massa folhada. Ela estava usando um vestido fresco de maternidade com um decote baixo demais e uma bainha alta demais. Tinha ganhado mais peso recentemente, e dava para ver os furinhos acima de seus joelhos.

— Evelyn — disse mamãe, de seu lugar ao meu lado. — Ariadne contou que vai para a Hollister Prep em setembro?

A essa altura, eu e minha mãe já tínhamos conversado sobre a Hollister Prep. No dia anterior, eu admitira que estava com medo. Estava com medo do novo ambiente e das novas pessoas, e tinha certeza de que não ia fazer amigos porque praticamente não os tinha nem mesmo nessa escola, mas mamãe insistiu que isso era completamente irrelevante. Na opinião dela, eu era uma pessoa interessante, inteligente e fabulosa, e se os outros não reconhecessem isso, eles que se ferrassem. Além do mais, eram apenas dois anos, e eu tivera de concordar quando ela disse que a Hollister ia aumentar minhas chances de entrar na faculdade. Então eu ia.

— Não — disse Evelyn, sentando-se em uma cadeira. Sua barriga estava gigantesca e seus pés, inchados demais para usar sapatos. — Ela não me contou. Como vocês vão pagar?

— Ah — disse mamãe. — Tio Eddie nos deixou um dinheiro. Não mencionei isso?

Mamãe sabia que não tinha mencionado. Todos nós sabíamos que ela não tinha mencionado. E eu praticamente conseguia ouvir o que minha irmã estava pensando: *Tio Eddie deixou dinheiro para vocês, vocês vão mandar Ari para uma escola cara, quanto isso vai custar, e onde está minha parte?*

Não era justo. Mamãe e Papai tinham dado muitas coisas para Evelyn, como o casamento e uma estadia de dois meses no New York Presbyterian. Mas às vezes ela era muito egoísta.

— Bom, isso é ótimo — disse ela, na mesma voz indiferente que usava nos últimos tempos, sempre que alguma coisa boa me acontecia, como quando eu tinha entrado em um concurso de arte que abrangia os cinco distritos no ano anterior e ficara em segundo lugar. Não entendia por que ela se comportava assim, porque eu sempre ficava feliz quando coisas boas aconteciam a Evelyn. Eu tinha ficado feliz quando ela se casara com Patrick, embora quisesse que ele se casasse comigo.

Evelyn desviou do assunto e nos levou para o quarto de hóspedes no segundo andar. Agora era um quarto de bebê, com as paredes pintadas de uma cor chamada Rosa Romântico.

— Meio chamativa, não é? — perguntou mamãe.

Evelyn deu de ombros.

— É rosa. Rosa é uma boa cor para meninas.

— É. — Minha mãe riu. — Mas você não sabe se vai ter uma menina, querida.

Repentinamente, a pele de Evelyn ficou da cor das paredes e sua expressão era a mesma que eu tinha visto muitas vezes quando ela morava conosco no Brooklyn: como se estivesse a ponto de chorar ou de cometer um ataque mortífero.

— Evelyn — disse papai. — O almoço vai demorar? Mal posso esperar para comer sua caçarola de atum.

A caçarola de atum era uma das especialidades dela, assim como bolo de carne e sanduíche de carne moída.

Evelyn se voltou para papai.

— Tem batatas chips por cima — disse ela, sorrindo levemente para ele. — Do jeitinho que você gosta.

Comemos sua caçarola de atum no almoço, com o cheesecake semipronto de sobremesa, e depois que meus pais foram para casa, eu lavei os pratos. Evelyn pegou no sono no sofá, e Kieran perguntou se podia ir brincar no quintal.

Assenti e vesti um short e a parte de cima do biquíni. Depois me sentei em uma cadeira dobrável enquanto Kieran corria pela grama e mergulhava em seu Slip 'n Slide como se fosse a coisa mais fantástica do mundo. Eu me perguntei quem tinha tido aquela ideia brilhante: convencer as crianças de que era divertido deslizar por um pedaço escorregadio de plástico sobre o chão.

O sol estava baixando quando Evelyn se juntou a nós. Ela segurava um saco de Doritos e arrastou uma cadeira para o lado da minha.

— Sabe quanto engordei com este bebê? — perguntou ela, e balancei a cabeça. — Bom, não vou contar porque é constrangedor demais. Virei uma vaca gorda.

— Não fale assim, Evelyn. Você sempre está linda.

Ela torceu o nariz.

— Você é uma mentirosa da porra, Ari. Digo... se você me perguntasse o que acho... eu diria que você tem um corpo bonito, mas seus peitos são pequenos e desproporcionais.

O que tinha acontecido com a Evelyn legal? Eu sabia que meus seios eram pequenos, mas eram desproporcionais também? Olhei para a parte de cima do meu biquíni, e ela indicou meu seio direito.

— *Aquele* — disse ela. — É um pouco menor que o outro. Não dá para ver bem com roupas normais, mas fica óbvio no biquíni. Você deveria encher seu sutiã com lenços ou alguma outra coisa.

Mais tarde, quando Evelyn e Kieran estavam dormindo, fiquei diante do espelho do banheiro colocando e tirando lenços Kleenex do sutiã, e depois de uma hora cheguei à conclusão de que Evelyn estava certa. Meu seio direito era realmente menor que o esquerdo, algo especialmente inquietante, porque minha lista de defeitos já era longa o suficiente.

Não havia nada terrivelmente errado comigo, como um queixo retraído ou um nariz grande demais. Meu queixo era forte e meu nariz, pequeno e reto. Eu nem sequer tinha problemas com acne. Mas meu rosto era meio magro e pálido e um dos meus dentes da frente se sobrepunha levemente ao outro. Eu tinha sobrancelhas grossas e precisava pinçá-las incansavelmente. Ficar parada diante do espelho examinando meu reflexo e me criticando era algo que eu passava muito tempo fazendo. Mas aquela sessão de tortura foi interrompida pela voz de Evelyn do outro lado da porta. Sua bolsa d'água tinha estourado antes da hora, e as contrações estavam começando.

A Evelyn legal reapareceu a caminho do hospital. Tivéramos de acordar Kieran e deixá-lo com um dos vizinhos amigos de Evelyn. Também tivemos de pegar um táxi, porque eu ainda não dirigia e não conseguimos encontrar o Patrick. Eu tinha ligado para o Corpo de Bombeiros e fora informada de que ele não estava. "Explosão em um prédio", dissera o homem ao telefone.

Deixei recado e menti para Evelyn.

— É só um incêndio de óleo na cozinha de alguém. — Ela já se preocupava o bastante com Patrick; não precisava se preocupar naquele momento, em que sentia dor e apertava minha mão.

Também liguei para mamãe e papai, que nos encontraram no hospital. Evelyn estava indo de cadeira de rodas para a sala de emergência quando começou a falar sobre Lamaze, dizendo que precisava de Patrick para isso, e mamãe se ofereceu para ficar no lugar dele.

— Não — disse Evelyn. — Ari pode vir, mas só ela.

Isso me deixou feliz e triste ao mesmo tempo. Era bom ser necessária, ser parte do círculo íntimo de Evelyn, e eu a amava por me querer lá, mas não gostei de deixar nossa mãe de fora. Mamãe e Evelyn sabiam como ninguém excluir uma à outra. "Não temos nada em comum", minha mãe sempre dizia. "Evelyn nunca terminou de ler um livro na vida."

Então mamãe resmungou alguma coisa que pareceu "Deus me livre de me intrometer", mas não ouvi bem. Eu seguia Evelyn e a enfermeira, e estávamos longe demais para escutar.

No quinto andar, entramos em um quarto que fedia a Lysol. Desviei os olhos quando Evelyn se despiu e vestiu uma fina bata hospitalar. Depois apareceu um médico com uma agulha que entrou na coluna de Evelyn. Aquilo me fez estremecer, e ela ficou quieta. Ela dormia e acordava enquanto eu via na TV uma repórter falando sobre a explosão no prédio, mas Evelyn não percebeu. Estava ocupada demais com o médico, que calçava luvas de látex, enfiava as mãos sob sua bata e falava sobre centímetros.

Eu gostaria que ele não fizesse aquilo. Era tudo muito asséptico e mecânico. Como suaves gemidos do outro lado da parede de um quarto podiam resultar em agulhas, grampos e lubrificante K-Y? Embora eu estivesse lisonjeada por ser um membro do clube particular de Evelyn, desejava que Patrick aparecesse antes que eu tivesse de ajudar com a coisa do Lamaze.

Por sorte, ele apareceu. Cheirava a cinzas, e eu li sua jaqueta quando ele se debruçou sobre a cama de Evelyn. CAGNEY, FDNY, CARRO 258. Ele estava beijando a bochecha dela quando a enfermeira lhe ordenou aos gritos que tomasse um banho em um quarto vazio e vestisse avental cirúrgico esterilizado. Eu o segui até o corredor, e ele riu para mim.

— É nojento o bastante para você? — perguntou, enquanto eu avaliava as manchas de sujeira em seu rosto. Seu cabelo pendia sobre a testa, e as roupas de bombeiro o deixavam imenso. A grande jaqueta preta com listras amarelas horizontais, a calça combinando, as botas pesadas. — Eu disse aos seus pais que ia mandar você lá para baixo. E já vou avisando... Nancy parece irritada.

Assim como Evelyn no dia seguinte, quando eu e meus pais aparecemos no fim da tarde. Tínhamos ficado no hospital até ela dar à luz e estávamos tão exaustos que dormimos até o meio-dia. Evelyn também estava exausta. O trabalho de parto fora longo, ela havia perdido muito sangue e estava de mau humor.

— Aqui — disse ela, empurrando o bebê para uma enfermeira. — Estou cansada.

O bebê não era menina. Era um menino saudável com cabelos louros, um quarto rosa e sem nome. Evelyn nem chegara a olhar a segunda metade do livro *Um nome para seu bebê*. Agora cruzava os braços sobre o peito, assistia a *Days of Our Lives* e não se despediu quando nossos pais saíram para comprar café.

— Olhe, Evelyn — falei, pegando uma caixa elaboradamente embrulhada de Summer. Havia um pijama infantil dentro, mas aquilo não fez Evelyn se sentir melhor.

— É de menina — disse ela. — Não tive uma menina.

— É amarelo. Amarelo também serve para meninos.

— Amarelo é para bichas — disse ela, jogando o pijama na direção do criado-mudo.

Ele caiu no chão, e eu o recolhi, achando que ela estava sendo grosseira e mal-agradecida, porque Summer tinha passado um tempão embrulhando aquele presente. Eu sabia que ela estava decepcionada, que queria uma filha para vestir com chapéus decorados, para sentar a seu lado no salão de beleza e compartilhar segredos. Provavelmente, queria uma segunda chance de fazer todas as coisas divertidas que ela e mamãe não tinham feito. Mas eu também estava preocupada. Ela não ficava tão infeliz desde o nascimento de Kieran.

Três

Quando Evelyn ficara no New York Presbyterian Hospital cinco anos antes, mamãe havia se mudado para a casa dela. Ela cuidara de Kieran enquanto Patrick estava no trabalho e me ensinara a segurar a cabeça de um bebê, a trocar uma fralda e que tipo de leite em pó comprar.

Desta vez eu tomaria o lugar de mamãe, porque ela havia tido uma intoxicação alimentar e Evelyn ainda estava no hospital. Não sabíamos se era por causa da grande quantidade de sangue que tinha perdido ou se os médicos achavam que ela estava enlouquecendo outra vez, Evelyn nada dizia. Só sabíamos que havia um novo bebê na família e que Patrick não podia faltar ao trabalho. Afinal de contas, ele tinha dois filhos e uma hipoteca de trinta anos com uma taxa de juros de 10 por cento. E sua família não podia ajudar. Eles moravam em Boston, e a mãe tinha filhos pequenos em casa. Patrick era o mais velho; seu irmão mais novo estava no terceiro ano.

Então o bebê era minha responsabilidade. Seu nome era Shane, só porque não pôde sair do hospital antes de Evelyn arrumar alguma coisa para colocar na certidão de nascimento. Tinha tirado o nome de uma novela, e eu não sabia nem se ela gostava.

Segurei meu sobrinho em uma tarde quente em seu quarto, que não seria rosa por muito tempo. Patrick já tinha comprado dois galões de tinta azul porque não podíamos deixar Evelyn chegar e ser lembrada de que não tivera uma menina.

Patrick se juntou a mim no quarto do bebê naquela noite, após tomar um banho depois de um dia difícil de trabalho. Ele se acomodou em uma cadeira de balanço para dar mamadeira a Shane enquanto eu ficava ali pensando que ele era um bom pai. E não era um pai distante. Patrick trocava fraldas e sabia que tinha de ser cuidadoso com o ponto frágil na cabeça do bebê. Ele também passava muito tempo ensinando Kieran a jogar uma bola de futebol americano e assistindo aos jogos televisionados dos Red Sox com o menino, o que desagradava ao meu pai. Ele ficava horrorizado por seu neto estar sendo criado para odiar os Yankees e os Jets. Era uma blasfêmia, na opinião de papai. Além de ser uma lavagem cerebral.

— Você está fazendo um bom trabalho, *maniã* — disse Patrick. Ele também me disse para tirar uma folga e ir à piscina pública com Kieran.

— Vou ficar só uma hora — falei. — Depois faço o jantar.

Ele adorava meus jantares. Na noite anterior, eu tinha preparado lombo de porco com brócolis e molho holandês. E na outra noite, pimentões e abobrinhas recheados com vinagrete de pimenta. Eu tirava as receitas de um livro de culinária que tinha encontrado sob a pia da cozinha. Alguém o dera a Evelyn de Natal, e ainda estava embrulhado no plástico.

Naquela noite íamos comer hambúrgueres do sudoeste e batatas duplamente assadas, mas Patrick não sabia. O cardápio era surpresa. Então vesti o biquíni no banheiro. Coloquei um short jeans desfiado por cima e me olhei no espelho, enchendo o lado direito da parte de cima do biquíni com lenços de papel. Mas não ficou realista e imaginei a humilhação de um Kleenex flutuando em uma piscina lotada, se eu decidisse entrar na água. Kieran bateu na porta depois de alguns minutos, e enfiei uma camiseta pela cabeça para esconder minha deformidade.

Fiquei de camiseta na piscina, sentei na borda e molhei os pés enquanto Kieran brincava com os amigos na parte rasa. Eu só tinha estado ali algumas vezes, mas Evelyn era presença obrigatória durante o verão inteiro. Ela e as amigas passavam todos os verões fofocando e comendo os biscoitos salgados Goldfish que deveriam dar aos filhos.

— Você é irmã de Evelyn Cagney? — perguntou uma voz.

Levantei os olhos e assenti. Uma mulher vagamente familiar estava parada ali; reconheci a maquiagem excessiva nos olhos e o aparelho transparente nos dentes. Angie, Lisa, Jennifer, qual era mesmo o nome dela? Tinha de ser um desses, porque quase todas as mulheres que moravam no

Queens e tinham entre 20 e 40 anos se chamavam Angie, Lisa ou Jennifer.

— Então, como estão as coisas? — perguntou ela. — Soube que Evelyn está tendo problemas.

E eu soube que você cagou na mesa de cirurgia quando estava tendo seu quarto filho, pensei. Então olhei para o outro lado da piscina, onde Kieran fazia bagunça com os amigos cujas mães estavam conversando e olhando para mim. Todas elas sabiam do primeiro colapso de Evelyn e provavelmente torciam por outro. As linhas telefônicas deviam estar fervendo com discussões sobre a coitada da Evelyn Cagney e sua patética recaída.

— Não — falei. — Não é verdade. Evelyn está ótima.

— Mas eu soube que ela ainda está no hospital.

— Só porque teve algumas complicações durante o parto — expliquei, o que talvez fosse verdade.

Ela assentiu e mudou de assunto.

— Sabe, não acredito que você é irmã de Evelyn. Vocês não se parecem nem um pouco.

Insulto. Com certeza. Se era dirigido a mim ou a Evelyn, eu não sabia. Ela podia querer dizer que meu rosto não era tão bonito quanto o de minha irmã, que meu lábio superior não tinha forma de coração e que minhas sobrancelhas não formavam um arco natural. Ou talvez estivesse sugerindo que Evelyn jamais conseguiria entrar em um short tamanho 38.

— Bem — disse ela. — Foi bom falar com você. Estou muito apertada para fazer xixi.

Estou muito apertada para fazer xixi. Eu detestava quando mulheres adultas diziam aquilo. Mas todas diziam. Todas as supostas amigas da minha irmã, que estavam esperando Kieran ir embora para poder destroçar Evelyn. Elas não eram diferentes daquelas hienas que apareciam nos programas sobre natureza da TV aberta, rodeando e despedaçando uma carcaça. Eu quase conseguia ver o sangue pingando de seus queixos. E achei triste que algumas mulheres ainda fossem tão cruéis quanto eram no ensino médio. Aquela era a nova panelinha, as donas de casa que simplesmente adoravam quando alguém não conseguia corresponder às expectativas e era excluída do grupo.

Evelyn ligou do hospital naquela noite dizendo que ia voltar para casa em dois dias. Eu queria que tudo estivesse perfeito, então fiquei acordada até tarde, embora Patrick tivesse me proibido. Ele não queria que eu me sobrecarregasse, mas não lhe dei ouvidos. Esfreguei a banheira e limpei o armário do corredor, cheio de teias de aranha e papéis de presente rasgados que estavam ali desde o primeiro chá de bebê de Evelyn.

Na manhã seguinte, Patrick se recusou a permitir que eu o ajudasse a pintar o quarto do bebê.

— Relaxe — disse ele. — Você está se matando de trabalhar.

Não relaxei. Ele pintou e ouviu rádio enquanto eu troquei o papel contact de dentro dos armários da cozinha e reorganizei os pratos. Estava quase acabando quando Summer tocou a campainha. Atendi a porta usando meu short desfiado e uma camiseta rota. Eu estava completamente desgrenhada, mas é claro que Summer não. Ela havia ido de metrô para o Queens depois de sair de um salão de beleza chique em Manhattan, e estava fantástica.

— Você está linda — obriguei-me a dizer, quando entramos na cozinha.

Ela me agradeceu e ficou na ponta dos pés para olhar dentro do armário.

— Está tudo tão arrumado... Aposto que Evelyn vai ficar contente quando voltar.

— Eu trabalhei muito — falei. — Espero que ela goste.

— Bom, ela *tem* de gostar. Ela não sabe como é sortuda por ter uma irmã como você.

Eu sorri.

— Você pode assistir à TV se quiser. Vou terminar os armários daqui a pouco.

Ela se acomodou no sofá da sala de estar e colocou em *General Hospital*, mas não assistiu por muito tempo. Dez minutos depois, encontrei-a no quarto de Shane, encostada em seu berço, enrolando uma mecha do cabelo recém-pintado no dedo.

Ela estava conversando com Patrick. Flertando com ele, como fazia com todo homem atraente que cruzava seu caminho. Parecia pensar que precisava fazer isso para verificar se era mesmo bonita ou se ainda era aquela menina quieta, estrábica e com o nariz torto.

Eu estava acostumada com seus flertes, mas não quando se tratava de Patrick. Ela raramente o encontrava, e, quando isso acontecia, Evelyn estava sempre por perto. Mas Evelyn estava no hospital, e Summer estava usando uma saia curta. Ela não parava de tirar o pé da sandália e esfregar o calcanhar na canela. Lembrava uma prostituta que eu vira certa vez na 34th Street em Manhattan.

Patrick estava pintando a porta do armário. Pintando e conversando, mas não flertando. Então percebeu que a maçaneta estava solta e se virou para mim.

— Vá pegar minha caixa de ferramentas — disse.

— Vá pegar minha caixa de ferramentas — repetiu Summer. — Você não sabe pedir *por favor*?

Ele olhou para ela, com o cabelo pingando sobre a testa, as mangas enroladas até os ombros.

— Esta é minha casa. Eu não peço por favor a ninguém aqui dentro.

— Bem — disse ela. — Alguém precisa lhe ensinar boas maneiras, rapazinho.

Inacreditável. Descarada. Eu a vi olhando para os braços de Patrick e fiquei enojada. Era muita audácia flertar com o marido da minha irmã, na casa da minha irmã, bem na minha frente e do filho de Evelyn! Pelo menos eu tentava disfarçar meus olhares. Mas o comentário fez Patrick rir, o que me irritou ainda mais. Fiquei parada até ele me lembrar da caixa de ferramentas e corri para pegá-la na garagem, porque não queria que eles ficassem sozinhos por muito tempo.

— Posso tocar nas suas ferramentas? — perguntou Summer, depois que voltei e Patrick começou a remexer a caixa procurando uma chave de fenda. — Aposto que você tem ferramentas enormes.

Ele indicou a porta com um gesto de cabeça.

— Estou ocupado, menina. Vá brincar.

Ela sorriu com malícia.

— Você vai brincar comigo, Patrick? Ou vou ter de brincar sozinha?

O rádio ainda estava ligado. Algo do Eric Clapton com uma guitarra alta e bateria martelando. Patrick balançou a cabeça e voltou para a maçaneta, e Summer foi comigo para a sala de estar. Sentamos no sofá, e eu a ignorei.

— O que foi? — perguntou ela.

Respondi em um sussurro áspero.

— Ele é marido da minha irmã. Deixe-o em paz.

Ela afundou no sofá como se eu a tivesse magoado.

— Eu não estava falando sério, Ari. Não foi nada.

Mais tarde, depois que Summer foi embora e eu e Patrick estávamos tirando a mesa do jantar, descobri que ele não achava que não tinha sido nada.

— Para uma menina de escola, sua amiga é atrevida demais — disse ele, enquanto eu organizava copos sujos na lava-louças.

Ela era *atrevida demais*. Ele não gostava dela. Adorei.

— Você a acha bonita? — perguntei, olhando para os copos, me preparando para a resposta.

— Ela é artificial — disse ele. — Cabelo oxigenado e tudo. E não vá se influenciar.

Levantei os olhos.

— Do que está falando?

Ele secou as mãos em um pano de prato. Tinha mãos grandes. "Sabe o que dizem sobre homens com mãos grandes", Summer sempre repetia.

— Ela não é uma boa garota. Mas você é. Então continue assim.

— Ela é uma boa garota — falei automaticamente, porque estava muito acostumada a defendê-la. As pessoas sempre tinham uma impressão errada dela. Uma garota do seu bairro chegou a chamá-la de loura burra na sua cara. Summer e eu rimos daquilo porque sabíamos que não era verdade. Tina e Jeff tinham testado seu QI uma vez e descoberto que era muito alto.

Patrick levantou uma das sobrancelhas.

— Você entendeu, Ari.

Eu tinha entendido. Assenti, e ele deixou o pano de prato pendurado na pia, todo amassado e desarrumado. Eu o alisei quando ele foi para a sala de estar assistir aos Red Sox com Kieran, pensando que ele adorava minha comida e me achava uma boa garota, e se ele não fosse meu cunhado eu o teria beijado. Tinha certeza de que *ele* não diria que eu tinha aberto demais a boca.

Mais tarde, fui para o porão com um cesto de roupa suja. O porão estava incompleto, com um piso de concreto e duas pequenas janelas. Uma lavadora e uma secadora ficavam encostadas a uma parede e os halteres de Patrick estavam enfileirados do outro lado do cômodo. Ele estava ali, deitado de barriga para cima, levantando Deus sabe quantos quilos enquanto eu colocava babadores sujos na máquina de lavar. Fiz tudo vagarosamente porque não queria subir. Era mais agradável ficar ali, com o cheiro do amaciante de roupas e o som de Patrick grunhindo e suspirando.

Eu estava enchendo uma tampinha de plástico com Tide quando ele terminou. Ele se levantou, tirou a camisa e a usou para enxugar o rosto suado. Jogou-a para mim enquanto ia em direção às escadas.

— Coloque para lavar — disse ele.

— Não sou sua empregada — respondi, mesmo que não me incomodasse em ser empregada dele.

Quando ele saiu, olhei para a camiseta. Era azul-marinho com FDNY impresso na frente em letras brancas e tinha o cheiro dele: cerveja, carvão e perfume. O cheiro me fez desejar guardá-la, então a enfiei discretamente na minha mochila antes de colocar Kieran na cama. Arrumei seus travesseiros, e ele murmurou algo que não consegui entender.

— O que foi, Kieran? — perguntei, sentando-me em seus lençóis do New England Patriots. *Lavagem cerebral*, pensei, ouvindo a voz de papai. *Blasfêmia*.

— Você é melhor que a mamãe — disse ele, com um sorriso sonolento, e me senti bem por um segundo. Ele provavelmente tinha percebido que eu era uma cozinheira mais talentosa que Evelyn e que nunca gritava com ele como ela fazia. "Você não faz ideia do que está dizendo", ela dissera no ano anterior quando eu tinha pedido para que não levantasse a voz porque isso podia prejudicar a autoestima de Kieran. "Tudo que você sabe é o que vê no *Phil Donahue*."

Mas o sentimento presunçoso rapidamente se transformou em culpa.

— Não sou melhor que sua mamãe — falei. — Sou só diferente. Então não diga isso para ela porque ela vai ficar triste. Entendeu?

Ele assentiu, e fiquei com medo de que não tivesse entendido. Mas ele caiu no sono antes que eu conseguisse ter certeza.

Na manhã seguinte, Kieran foi com Patrick pegar Evelyn no hospital. Pendurei cortinas novas na janela da cozinha, usando meu short desfiado e uma blusa sem mangas que prendi com um nó sob o peito, e não tive tempo de trocar de roupa antes que eles voltassem.

— Você poderia ter me perguntado — disse Evelyn sobre as cortinas, os armários e todo o resto.

Estávamos na cozinha com Patrick, e ela não estava com uma boa aparência. Havia uma alergia áspera em seu queixo e a umidade deixara seu cabelo armado no caminho para casa.

— Desculpe — falei, decepcionada por ela não estar grata. — Só estava tentando ajudar.

Ela coçou o queixo.

— Existe uma diferença entre ajudar e tomar posse. Esta casa é *minha*, não sua.

— Não brinca — falei.

— Ari — disse Patrick, em um tom de advertência que me calou e irritou. Eu detestava quando ele tomava o partido de Evelyn e não o meu, mas é claro que ele fazia isso, afinal, ela era mulher dele, acabara de ter seu filho. Presumi que ela tinha motivos para estar exausta e irritada, então me ofereci para levar Kieran ao parque.

Quando voltamos, Patrick tinha saído. Estava fazendo um trabalho de jardinagem em Manhasset com um de seus amigos bombeiros. Kieran foi para o quintal brincar no Slip'n Slide, enquanto Evelyn estava ao fogão cozinhando macarrão para a caçarola de atum.

— Precisa de ajuda? — perguntei, parada no vão da porta.

— O que é isso que você está *vestindo*? — indagou ela.

Eu ainda estava com a camisa amarrada e o short, e ela olhou para minha barriga e minhas pernas à mostra como se eu fosse uma stripper no poste. Aparentemente, Evelyn esquecera as coisas minúsculas que usava quando cabia em coisas minúsculas. Mas ela me deixou tão desconfortável que desamarrei a camisa e deixei-a cair sobre os quadris.

— Nada — respondi. — Só...

— O que está tentando fazer? — perguntou ela, mexendo o macarrão com uma colher de pau enquanto o vapor subia até seu rosto. — Chamar a atenção de Patrick?

Ela se virou e riu sozinha, como se eu fosse incapaz de chamar a atenção de Patrick. Ou a atenção de qualquer homem. Aquilo me deixou tão furiosa e envergonhada que não consegui mais ficar calada.

— Eu não quero a atenção de Patrick — menti.

Evelyn riu outra vez. Ela continuou de costas para mim enquanto tirava a panela do fogo e jogava o macarrão em um escorredor na pia.

— Sei. Você sentava no colo dele sempre que podia.

Por que ela estava falando disso? E não era sempre que eu podia, fora apenas uma vez, e eu só tinha 10 anos. Patrick namorava Evelyn na época e estava sentado em nossa sala de estar enquanto ela e mamãe preparavam o jantar e eu lia uma história em quadrinhos no chão.

Ele estava no sofá assistindo à TV, e eu não parava de olhar sobre o ombro para seu cabelo claro e seus olhos escuros. Ele não reparou em mim, mas eu queria que ele reparasse. Eu tinha uma queda enorme por ele, mesmo naquela época. Então pulei no seu joelho com a história em quadrinhos como se minha única intenção fosse ler para ele uma página especialmente engraçada, e Evelyn ficou irritada quando saiu da cozinha. Ela me mandou sair dali, deixar Patrick em paz, mas ele disse que não se importava, que tinha três irmãs mais novas em Boston e elas sempre sentavam no seu colo. Então ela correu para a cozinha e voltou com mamãe, que também me mandou sair dali. "Não fique pendurada nele, Ariadne", disse ela. "Você já é velha demais para isso."

Eu não queria falar do assunto naquele momento, então arrumei a mesa enquanto Evelyn picava uma cebola que fez meus olhos lacrimejarem. Ela não disse uma palavra até eu terminar, quando me sentei com uma revista e ela enfiou a caçarola no forno.

— Mamãe vem buscar você depois do jantar... não é, Ari?

Ela mal podia esperar. Estava agindo como se eu não passasse de um mosquito desagradável zumbindo ao redor da sua cabeça. Após alguns segundos, sugeriu que eu fosse assistir à TV. Se não me importasse, ela estava tentando cozinhar para a família dela.

A família dela. E o que exatamente era eu? Quem tinha tomado conta dos filhos dela na sua ausência? Será que planejava me agradecer algum dia? Ah, e por falar nisso, Evelyn, aquelas suas amigas da piscina não são suas amigas de verdade. Eu a defendi daquela idiota de aparelho.

Mas eu não queria brigar com Evelyn. Ela era perigosa demais quando estava assim, então fiquei quieta na sala de estar até a hora do jantar, quando Patrick chegou em casa. Eu me sentei diante de Kieran, que cuspiu uma colherada da caçarola no guardanapo e reclamou que o macarrão estava mole demais.

Evelyn foi até a geladeira.

— O que você quer? Vou fazer um sanduíche.

— Não — disse Patrick. Ele estava bronzeado e com os olhos vermelhos. — Kieran vai comer o que está no prato ou pode ir para a cama com fome hoje.

Ela bateu um pote de mostarda contra a bancada.

— Só porque você foi criado desse jeito ignorante não quer dizer que eu vá fazer a mesma coisa com o meu filho.

Uma veia pulsava no pescoço de Patrick, e eu sabia por quê. Ele estava cansado, seus músculos doíam de cortar grama, e as coisas eram muito mais agradáveis ali antes de Evelyn voltar.

Ela deu um sanduíche a Kieran, e isso o manteve quieto até a sobremesa ser servida. Era outro cheesecake semipronto e, segundo a caixa, supostamente era *delicioso* e *deleitável*. Kieran não concordou e reclamou de novo.

— Isso é nojento — disse ele, cantando a última palavra.

— Nojento, nojento, nojento...

Evelyn olhou para ele de sua cadeira, e desejei que Kieran parasse com aquilo. A torta era boa; ele estava de pirraça. Talvez eu o tivesse mimado na ausência dela. Talvez, se eu tivesse levantado a voz de vez em quando, ele não estivesse dizendo aquela palavra sem parar e Evelyn não estivesse com lágrimas nos olhos.

Patrick devia estar pensando a mesma coisa. Usou uma voz séria quando disse a Kieran para comer a sobremesa e parar de incomodar, mas Kieran não parou. Ele amassou a torta com o garfo, virou-a e deixou uma bagunça no prato.

— Isso é asqueroso — disse ele. — Que tal um Twinkie?

Patrick fechou um punho.

— Que tal isso?

Eu sabia que Patrick nunca encostaria um dedo nele, mas Kieran não sabia e pareceu perplexo. Então ficou sentado e emburrado até decidir magoar alguém.

— O que é isso no seu rosto, mãe? — perguntou ele.

Ela levou a mão ao queixo.

— É eczema, Kieran. Só uma alergia.

— É horrível — disse ele. — Horrível que nem você.

A pele de Evelyn ficou vermelha, e Patrick ficou furioso. Ele mandou Kieran para o quarto, não importava se mais um jogo do Red Sox ia passar naquela noite e se ele queria brincar naquele Slip'n Slide depois do jantar. Ele podia esquecer aquilo. Ia ficar na garagem até o verão seguinte.

Kieran bateu a porta do seu quarto no segundo andar, e o barulho acordou Shane. Eu o ouvi chorar, e Evelyn se juntou a ele. Lágrimas se derramavam de seus olhos, marcando suas bochechas com rímel. Patrick tentou conversar com ela, porém ela não o ouviu, então seguiu-a até a bancada, mas ela virou as costas, cobriu o rosto com as mãos e o afastou.

— Filho da puta — disse ela.

Patrick apenas suspirou, porque sabia o que estava acontecendo. Os hormônios dela estavam descontrolados e ela não podia ser responsabilizada por nada que saísse de sua boca. Então esticou a mão para tocá-la, mas Evelyn ainda não tinha acabado. Empurrou-o outra vez, estreitando os olhos em uma expressão maligna.

— É disso que sua mãe gosta, não é? Ter oito filhos, ficar grávida aos 44 anos. Imigrante irlandesa idiota. Não acredita em controle de natalidade. Não consegue manter aquelas pernas finas fechadas.

As mãos de Evelyn estavam nos quadris. Seu corpo tremia, e dessa vez ela não afastou Patrick. Ele a abraçou, passou os dedos por seus cabelos, e eu simplesmente fiquei sentada ali.

Não estava mais zangada com minha irmã. Agora ela não parecia cruel e perigosa, parecia apenas jovem e sobrecarregada. *Sinto muito, Evelyn*, pensei, ouvindo-a chorar encostada à camisa de Patrick. *Sinto muito por você ter passado por um parto difícil e não ter tido uma menina. E sei que não deveria sentir isso pelo seu marido, mas não consigo evitar.*

Quatro

Pouco antes de as aulas começarem, Summer pisou em um prego enferrujado no jardim da sua casa. O corte rendeu sete pontos e uma antitetânica. Ela podia andar de muletas, mas não queria. Recusava-se a ser vista em público porque estava com um curativo no pé e não podia calçar seus sapatos Gucci.

Ela recebeu permissão para não ir às aulas por uma semana, o que foi uma falta de sorte para mim, porque Summer era a única pessoa que eu conhecia na Hollister. Antes do acidente, ela havia garantido que ia me mostrar a escola e almoçar comigo. Agora eu tinha de ir para uma escola nova totalmente sozinha.

— Vai dar tudo certo — disse Summer ao telefone.

Foi na noite anterior ao primeiro dia de aula. Eu estava encostada à bancada da cozinha, enrolando o fio do telefone no pulso, observando-o formar marcas brancas em minha pele.

— Não acho, Summer. Eu nem quero ir.

— Claro que quer. É uma das melhores escolas da cidade e vai ajudar você a entrar na Parsons.

— E se eu não conseguir acompanhar as matérias? — perguntei, suspirando e afrouxando o fio do telefone.

— Ari — disse ela, calmamente, como sempre fazia quando eu estava nervosa. — Você vai se sair bem, como sempre. Sabe que vai conseguir.

Se Summer sabia que eu ia conseguir, achei que não deveria me preocupar tanto. Relaxei um pouco, mas na manhã seguinte ainda queria que ela estivesse comigo. Além de todos os outros préstimos de Summer, ainda queria seu conselho de moda, porque não podia contar com mamãe para aprovar minha roupa. Ela disse que a blusa turquesa estava ótima sob o blazer preto e que claro que não haveria problema em usar calça branca, pois ainda estava fazendo mais de 30 graus lá fora, mas aquilo não ajudou porque minha mãe não sabia nada de moda. E a Hollister tinha um código de vestuário rígido. Segundo o manual dos alunos, não eram permitidos tênis e jeans, nem mesmo jaquetas jeans. *Transgressores serão penalizados*, li. Eu não queria ser penalizada, especialmente no primeiro dia.

— Sua carona chegou — disse mamãe, e vi uma Mercedes prateada estacionada diante da nossa casa. Pertencia a Jeff Simon, que levava a filha à escola todos os dias porque seu consultório ficava a apenas alguns quarteirões da Hollister. Agora ele também era meu chofer, mesmo sem Summer.

O carro de Jeff cheirava a charutos. Ele era um cinquentão alto com cabelo louro grisalho e olhos da cor de chá fraco. Sempre falava de igual para igual comigo e com Summer.

— Como está Evelyn? — perguntou, quando me sentei a seu lado.

— Está bem — falei, embora não tivesse muita certeza. Em alguns dias ela parecia bem, e em outros meus pais conversavam sobre gastar parte do dinheiro do tio Eddie para mandá-la outra vez para o New York Presbyterian Hospital.

Jeff assentiu.

— Não está sintomática?

Sintomática. Ele tinha usado essa palavra cinco anos antes. "Evelyn está sintomática? Está demonstrando ausência de afeto?" Dei de ombros, e ele ligou o rádio em uma estação de música clássica. Logo estávamos na ponte, e eu via a silhueta dos prédios a distância, sob uma mancha roxa e laranja no céu do começo da manhã.

— Um ambiente novo é sempre inquietante — disse Jeff, quando chegamos à Hollister Prep e eu retorcia as mãos enquanto observava a multidão de alunos bem-vestidos entrar no prédio. — Seu ânimo vai se normalizar quando você se acostumar.

Eu torcia para que Jeff estivesse certo quando entrei na sala de orientação, que estava cheia, barulhenta e lotada de pessoas que conheciam todo mundo, menos eu. Escolhi uma carteira contra a parede, observando todos, certa de que não ia falar com ninguém, mas definitivamente os desenharia mais tarde. O garoto com o braço engessado, uma garota cuja pele bronzeada estava descascando nas bochechas.

Inclinei minha cabeça para trás e fechei os olhos com força. Não dormira muito na noite anterior; a única coisa que ajudou tinha sido a camisa de Patrick. Eu a deixava escondida no meu armário sob uma pilha de cachecóis de inverno, onde mamãe não limpava nem bisbilhotava. Dizia a mim mesma que não a tinha roubado, só pegara emprestada por um tempo, e ninguém ia perceber, porque Patrick tinha muitas camisetas como aquela. Enfim, eu precisava dela mais que ele. Usava-a para dormir sempre que tinha dor de cabeça ou insônia, e seu cheiro me relaxava tanto quanto um longo banho de banheira.

— Droga. — Ouvi alguém dizer, me virei e notei uma ruiva procurando algo na bolsa. Ela levantou o rosto, e vi olhos esverdeados, um nariz pequeno, muitas sardas e nenhuma maquiagem. — Você tem um absorvente? — perguntou, em uma voz rouca. — Ou um Stayfree? Estou uma semana adiantada.

Eu tinha um Stayfree do mês anterior na bolsa, mas a professora já estava ali fazendo a chamada, e eu não podia tirar um absorvente íntimo da bolsa diante dos três caras sentados perto de mim. Então entreguei minha bolsa e disse que ela podia levá-la para o banheiro, que ia encontrar o que precisava no bolso esquerdo.

Era Leigh Ellis. Foi o que descobri quando ela voltou e a professora chamou seu nome. Depois a professora disse meu primeiro nome inteiro em voz alta, e eu esperei olhares, risadas, todas as coisas com as quais estava acostumava, mas nada aconteceu. Houve apenas silêncio até eu dizer:

— É Ari.

— Por que abreviou seu nome? — sussurrou Leigh em meu ouvido, e eu me perguntei se ela estava com a garganta inflamada. Parecia estar à beira de uma laringite.

Eu me virei. Ela estava inclinada para a frente, com o rosto apoiado na mão. Reparei em um bico de viúva, um queixo pontudo e minúsculas manchinhas douradas em suas íris.

— Por que você abreviou seu nome? É lindo — comentou, sorrindo com dentes perfeitos, e cheguei à conclusão de que gostava dela. Não havia como não gostar. Era a primeira pessoa além da minha mãe a dizer algo positivo sobre meu nome em meus 16 anos. — É o título de um livro, sabia? De Tchekhov.

Agora eu gostava dela ainda mais. Logo o sinal tocou e ela saiu, deslizando sozinha pelo corredor entre as fileiras de armários. Passei por garotas usando calças de alfaiataria, blusas engomadas, brincos antigos de rubis, safiras e pérolas. Seus cílios tinham apenas um pouco de rímel; seus lábios, não mais que um toque de brilho. Nada era parecido com minha escola no Brooklyn: casais se beijando contra paredes, cabelos armados e rígidos de spray Aqua Net, aspirantes a Madonna. Nada de luvas sem dedos, nada de faixas de renda. Nem um único bustiê.

Olhei para minhas roupas enquanto ia para a aula seguinte. Era literatura inglesa, e eu me encaixava. Minha maquiagem leve, meu cabelo liso... eu era um deles, e isso quase me fez chorar. Eu nunca tinha pertencido à minha escola anterior, onde era ignorada e considerada uma garota quieta e sem graça que se sentava no fundo da turma e desenhava rostos em cadernos.

Mas não conseguiria me transformar em uma daquelas figuras confiantes com tanta facilidade. Então, em meu primeiro dia na Hollister Prep me sentei no fundo de todas as salas de aula. Comi meu sanduíche de salame em uma cabine do banheiro enquanto todos os outros socializavam no refeitório. Na aula de artes, fiquei cinco carteiras atrás de Leigh Ellis e observei seus lápis de cor se moverem sobre o bloco de desenho. Ela estava criando algo abstrato. Não era o que o professor tinha nos mandado fazer, mas era bom e mais interessante do que a tigela de frutas que o restante da turma usava como modelo.

Observei os dedos sardentos de Leigh segurarem os lápis, a pulseira prateada deslizar sobre o papel, os grossos cabelos vermelhos roçarem na gola sempre que ela virava a cabeça. Ela me pegou olhando, e tentei disfarçar, mas eu não precisava fingir. Ela sorriu, acenou, apontou para si mesma e em silêncio formou com a boca as palavras *sala de orientação*, como se ela tivesse alguma chance de ser esquecida.

Jeff era um chofer só de ida. Ele levava Summer para a escola, e depois ela voltava para casa de metrô, o que eu fiz naquele primeiro dia. Não havia muitos passageiros às 16 horas, mas a estação estava quente e eu sentia calor. Minha pele estava pegajosa sob o blazer quando cheguei ao Brooklyn e subi a escada para o ar ensolarado e úmido. Havia gente por todos os lados, entrando e saindo de mercados de comida asiática e restaurantes italianos, passando rapidamente de bicicleta e buzinando para qualquer um que ficasse em seu caminho.

— Ariadne. — Ouvi mamãe dizer.

Ela estava parada diante de mim. Seu cabelo ficava tão frisado quanto o de Evelyn nesse tipo de clima, e havia gotas de suor sobre seu lábio. Ela disse alguma coisa sobre me esperar, que tinha me chamado três vezes mas eu não ouvira. Será que eu estava delirando por causa do calor?

Não a tinha escutado. Estava pensando que escolhera a roupa certa naquela manhã e que meu cabelo era adequado e que ninguém na Hollister tinha dito uma única palavra que me deixasse com vontade de me trancar no quarto e ficar lá pelo resto da vida.

— Então, como foi? — perguntou mamãe, prendendo o fôlego. Ela provavelmente torcia por algo bom, mas esperava algo ruim, como quando Summer tinha sido eleita a Garota Mais Bonita do sétimo ano e eu não fora eleita para coisa alguma.

Ouvi mamãe soltar o ar enquanto íamos conversando para casa e eu terminei de contar sobre a Hollister. Mencionei o quanto tinha gostado dos sofisticados portões de ferro da escola e da garota da minha sala de orientação com habilidades artísticas e conhecimento de Tchekhov.

Minha mãe ficou feliz. Sorriu, colocou o braço em torno de mim e me apertou enquanto estávamos no meio-fio esperando o sinal abrir. Estava usando uma regata, mas não deveria, pois seus braços eram grossos.

Ela e Evelyn tinham o mesmo corpo. Comecei a imaginar minha irmã aos 30 anos, parecendo mais velha do que realmente era, com o lindo rosto distorcido por demasiados cheesecakes semiprontos assim como o de mamãe era inchado por causa dos cupcakes da Hostess. Visualizei Evelyn usando vestidos simples sem mangas, com os braços flácidos balançando enquanto ela lavava os pratos na pia da cozinha, mas não falei sobre isso. Meu primeiro dia na Hollister tinha ido bem, e mamãe estava me levando a um restaurante chinês para comemorar. Eu não precisava de nenhum pensamento sombrio girando na cabeça; eles já me assombravam o bastante. Dessa vez, me recusei a ouvir.

* * *

Leigh não estava na sala de orientação na manhã seguinte. Temi que ela nunca mais voltasse, que tivesse se mudado ou sido transferida para outra escola, o que só confirmaria minha habitual falta de sorte.

Desejei que Summer não tivesse pisado naquele prego, ela fosse à escola de muletas e se sentasse comigo no refeitório, porque assim eu não precisaria almoçar no banheiro pensando que a Hollister não era tão boa assim. Parecia grande e assustadora. Talvez eu devesse ter ficado no Brooklyn, onde passava os almoços na sala de artes. A professora me deixava organizar seus materiais, e eu queria ficar ali, sozinha, com pincéis e tintas, comendo em uma carteira limpa. Agora estava comendo em um vaso sanitário sujo. Então me arrastei pelo restante do dia e mal notei quando um borrão de cabelo ruivo passou rapidamente por mim no começo da aula de artes.

— Oi — disse Leigh, sentando-se na carteira ao lado da minha. Ela estava desobedecendo ao regulamento, usando jeans, All Star de cano alto e uma camiseta marrom com as palavras SUNY Oswego impressas na frente. — Perdi alguma coisa na sala de orientação?

Balancei a cabeça, reparando em uma corrente prateada com um pingente em forma de ponta de flecha em seu pescoço.

— É uma perda de tempo colossal — disse ela. — Nunca vou.

Eu não sabia como ela conseguia quebrar tantas regras impunemente, mas não teria conseguido perguntar mesmo que quisesse. A professora começou a falar, dizendo que aquele seria um período de desenho livre e que podíamos fazer o que quiséssemos, desde que não fosse potencialmente ofensivo.

— Censura — murmurou Leigh. — Nada é ofensivo na arte.

Concordei, e ela começou a perguntar de onde eu era e que escola frequentava antes. Respondi às perguntas, acrescentando que era amiga de Summer Simon, e ela me lançou um olhar inexpressivo.

— Nunca ouvi falar dela — disse Leigh, e imaginei que ela estava apenas confusa, porque todo mundo conhecia Summer. Leigh ainda parecia meio resfriada, então cheguei à conclusão de que sua cabeça estava congestionada, embaralhando sua memória. Também decidi não tocar no seu nome quando ligasse para Summer à noite. A ideia de alguém ser alheio à existência dela a destruiria, e eu não queria ser responsável por isso.

Cinco

Arrumei minha mochila no domingo de manhã. Pijamas, calcinhas, meus comprimidos para enxaqueca só por precaução. Eu ia passar o dia com Evelyn porque Patrick estava trabalhando outra vez.

Foi ideia de mamãe e de Patrick. Mas eles me pressionaram para fingir que eu tinha pensado nisso, porque de outra forma Evelyn ia ficar desconfiada. Ela precisava da minha ajuda, e eles sabiam o que era melhor para ela.

Estavam conversando sobre o que era melhor para Evelyn desde que Shane tinha nascido. Os dois falavam constantemente ao telefone, o que não parecia irônico para mais ninguém além de mim. Todo mundo parecia ter esquecido que mamãe já desprezara Patrick e que ela fizera um escândalo quando Evelyn se encrencou. Minha mãe tinha me buscado na escola um dia depois de descobrir que Evelyn estava grávida. Foi até o quartel de bombeiros em que Patrick trabalhava, gritou com ele e o xingou de escória e cafajeste, e eu afundei no banco quando ela perguntou a ele se já tinha ouvido falar de camisinha. "Você deveria pensar com o cérebro", disse ela. "Use a cabeça, Patrick, não o que tem dentro da calça."

Agora eles eram aliados. Às vezes papai resmungava que mamãe não deveria se envolver, que não era certo se intrometer, mas ela não dava ouvidos. Dizia que Evelyn tinha dois filhos, que seu comportamento desagradável podia afastar Patrick e que um divórcio seria catastrófico porque Evelyn não tinha estudo nem habilidades profissionais.

— Você não tem com que se preocupar, Nancy — disse meu pai naquela tarde, enquanto nos levava para o Queens no carro de mamãe. As janelas estavam abertas porque fazia calor para a segunda semana de setembro, e o cabelo de mamãe flutuava ao redor de sua cabeça em um turbilhão crespo. — Acho que Patrick a ama muito.

Eu também achava. Ele tinha de estar apaixonado para aguentar tudo que ela dizia.

Mamãe não parecia convencida, porque fez uma cara enojada e soprou a fumaça de Pall Mall pelo nariz, como um búfalo.

— Ouça, Tom. Eu nunca disse nada sobre o peso que ela ganhou. Eu mesma também poderia emagrecer um pouco. Mas se somarmos isso às mudanças de humor de Evelyn... — Ela balançou a cabeça, tragou o cigarro e soprou uma nuvem cinzenta pela janela. — Só estou dizendo que ela dá a Patrick muitos motivos para sair da linha.

Papai olhou para ela, que estava com o rosto ao vento e desfrutava seu cigarro. Achei que talvez começasse a discutir com mamãe, mas não discutiu. Nunca fazia isso. Ele simplesmente ligou o rádio em um jogo dos Yankees. Foi o único som que ouvi até tocarmos a campainha de Evelyn.

Era um dos seus dias bons. Ela estava no vestíbulo, usando um vestido leve que minimizava o que estava errado e destacava o que era bonito. A saia alongava suas pernas, o cinto afinava sua cintura. Um colar de contas se perdia no decote. Ela fizera escova, e o cabelo emoldurava seus traços refinados e a cor incomum de seus olhos.

Ela preparou o almoço para nós. Salgadinhos e pastas, que comemos na sala de estar, massa recheada com ragu preparado no forno, cookies da Mrs. Fields servidos com sorvete napolitano em pratos de papel.

— Sei que você gosta dos três sabores, pai — disse Evelyn, retirando a baunilha, o chocolate e o morango com uma colher de sorvete. Ela deixou cair uma bola tricolor no prato dele e se sentou com Shane no colo, e me perguntei por que mamãe estava tão preocupada, já que Evelyn parecia ótima. Ela olhou para mim do outro lado da mesa e quis saber como estava a escola. — Algum garoto bonito? — perguntou.

Mamãe estava engolindo uma colherada de sorvete de chocolate.

— Garotos são irrelevantes — respondeu ela, antes que eu chegasse a abrir a boca. — Ariadne está na Hollister para poder entrar em uma boa faculdade e ser alguém na vida.

Havia um relógio em cima da pia e eu ouvia seu tique-taque. Minha mãe voltou ao sorvete e não se deu conta do quanto o rosto de Evelyn tinha se alterado: seu maxilar estava rígido e sua boca, contraída. Como mamãe podia ser tão sem noção? Faculdade, ser alguém na vida, tudo que ela achava que sua primogênita não tinha conseguido. "Garotos são irrelevantes" era sua frase preferida durante a adolescência de Evelyn, e eu sabia o que mamãe estava pensando: você não me escutou, Evelyn. E veja o que aconteceu por causa disso. Você é uma mulher de 23 anos com excesso de peso, apenas o ensino médio e dois filhos, sentada em uma cozinha horrorosa que seu marido não tem dinheiro para reformar.

— Adorei seu vestido, Evelyn — soltei, na esperança de que um elogio ajudasse, mas não ajudou. Ela sorriu educadamente, murmurou alguma coisa sobre trocar a fralda de Shane e foi para o segundo andar, desaparecendo até a hora de mamãe e papai irem embora.

— Não seja rabugenta — disse mamãe a ela nos degraus da entrada. — Patrick vai se cansar de você.

Então ela e papai foram embora. Evelyn bateu a porta, foi até a geladeira e se escarrapachou no sofá com uma garrafa de cerveja.

— Inacreditável — disse ela, abrindo a tampa da garrafa. Ela tomou um gole e apoiou os pés na mesinha de centro. Fiquei observando do vestíbulo. A Evelyn legal tinha desaparecido tão rapidamente quanto aparecera, e agora eu estava com medo de me aproximar da minha irmã. — Não ouça o que nossa querida mãe diz sobre garotos, Ari — disse ela, levantando o dedo médio para uma foto de mamãe na parede. Era um retrato emoldurado de seu casamento com Patrick, e todos estavam sorrindo. — Ela prenderia você em uma jaula se pudesse. Obrigaria você a fazer tudo do jeito *dela*.

Fixei os olhos na fotografia. Eu me lembrava que o dia estava ensolarado. Mamãe tinha feito a bainha do vestido de

Evelyn na noite anterior e convidara os pais de Patrick para dormir na nossa casa porque eles não tinham dinheiro para ficar em um hotel. Ela levara Evelyn a dez floriculturas para encontrar o buquê mais bonito e abrira mão de um colar de pérolas que papai lhe dera para que Evelyn pudesse usar algo antigo.

— As intenções de mamãe são boas.

Evelyn riu.

— Sabia que ela quis que eu fizesse um aborto quando estava grávida de Kieran?

Eu sabia, mas fiz que não com a cabeça mesmo assim. Não queria que Evelyn descobrisse que eu tinha ouvido a conversa quase seis anos antes pela parede que separava meu quarto do dela. Ela e mamãe gritavam, e Evelyn chorava, e mamãe dizia que um aborto seria a melhor maneira de resolver aquela confusão. Depois Evelyn poderia terminar o ensino médio e ir para a faculdade, mesmo que fosse só a Kingsborough Community College ou a Katharine Gibbs Secretarial School: qualquer coisa seria melhor que ter um bebê antes de completar 18 anos.

— Que católica! — disse Evelyn. — Só vai à igreja nas festas e diz à filha para matar um bebê. Ela é uma hipócrita, sabia?

Eu não concordava com aquilo. Mamãe queria o melhor para Evelyn. Eu me lembrava de sua voz do outro lado do papel de parede lilás dizendo que Evelyn estava jogando fora seu futuro, que era jovem e bonita demais, e que não queria que ela acabasse como uma dona de casa dependente, que tinha de pedir permissão ao marido toda vez que quisesse comprar meias novas.

— Não acho que seja verdade, Evelyn — comecei, mas era tudo o que eu tinha a dizer.

— É, sim — retrucou ela.

Ela ligou a televisão e terminou a cerveja enquanto eu subia para o banheiro e tomava dois comprimidos para enxaqueca. Estava feliz por não tê-los esquecido dessa vez, porque a teia roxa fluorescente estava se esgueirando para meu olho esquerdo.

Mais tarde, dormi na sala de estar porque não tinha outra opção. O quarto de hóspedes não existia mais. Acordei no sofá na manhã de segunda-feira e ouvi Evelyn na cozinha, perguntando a Kieran que tipo de cereal ele queria: Frosted Flakes, Apple Jacks ou Cap'n Crunch? Depois ouvi os barulhinhos balbuciantes de Shane e Patrick batendo alteres contra o chão do porão, e logo Evelyn passou correndo por mim com as crianças, dizendo que Kieran estava atrasado para a escolinha e que eu devia lembrar ao Patrick que ele tinha de me levar para a escola. Eu não me incomodava de ir para a escola, porque não ia precisar almoçar no banheiro. Summer voltava naquele dia.

A porta da frente se fechou e da janela observei Evelyn sair em sua minivan. Estava quente lá fora. Uma fina névoa envolvia o quarteirão, e tudo estava tranquilo, com exceção dos latidos do dobermann do vizinho e de Patrick se exercitando lá embaixo. Fui para a cozinha tomar café da manhã, e ele entrou logo depois, suado, sem camisa.

— Tenho de levar você para a cidade hoje, não é? — perguntou ele, e assenti enquanto tentava não olhar para seu peito. — Melhor ir logo tomar um banho. O que acontece naquele lugar se você se atrasar? Batem com uma régua?

Eu ri.

— Acho que *isso* daria cadeia, Patrick.

— Não quando eu estava na escola. Aquelas freiras me espancavam.

— A Hollister não tem freiras — falei, e ele me contou que as freiras eram sádicas e cruéis, e era por causa delas que os filhos dele iam frequentar escolas públicas. Então ele subiu. Ouvi o chuveiro ligado e pensei com tristeza em Patrick, ainda menino, em um uniforme desconfortável, sendo aterrorizado por bandos violentos de freiras armadas com réguas.

Agora ninguém podia aterrorizá-lo: ele era forte e alto demais. Admirei seus ombros largos sob a camisa quando ele entrou na picape parada no meio-fio. Ele enfiou uma fita no rádio, Bruce Springsteen cantando sobre a guerra do Vietnã ou coisa parecida. Eu não estava prestando atenção. Patrick falava sobre Evelyn, dizendo que ela parecia melhor ultimamente, que estava criando uma rotina, e perguntava se ela parecia bem para mim.

— Acho que ela está ótima — falei, porque ambos queríamos que fosse verdade.

Vinte minutos depois, Patrick me deixou na Hollister, e eu tive de lutar contra a vontade de me pendurar na traseira da picape enquanto ele se afastava. Mesmo que Summer estivesse ali, eu teria preferido passar o dia com Patrick, ficar no Corpo de Bombeiros, talvez até sentar em um carro da corporação e rodar pelo Queens, mas é claro que era só uma idiotice.

— Voltei. — Ouvi Summer dizer quando eu estava abrindo meu armário.

Não estávamos em nenhuma aula juntas, nem mesmo na sala de orientação, mas pelo menos eu podia almoçar no refeitório como uma pessoa normal, o que fiz mais tarde.

Summer se sentou ao meu lado, mordiscando um Chipwich e falando sobre uns caras que tinham instalado novos azulejos no banheiro dos pais dela. Um deles era canadense, lindo e paquerador.

— Ele me deu o telefone dele — disse ela. — Não que eu vá ligar. Vou só adicionar à minha coleção.

Ela estava falando da sua coleção de números de telefone, que guardava na gaveta dos sutiãs com o diário de veludo; a insistência em mencionar cada homem que flertava com ela estava me irritando.

— Que bom — falei, observando o refeitório.

Vi Leigh Ellis a algumas mesas de distância. Ela estava sentada sozinha, folheando um romance. Não tinha aparecido na sala de orientação outra vez naquela manhã e agora deixava o refeitório cedo, acenando para mim ao sair. Summer ficou completamente chocada.

— Você a *conhece*? — perguntou.

— Ela está na minha sala de orientação — respondi.

Então Summer começou a falar. A fofocar, na verdade. Contou que Leigh não precisava ir à aula porque um dos seus antepassados tinha fundado a Hollister Prep e seu tio era um advogado famoso e que ela ia se formar com boas notas mesmo que incendiasse a escola e dançasse nua sobre as cinzas.

— Ela tinha um namorado — sussurrou Summer. — Um universitário. Ele morreu em um acidente de carro no campo no inverno passado. Soube que ela estava dirigindo... supostamente bêbada. Ela não veio à escola por três meses depois disso, mas claro que não precisou repetir de ano. Parece que ela se recuperou, porque já arranjou um namorado novo... eu o vi buscá-la de Porsche. Ele tem uma cicatriz horrível na boca... acho que deve ter nascido com lábio leporino.

Assenti, tonta com a sobrecarga de informação. O sinal tocou, saímos do refeitório e atravessamos o corredor, onde

Summer apontou para uma placa de bronze com palavras escritas sob o perfil aristocrático de um homem. FREDERICK SMITH HOLLISTER, II. FUNDADOR DA HOLLISTER PREPARATORY ACADEMY, 1932.

— Não é um parente direto de Leigh — disse Summer. — Acho que ela é aparentada por parte do tio, o advogado de quem falei. Era o pai da mulher dele ou coisa do tipo. Não sei muito bem, porque ela não fala com ninguém. — Summer acenou para um grupo de garotos que estava passando e depois falou no meu ouvido. — Olhe, Ari... estou feliz por você estar aqui. Mas todo mundo da Hollister... eles não sabem nada sobre o que aconteceu no Brooklyn e não quero que saibam. Entendeu?

Assenti.

— É nosso segredo.

No dia seguinte, descobri que Summer estava errada quando disse que Leigh não falava com ninguém, porque ela falava comigo na aula de artes. Também conversávamos nas frias manhãs do fim de setembro quando ela aparecia na sala de orientação; ao longo de outubro enquanto desenhávamos as árvores laranja-vivo do outro lado da janela da sala; e em novembro, quando todas as folhas caíram, o céu se encheu de nuvens, e desenhávamos tudo em branco e cinza.

Foi em uma dessas tardes que nosso professor anunciou um projeto, um trabalho que tínhamos de fazer sobre um artista moderno. Ele listou nomes no quadro-negro e disse que podíamos trabalhar em duplas, e Leigh e eu levantamos a mão quando ele apontou para o nome *Picasso* escrito em giz verde-limão

— Quer ir ao meu apartamento amanhã para começar o trabalho? — perguntou ela da carteira atrás da minha, e eu me virei.

Ela estava usando a camiseta SUNY e tocando a pulseira prateada. Ela parecia otimista, mas eu a decepcionei. Fiz uma pausa longa demais, pensando em tudo que Summer tinha me contado. O acidente de carro. A embriaguez ao volante. Gostava de Leigh, mas não sabia se era seguro estar com ela fora dos portões da Hollister Prep.

Ela leu minha mente. Seu rosto se entristeceu, e pensei outra vez na fofoca. Podia ser tudo mentira ou uma versão distorcida da verdade. Summer não deveria espalhar rumores. Então aceitei o convite.

Seis

Summer bateu a porta de seu armário com raiva no dia seguinte. Eu tinha acabado de contar que não voltaríamos para casa juntas porque ia ao apartamento de Leigh, onde o plano era obter informações sobre Picasso nos livros emprestados da biblioteca da Hollister.

Mas não foi exatamente isso que aconteceu. Leigh e eu estávamos saindo da escola sob um céu escuro quando ela disse alguma coisa sobre a 23rd Street. Achava que tinha perdido sua pulseira, mas não, ela havia sido encontrada, e Leigh precisava pegá-la. Não me incomodava, não é? Só demoraria alguns minutos, e a pulseira significava muito para ela.

O vento pinicou minhas bochechas quando balancei a cabeça. Então Leigh e eu pegamos o metrô, que nos levou à West 23rd Street, uma rua apinhada de velhas casas muito próximas umas às outras. Eram estreitas, com quatro andares, separadas apenas por um fiapo de viela. Paramos em um prédio que tinha escadas de incêndio nos três andares superiores e janelas cobertas de compensado. Ouvi barulhos no lado de dentro, vozes ásperas, furadeiras e martelos: pedreiros, que vi na outra extremidade do prédio depois que Leigh abriu a porta.

O lugar cheirava à umidade, misturada à serragem que as furadeiras estavam levantando. Ouvi os homens gritarem uns com os outros sobre pregos e cavilhas, e Leigh começou a subir a escadaria diante de nós. Era fina, longa e avançava para a escuridão. Eu a segui, ouvindo os degraus rangerem sob meus passos.

— Esta é a casa do meu primo — disse Leigh, batendo em uma porta vermelha com maçaneta dourada. — Ele pretende transformá-la em uma discoteca. O pai dele o considera insano.

O primo dela abriu a porta, e eu vi seu apartamento: um loft reformado com tijolos expostos, uma claraboia e mobília moderna; tudo era preto, de couro e vidro. Havia uma máquina de calcular na mesinha de centro em meio a pilhas de recibos e dinheiro.

— Ariadne Mitchell — disse Leigh. — Este é Delsin Ellis.

Imaginei que Delsin Ellis devia ter uns 24 anos. Ele era forte, tinha uma altura mediana e cabelos escuros, um nariz aquilino e olhos de uma cor incomum. Eu não sabia se eram verdes, cinzentos ou ambos.

— Del — disse ele, estendendo a mão, que apertei.

— Ari — retruquei, o que fez Leigh suspirar.

— Vocês dois são inacreditáveis — disse ela. — Têm nomes tão marcantes e, por alguma estranha razão, os abreviam. — Ela olhou para mim. — Meu primo teve a sorte de receber um nome que reflete nossa herança nativo-americana.

Olhei para o colar dela, para o pingente de flecha. Agora fazia sentido.

— Herança nativo-americana — repetiu Del. — Talvez há uns cem anos. E misturada com alemães, irlandeses e tudo o mais.

Leigh cruzou os braços.

— Temos sangue da tribo shawnee, e você sabe disso, Del. — Ela olhou novamente para mim. — O pai de Del e a minha mãe são irmãos. Eles vieram da Geórgia. Antigamente, os shawnee se espalhavam por toda a Geórgia.

— Ninguém dá a mínima, Leigh — disse Del, e nos levou até uma estante. Pegou a pulseira na prateleira, e ela a prendeu ao redor do pulso. Era uma pulseira de identificação, aquela prateada que ela sempre usava. Não era feminina, tinha sido feita para um homem, com uma corrente de elos pesados e as iniciais M.G.

— Leve ao joalheiro e mande apertar para não cair outra vez. Você pode perdê-la na rua na próxima vez e não no meu carro, e não quero que isso aconteça — disse Del, enquanto eu examinava seu rosto. Vi uma cicatriz alta que começava perto do meio do lábio superior e serpenteava até a narina esquerda, como uma cobra.

Uma cicatriz na boca, um lábio leporino... Summer estava totalmente errada. Leigh ainda não tinha se recuperado da morte do namorado. A pulseira, que significava tanto para ela, provavelmente era dele. E ela não tinha um namorado novo. Tudo que tinha era um primo.

Leigh assentiu e disse que precisávamos ir, com a voz áspera como de hábito. Recentemente, eu tinha chegado à conclusão de que nunca havia sido um resfriado ou laringite, ela era apenas naturalmente rouca.

Ela continuou falando depois que Del fechou a porta atrás de nós, e começamos a descer a escada. Então chegamos à calçada, e Leigh começou a contar sobre Del. Eu tinha imaginado corretamente sua idade, e ela me revelou outras coisas, que sua mãe morrera havia 12 anos, que ele tinha um irmão mais novo e que largara a faculdade.

— Tiveram de mexer muitos pauzinhos para ele entrar na Northwestern — disse Leigh. — Ele não tinha exatamente as notas necessárias. Então ele arranja uma briga com um estudante de engenharia por causa de uma vaga e é expulso... Del arrancou os dentes da frente do cara com um soco, por mais inacreditável que pareça. Meu tio teve de gastar muito dinheiro para fazer aquilo ser esquecido.

— Ah — falei, por falta de coisa melhor.

O vento soprava o cabelo de Leigh em seu rosto, longas mechas acobreadas contra a pele sardenta.

— Eu deveria falar mal dele. Todo mundo fala — disse ela. — Seu nome... é nativo-americano e significa "ele é muito". Meu tio sempre diz "Ele é muito teimoso", "Ele é muito revoltado", "Ele é muito idiota". Toda essa conversa sobre começar um negócio... Del comprou aquela espelunca com parte do dinheiro do fundo fiduciário que recebeu da mãe. Espero que dê certo, porque ninguém tem nenhuma fé nele, e ele precisa de algo significativo na vida.

— Ah — repeti, sem saber por que Leigh estava me contando tudo aquilo. Mas eu era a única pessoa com quem ela falava na escola, então concluí que era solitária e que ninguém mais a escutaria.

O apartamento de Leigh ficava em um prédio moderno da East 78th, com um porteiro que nos abriu uma porta de vidro que dava para um elevador espelhado com música de fundo, que nos levou para um apartamento pequeno, mas claro e bem decorado, no vigésimo andar. Tinha mobília sofisticada, janelas cobertas com cortinas turquesa transparentes e utensílios de cozinha prateados.

Sentamos à mesa da cozinha e pegamos nossos livros da biblioteca, rascunhando fatos a respeito de Picasso em páginas de fichário. Eu estava lendo sobre uma de suas pinturas mais famosas, *Les Demoiselles d'Avignon*, quando quis usar o banheiro.

— Depois da sala de estar, no fim do corredor à direita — disse Leigh, apontando a direção. Estava absorta demais em Picasso para levantar a cabeça.

Atravessei a sala de estar, passando por um sofá bege, uma mesinha de centro de carvalho cor de areia e uma pintura de Georgia O'Keeffe na parede: uma flor abstrata, uma explosão de rosa e laranja com um leve toque de turquesa que combinava com as cortinas. Então entrei no corredor, e uma porta na extremidade se abriu. Vi uma moça alta e esbelta com membros finos, cabelo da mesma cor do meu e um rosto lindo. Estava usando uma camisola curta praticamente transparente.

— Oi — disse ela. — Sou Rachel.

— Eu sou Ari. — Eu estava mais próxima agora, então o rosto dela ficara claro. Sua pele tinha um tom oliva, macia e sem falhas. O nariz era proeminente, mas perfeitamente reto, as sobrancelhas eram finas e arqueadas, e os olhos eram escuros e amendoados. Rachel era linda como uma modelo, deslumbrante como aquelas mulheres que apareciam na capa da *Vogue*. Eu não conseguia imaginar quem ela era, talvez a irmã mais velha de Leigh, mas elas não se pareciam em nada.

— Você precisa usar o banheiro? — perguntou. — Vá em frente, eu espero.

Eu me tranquei no banheiro e resolvi meus assuntos rapidamente, porque não podia ser indelicada e deixar Rachel esperando. Ela entrou depois que saí. Leigh ainda estava lendo sobre Picasso na cozinha quando voltei.

— Devíamos ir ao MoMA — disse ela, quando me sentei à sua frente — para aprender mais sobre o trabalho dele. Vamos escrever melhor assim, não acha?

Assenti. Então ouvi água correndo no banheiro, e Leigh também. Ela disse que não sabia que a mãe estava acordada, e não acreditei que aquela mulher que eu acabara de conhecer poderia ser a mãe de alguém, especialmente de alguém da idade de Leigh.

— Você a viu? — perguntou Leigh, e assenti novamente. — Normalmente ela não acorda antes das 17 horas. Sabe... o fato de ser velha o bastante para ter uma filha adolescente a deixa deprimida. Não que ela seja realmente velha o bastante para ter uma filha adolescente. Ela só tem 34 anos.

Subtraí rapidamente: 34, 16. Leigh nascera quando Rachel tinha 18 anos. Faltavam três semanas para Evelyn completar 18 quando deu à luz Kieran, mas eu não estava com vontade de tagarelar sobre os segredos da minha família, então não disse nada.

Leigh me contou que Rachel sempre dormia durante o dia. Presumi que tivesse algum tipo de emprego noturno, ainda que não conseguisse imaginar qual. Ela não parecia o tipo que trabalhava no pedágio ou cuidava de doentes em um hospital.

— O que ela faz? — perguntei, achando que estava sendo intrometida demais, mas Leigh não se importou.

— Vai a boates, basicamente. A Studio 54 era sua preferida quando estava no auge da popularidade. Ela é amiga de um dos donos. Mas agora ele está doente. AIDS. — Leigh sussurrou a última palavra, como se a doença pudesse ser contraída simplesmente por ser mencionada. — Na verdade, minha mãe tem um emprego... ela é maquiadora na Broadway. Antes era *A Chorus Line*, e agora ela está fazendo *Cats*, mas só de terça a quinta. Ela não trabalha nos fins de semana: é ocupada demais com sua vida social. Ela tem sorte por meu tio nos sustentar ou não sei onde estaríamos. Provavelmente vivendo em uma caixa de papelão na esquina. Ou em um parque de trailers na Georgia.

Ela disse *Georgia* com um falso sotaque sulista e não falou mais nada por algum tempo. Voltamos aos nossos livros, a Picasso. Lemos sobre sua fase rosa e seu período cubista até que percebi que o apartamento não estava mais claro.

— É melhor eu ir — falei, olhando em volta em busca do meu casaco. — Está tarde.

Eu tinha esquecido que Leigh pendurara meu casaco no armário do corredor. Ela o trouxe para mim, e eu estava fechando os botões quando ela disse alguma coisa sobre ligar para um serviço de carros para me levar em casa.

— Vou de metrô sem problemas — disse a ela, pensando que só tinha uma nota de 10 dólares na carteira e com certeza isso não era o bastante para pagar uma corrida de táxi de Manhattan ao Brooklyn.

— Está escuro lá fora, Ari — disse Leigh. — E é perigoso. O metrô está cheio de gente que foi expulsa do hospício antes da hora. Você não assiste às notícias? — Ela pegou o telefone e começou a discar. — Este é o serviço que a empresa do meu tio usa e é totalmente de graça... não vou aceitar não como resposta.

Não consegui encontrar uma razão para argumentar. Pegamos o elevador até o térreo, onde ficamos com o porteiro até um sedan brilhante chegar. Entrei no banco de trás, e vi Leigh se despedir com um aceno através das janelas escurecidas. Então escutei 1010 WINS enquanto o motorista corria por Manhattan, passando por arranha-céus e sinais de trânsito em um borrão de vermelho, amarelo e verde.

Logo chegamos ao Brooklyn, e eu vi coisas diferentes: casas simples, Santa Ana em nosso gramado. O vento estava tão forte que ela e a pequena Maria pareciam estar se abraçando para ficar aquecidas.

Mamãe estava de avental em nossos degraus. A porta da frente se abria atrás dela, e senti o cheiro do jantar da calçada enquanto o sedan se afastava. Andei em sua direção, certa de que ela estava irritada por eu ter me atrasado e não ter me dado ao trabalho de ligar. Sua expressão combinava desagrado e perplexidade, e ela observava o sedan no fim da rua, com as luzes escarlate dos freios brilhando na escuridão.

— O que está acontecendo? — perguntou.

Imaginei que ela queria saber por que eu tinha chegado em casa em um carro com chofer como algum tipo de socialite, mas eu tinha outras coisas na cabeça. Pensava em uma fileira de casas dilapidadas na West 23rd Street e em um apartamento claro na East 78th, em Delsin Ellis com sangue shawnee e na cicatriz em seu lábio. Eu não fazia ideia do que responder à pergunta de mamãe porque não podia explicar nada disso.

Sete

Summer não almoçou comigo no dia seguinte. Deveria ter almoçado. Fui para o refeitório com um saco de papel em que mamãe tinha colocado um sanduíche de presunto com pão de centeio e um cupcake da Hostess, mas Summer imediatamente disse alguma coisa sobre sua amiga que morava em um apartamento ali perto. Sussurrou que às vezes elas se esgueiravam até lá e pediam uma pizza, mesmo sabendo que sair do campus durante o horário escolar era uma violação ostensiva das regras da Hollister.

— Quer ir também? — perguntou, mastigando um cubinho de Bubble Yum.

Olhei por cima do seu ombro para um grupo de garotas que pareciam pertencer a um catálogo da Bloomingdale's. Estavam paradas no portão com bolsas Louis Vuitton penduradas no pulso. E eram Louis Vuitton autênticas, não as imitações com o L e o V invertidos que estrangeiros vendiam em becos escuros.

Voltei a olhar para Summer, para sua sombra azul-escura, seus lábios molhados do brilho de pêssego perolado. Ela estava usando uma saia angorá apertada com botas de salto alto, que a deixavam mais alta que eu, e um longo cordão de contas prateadas, que dava três voltas em torno de seu pescoço.

— Não — respondi.

A testa dela se franziu.

— Por que não?

Suas amigas me assustam, pensei. *Não sei o bastante sobre sapatos de grife e rituais de namoro para me encaixar.* Mas não podia admitir isso tudo, então simplesmente dei de ombros.

— Ari — disse ela. — Quero mesmo que vá com a gente. Não posso deixar você sozinha.

— Não tem problema. Provavelmente vou encontrar Leigh em algum lugar.

— Leigh? — disse Summer. — Ela é uma esquisita que dirige bêbada.

— Summer — falei, e minha voz tinha o tom de repreensão que normalmente se ouve de professores e pais. — Você não deveria falar assim das pessoas. Nem espalhar boatos sobre elas.

Os olhos dela se arregalaram como se eu tivesse acabado de gritar "Summer Simon Chupa".

— É, eu sei — respondeu, e comi meu sanduíche sozinha depois que ela saiu, porque Leigh não apareceu.

Não a vi até o último tempo, o que me fez imaginar se ela havia dormido a tarde toda como Rachel e ido assistir apenas à aula de artes porque era a única que não lhe causava ataques de bocejos.

— Quer ir ao MoMA depois da aula? — perguntou ela.

Estava usando All Star outra vez, com a camiseta SUNY Oswego sob um blazer que não combinava. E eu queria ir ao MoMA, mas Summer não gostou quando contei isso a ela mais tarde.

— Deveríamos ir para casa juntas de metrô — disse ela, e tinha razão, então concilei. Convidei-a para ir ao MoMA, onde eu, ela e Leigh olhamos as pinturas de Picasso e os relógios derretidos na exibição de Dalí.

— Isso é uma idiotice — disse Summer. Ela nunca fora fã de arte.

— Acho maravilhoso — retrucou Leigh, o que Summer repetiu em um tom sarcástico mais tarde, quando estávamos dentro do carro do metrô a caminho do Brooklyn.

— Ela é estranha — disse Summer, examinando os próprios dedos. Percebeu uma lasca na unha, pegou um frasco de esmalte na bolsa e executou um habilidoso retoque. — Desculpe, mas é verdade. Você não reparou na maneira como ela se veste? Eu a vi usar aquela camiseta três vezes na semana passada. Pelo que sei, Oswego é onde o namorado morto estudava. Provavelmente, a camiseta era dele, o que não é psicologicamente saudável. Ela precisa deixar isso para trás.

Dei de ombros enquanto as luzes bruxuleavam dentro do carro do metrô. Pensei na camiseta, me perguntando se realmente tinha pertencido ao namorado de Leigh, se ela nunca a lavara porque tinha o cheiro dele, se ela a usava pelas mesmas razões que me faziam dormir com a camiseta de Patrick. Então Summer falou do Dia de Ação de Graças. Perguntou se íamos comer na casa de Evelyn na semana seguinte como normalmente fazíamos, e balancei a cabeça.

— Minha mãe vai cozinhar este ano. — Foi tudo que eu disse, porque ela não precisava saber que Evelyn não estava bem nos últimos tempos, que mamãe sempre entrava sorrateiramente com o telefone na área de serviço para papai não escutar suas conversas com Patrick, nem que Evelyn não cozinhava mais, sequer caçarola de atum ou cheesecakes semiprontos. Patrick contara a mamãe que nunca havia nada em casa além de Doritos e Dunkin' Donuts.

— Teremos um ótimo dia hoje — disse mamãe no Dia de Ação de Graças, enquanto estava debruçada no forno espetando nosso peru com um garfo. — Você vai ajudar com o bebê para Evelyn poder relaxar. Vai dar tudo certo.

Ela assentiu, como se isso fosse transformar as coisas em realidade. Mas pareceu decepcionada durante o jantar quando papai e Patrick discutiram sobre futebol americano e Evelyn não fez outra coisa senão comer. Ela afogou seu peru no molho e devorou três fatias de torta de abóbora, e, pela cara de mamãe, percebi o temor de que o peso de Evelyn se tornasse uma desculpa para Patrick *sair da linha*.

Então um botão da blusa de Evelyn estourou e caiu no prato de papai. Não fiquei surpresa: ela estava transbordando o sutiã.

— Droga — disse ela, recuperando o botão. Seu rosto ficou manchado como ficara durante a maior parte da primeira gravidez, quando ela chorava por causa das sinuosas estrias roxas que marcavam sua pele.

— Isso acontece comigo toda hora — menti. — As coisas são feitas de qualquer maneira hoje em dia.

Os olhos cor de jade de Evelyn me fuzilaram.

— Quem perguntou alguma coisa a *você*?

Eu não achava que alguém precisasse me perguntar. Só estava tentando ser simpática, mas agora não entendia por que tinha me dado ao trabalho. *Perdoe-a*, pensei. *Seus hormônios ainda estão descontrolados, e ela não sabe o que está dizendo.*

Mamãe tentou consertar as coisas.

— Evelyn — disse ela. — Vá ver se encontra outra coisa para vestir no meu armário. Pegue o que quiser.

Evelyn subiu. Papai fez uma caminhada para queimar algumas calorias, mamãe sumiu na cozinha com as crianças, e eu ouvi o barulho dos pratos sendo lavados enquanto eu e Patrick ficamos sentados à mesa.

— Bom, isso não foi muito educado — disse ele. — Vá buscar uma régua para mim.

— Para quê? — perguntei.

— Para eu colocar um pouco de juízo na cabeça da minha mulher.

Eu ri. Eu o adorava por estar do meu lado. Ele saiu logo depois, para seu turno no Corpo de Bombeiros, deixando Evelyn e os meninos, que papai levaria para o Queens mais tarde. Dei a mamadeira de Shane no sofá enquanto Kieran se esticava no carpete com um livro de colorir e uma caixa de Crayolas.

— Mãe. — Ouvi Evelyn chamar do segundo andar. — Pode vir aqui em cima, por favor?

Seu tom de voz era urgente, e temi que ela não tivesse encontrado nada que coubesse. Eu estava limpando o leite da boca de Shane quando mamãe saiu da cozinha de avental e pantufas e subiu a escada, e eu tinha acabado de ligar a TV quando ela me chamou.

Subi os degraus com Shane nos braços. O corredor estava escuro, com exceção da luz que vinha do meu quarto, e fiquei com os joelhos bambos quando vi Evelyn sentada na minha cama com a camiseta de Patrick sobre as coxas.

Mamãe estava no vão da porta. Evelyn se levantou e tomou Shane de mim. Um de seus cachos bateu contra meu olho direito quando ela voltou para a cama. Eu me sentia enjoada. Nunca esperaria que Evelyn remexesse meu armário.

— O que foi? — perguntei, piscando para aliviar a ardência no olho, perplexa com a calma que eu transmitia. Não dava para perceber que eu estava a ponto de vomitar nas pantufas atoalhadas da minha mãe.

— Nada — disse mamãe. — Evelyn encontrou a camiseta de Patrick no seu armário e agora está querendo saber como foi parar lá.

Evelyn revirou os olhos.

— Eu *sei* como foi para lá, mãe. Ari roubou da minha casa.

— Quem lhe deu permissão para bisbilhotar minhas coisas? — indaguei.

— Por que não posso bisbilhotar suas coisas? — perguntou Evelyn. — O que você está escondendo?

— Evelyn — disse mamãe. — Patrick deve ter deixado essa camiseta aqui por engano. Lembra quando ele ajudou seu pai a pintar a cozinha na primavera passada? Eu sei que lavei algumas roupas dele na época, e a camiseta provavelmente se misturou com as roupas de Ariadne.

— É — concordei, porque era uma explicação muito razoável e inocente.

— Ah, por favor — disse Evelyn, me encarando. — Você sabe muito bem que ele a deixa molhada.

Eu desprezava aquela expressão. Era tão bruta, tão grosseira... O tipo de coisa que Evelyn e as amigas fracassadas diziam enquanto fumavam Marlboros nas esquinas em vez de ir para a aula.

— Você é nojenta — falei, fechando os punhos com tanta força que minhas unhas marcaram semicírculos nas palmas das mãos.

— Meninas, meninas — intrometeu-se mamãe, antes que Evelyn tivesse a chance de pular na minha jugular. Ela se sentou na cama, enfiando a camiseta de Patrick no bolso da frente de seu avental *Beije a Cozinheira*. — Evelyn, você não deve falar assim com sua irmã. Patrick é seu marido, e Ariadne nunca faria algo inadequado. A ideia é simplesmente ridícula.

— Mesmo que fizesse — disse Evelyn, levantando o queixo —, não adiantaria nada. Ari podia tirar a roupa para ele, e ele não toparia. Ele não gosta de adolescentes sem peitos, sabia? Sou a única que Patrick ama.

A verdade doeu. Mais do que a pior enxaqueca que já se alastrara na minha cabeça. Por um instante, odiei Evelyn, sentada ali, toda convencida e arrogante, a orgulhosa proprietária do amor de Patrick. A pior parte era que ela estava certa. Era a única que ele amava, e a amava tanto que fazia vista grossa para o excesso de peso e o eczema, o humor instável e a caçarola de atum.

Então Shane começou a chorar, o que foi bom porque desviou a atenção de mim. Mas Evelyn ficou nervosa porque ele estava alimentado e de fralda limpa, então não havia motivo para estar chorando.

— Sempre arranjo chorões — disse ela, andando de um lado para o outro enquanto dava tapinhas nas costas do bebê. — Kieran era exatamente igual.

— *Todos* os bebês choram — disse mamãe.

— Os bebês das minhas amigas não choram nunca — insistiu Evelyn, e também começou a chorar sem motivo. Limpou com a mão o nariz que escorria, e eu parei de odiá-la. *Não ouça suas amigas*, pensei. *Elas estão mentindo. Os bebês delas também choram. Aquelas mulheres terríveis querem que você fracasse para terem assunto para conversar na piscina.*

— Eu fico com ele — falei. — Por que você não se deita um pouco na minha cama e relaxa?

— Boa ideia — disse mamãe. — Não é uma boa ideia, Evelyn?

Linhas vermelhas marcavam o branco dos olhos de Evelyn, e ela parecia arrependida do que dissera antes. Ela sorriu; mamãe e eu fechamos a porta do quarto e fomos para a sala de estar com Shane. Papai levou Evelyn e as crianças para o Queens algumas horas depois, e acenei da calçada enquanto se afastavam. Estava frio do lado de fora, e quebradiças folhas cor de laranja redemoinhavam juntas no cimento. Eu me virei para a casa, percebendo Santa Ana me observar com o canto de seu olho pintado.

Lá dentro, pendurei o casaco no armário do corredor e senti a presença de mamãe atrás de mim. Ela deu um forte puxão no meu cabelo, que me fez levar a mão à cabeça, procurando um ponto careca.

— Por que você fez *isso*? — perguntei.

Não obtive resposta. Ela sorriu, segurando a camiseta de Patrick com a mão esquerda. Havia uma cesta de roupa suja na direita.

— Vou lavar e devolver para ele.

Por favor, não faça isso, pensei. *Você não sabe como preciso dela.*

— Está bem — falei, mas minha voz não saiu tão firme quanto no quarto, então sacudi o cabelo, pigarreei e disfarcei qualquer sinal de fraqueza.

— Imaginei que você não se importaria — continuou mamãe, enfiando a camiseta no cesto juntamente com os panos de prato sujos de molho e as cuecas de papai. — Você já superou isso, não é? Já deveria ter superado.

Naquele momento, percebi que minha mãe não tinha se esquecido daquela única vez em que eu me sentara no colo de Patrick. Foi tão humilhante que tive vontade de sumir. E me dei conta de que mamãe tinha muito talento como mestre de picadeiro, orquestrando tudo em nosso circo familiar, tentando nos manter no caminho certo.

— Claro que sim — respondi, me perguntando se um dia superaria.

A Mercedes de Jeff parou na frente da minha casa na manhã de segunda-feira. Enquanto Summer examinava seu rosto em um estojo de pó compacto, eu me sentei atrás e percebi que os vizinhos tinham se ocupado durante o fim de semana. Todas as decorações de Ação de Graças tinham desaparecido e sido substituídas por guirlandas e laços amarrados em caixas de correio e postes de luz.

— Como está Evelyn? — perguntou Jeff.

Dei de ombros.

— Não muito bem.

— Ela está consultando alguém? — perguntou ele, referindo-se a um psiquiatra, e balancei a cabeça.

Quando chegamos à Hollister, Summer foi para sua sala de orientação e eu fui para a minha. Leigh estava lá, usando um enorme moletom da SUNY Oswego. Eu queria saber se pertencera ao seu namorado, mas não podia perguntar.

— Você está convidada para uma festa — disse ela. — No outro sábado.

Eu me virei para trás. O cabelo de Leigh estava preso. O pingente de flecha roçava o moletom, e a pulseira estava em sua mão e não no pulso, porque ainda era grande demais. Achei que ela devia levá-la de uma vez à joalheria antes que a perdesse para sempre.

— Que festa? — perguntei.

Ela explicou que seu tio faria sua celebração anual de Natal. Era no apartamento dele, para cem pessoas, e ele sempre a deixava levar alguém.

— Seu primo vai? — perguntei.

Ela franziu as sobrancelhas.

— Está falando de Del?

De quem mais eu poderia estar falando? Assenti, pensando no nome dele. Del. Delsin Ellis. Era tão marcante quanto Leigh dissera.

— Ele vai — respondeu ela, depois colocou o dedão na boca e roeu a unha. Ela parecia querer me contar alguma coisa, mas não sabia se devia. — Sabe, ele achou você bonita.

Eu não sabia. Isso nunca teria passado pela minha cabeça: elogios eram raros. O de Del me fez pensar nele a manhã inteira, em cálculo e história americana, e até durante o almoço enquanto Summer tagarelava sobre uma festa de noivado.

— Quer fazer isso? — perguntou ela, mas eu não tinha ideia do quê. Não estava escutando e sim olhando para o outro lado do refeitório, onde Leigh folheava uma *ARTnews*.

Queria que ela olhasse na minha direção, para poder chamá-la para se sentar conosco, mas provavelmente ela não teria ido mesmo. Summer não tinha sido exatamente agradável no MoMA e estava sendo menos simpática naquele momento, em que não tinha minha atenção exclusiva.

— Você não faz ideia do que estou falando, não é? — perguntou ela, e balancei a cabeça humildemente. Então ela ficou amuada e elevou o tom de voz, como se eu fosse surda ou burra. Disse que Tina ia fazer o bufê de uma festa de noivado no fim de semana seguinte e que elas precisavam da minha ajuda, se eu estivesse disponível.

Eu não estava disponível. Tinha sido convidada para uma festa em um apartamento grande o bastante para receber cem convidados, com um cara mais velho que supostamente me achava bonita. Eu queria contar a Summer, me gabar do jeito que ela faria, mas não contei. Menti. Disse a ela que ia passar o fim de semana no Queens, o que era uma desculpa aceitável. Tinha certeza de que ela ia ficar chateada outra vez se ouvisse a verdade. Ela ficaria arrasada se descobrisse que eu ia dispensar minha melhor amiga de novo por causa de uma garota que usava a mesma camiseta três vezes em uma semana.

No dia seguinte, Leigh me deu um convite para a festa do tio. Embora a comemoração fosse na casa dele, o convite tinha sido enviado de seu escritório. Era feito de papel vermelho grosso, enfiado dentro de um envelope dourado com as palavras ELLIS & HUMMEL ASSOCIADOS, EMPIRE STATE BUILDING. QUINTA AVENIDA, 350. 98º ANDAR impressas no verso. O nome do tio de Leigh era Stanford Ellis.

Eu nunca tinha entrado no Empire State Building, nem meus pais e Evelyn, porque mamãe dizia que os verdadeiros nova-iorquinos nunca faziam esses programas turísticos. Mas imaginei que o dono de um escritório de advocacia na Quinta Avenida, cujo convite para a festa de Natal terminava com as palavras *Black tie opcional,* esperasse que seus convidados usassem algo especial.

— Posso comprar um vestido novo na cidade? — perguntei a minha mãe, no fim de semana anterior à festa. Era a manhã de sábado, e ela e meu pai estava sentados à mesa da cozinha lendo o jornal e comendo bolo de café. Mamãe já estava fumando um cigarro e me olhou como se eu estivesse sugerindo uma viagem a Marte.

— Na cidade? — perguntou, como se Manhattan não ficasse a apenas alguns quilômetros de distância. Ela olhou para papai, e eles soltaram uma risada simultânea, voltaram aos jornais e me deixaram parada sobre os ladrilhos.

Mas eu não podia ir à festa de Stanford Ellis usando algum trapo de liquidação do meu armário.

— A festa é semiformal, mãe. Black tie opcional.

— Ora, ora — disse ela. — Oh là là!

Papai riu, e eu quase chorei. Será que aquelas pessoas não entendiam nada? Não percebiam que eu nunca ia a algum lugar interessante nem fazia nada empolgante? Queria dizer a mamãe que precisava ir decente à festa porque alguém que talvez se sentisse atraído por mim estaria lá, mas eu sabia que ia ser inútil. *Garotos são irrelevantes*, ela provavelmente diria.

Chegamos a um consenso. Fomos a uma Loehmann's local, onde ela prometeu me comprar um vestido prático com um preço razoável.

— Essa sua amiga ricaça... — disse mamãe, enquanto olhávamos as araras. — Talvez convide você para outras festas, então escolha alguma coisa que adore. Não vou comprar um vestido novo todas as vezes, Ariadne. Você não é a princesa Diana.

Eu sabia que não era a princesa Diana. E Leigh não era ricaça. Mas eu também sabia que minha mãe me faria sair da loja de mãos vazias se eu discutisse, então fiquei quieta. Uma hora depois, estávamos de volta ao Honda, e eu segurava uma sacola de compras feliz com o que havia dentro: um vestido de veludo preto até o joelho que estava com vinte por cento de desconto. Um pretinho básico. Summer sempre dizia que toda garota precisa ter um pretinho básico.

Eu o embalei cuidadosamente em uma capa para roupas na noite da festa e procurei nas gavetas da minha cômoda uma meia-calça enquanto mamãe observava.

— Seu dever de casa está pronto? — perguntou ela.

— Está — respondi, tentando não parecer arrogante, embora ela já tivesse feito aquela pergunta três vezes.

— E os pais de Leigh... vão estar em casa?

Eu ia para o apartamento da Leigh para nos arrumarmos e irmos juntas para a festa usando o serviço de carros, e eu sabia que Rachel estaria lá, mas a palavra *pais* me confundiu. Leigh nunca tinha mencionado o pai, e perguntar teria sido indelicado da minha parte.

— A mãe dela vai estar.

— A mãe dela — disse mamãe. — E o pai dela?

— Não sei, mãe. Provavelmente são divorciados. Os pais de praticamente todo mundo são divorciados.

Ela grunhiu. Eu não queria olhar para ela, então fiquei remexendo a gaveta. Mamãe segurou meu braço e fui obrigada a olhar. Seus olhos estavam inchados, e eu gostaria que ela pintasse o cabelo em breve. Ela era muito negligente com o cabelo.

— Esteja de volta à meia-noite, Ariadne. Nem um minuto mais tarde.

Meia-noite era justo. Concordei, depois saí no sedã que Leigh tinha pedido para mim. O motorista me levou ao apartamento de Leigh, onde Rachel abriu a porta. Ela estava usando outra camisola, e seu cabelo longo caía sobre os ombros.

— Posso falar uma coisa? — indagou ela, alguns minutos depois. Eu estava sentada ao seu lado no sofá, e Leigh estava na cadeira diante de mim, balançando a cabeça.

— Ai, mama — disse ela, o que foi estranho. Todo mundo que eu conhecia chamava as mães de mãe ou mamãe. O jeito de Leigh falar aquilo me lembrou de uma antiga entrevista do Elvis Presley que eu tinha visto na televisão uma vez. Mama e papai, era assim que Elvis se referia aos pais, e achei que fazia sentido, porque ele também era do sul.

O sotaque de Rachel era leve. Eu o percebi quando ela ignorou Leigh e falou comigo.

— Ari — disse ela. — Você tem olhos lindos. Mas, querida, você não está tirando essas sobrancelhas direito. Deixe-me consertá-las e a deixarei deslumbrante.

Leigh parecia insultada.

— Mama — grunhiu ela. — Qual é o seu problema? Ari não pediu uma transformação.

Mas eu não me importava. Não poderia dispensar a oportunidade de receber a ajuda de uma maquiadora profissional para ficar deslumbrante.

Rachel estalou a língua.

— É *você* que precisa de uma transformação. Não a vejo usar batom há quase um ano.

Eu também nunca tinha visto Leigh de batom. Nem rímel, nem qualquer outra coisa. O namorado dela morrera havia cerca de um ano, e eu me perguntei se ela não ligava mais para maquiagem.

— Estou bem assim — disse ela.

— Não está, não, mas vamos falar disso depois — argumentou Rachel, e logo depois eu estava sentada na borda de uma banheira, e ela estava agachada na minha frente com um olhar de intensa concentração, como se estivesse realizando uma microcirurgia e não tirando minhas sobrancelhas. Quando terminou, virou-se para Leigh. — Viu? — disse ela. — Eu não estava certa?

Leigh sorriu e admitiu que o arco das minhas sobrancelhas estava perfeito.

— Você realmente destacou os olhos dela.

— Só a mantenha longe de Del — disse Rachel, depois voltou-se para mim. — Ele é um galinha como meu pai era. Posso jurar que ele só quer aquela boate para ter um bar cheio de garotas à distância de uma escada de seu quarto.

Imaginei que Leigh não estava brincando quando disse que todo mundo falava mal de Del. Ela e Rachel me deixaram sozinha para me vestir para a festa, e olhei meu reflexo no espelho, me achando mais bonita. Minhas sobrancelhas estavam habilidosamente esculpidas e terminavam em pontas afiladas nos cantos externos dos olhos, que de alguma maneira pareciam mais azuis. Fiquei olhando por algum tempo, coloquei o vestido e calcei os saltos, que me deixavam muito mais alta que Leigh.

Ela usou sapatos baixos e nenhuma maquiagem. Seu vestido era simples, da mesma cor de um saco de papel do almoço, e tão amassado quanto. Rachel lhe disse para encontrar outra coisa para usar, porque ela tinha um armário cheio de roupas mais atraentes, mas Leigh não deu ouvidos, e Rachel não discutiu. Estava ocupada demais ajeitando o cabelo, a maquiagem e o vestido, que era de cetim coberto de lantejoulas e cintilou dentro do sedan a caminho da festa.

Não ficamos muito tempo no carro. O apartamento de Stanford Ellis ficava a poucos quarteirões de distância, em um prédio alto com concierge e chão de granito no saguão. Entramos no elevador que tocava uma sinfonia pelos alto-falantes invisíveis; havia uma arandela em forma de folha na parede de vidro opaco. Rachel apertou um botão e fomos para o último andar, onde as portas se abriram para o que pensei ser um hall compartilhado, mas que na verdade era um vestíbulo particular.

Estávamos pisando outra vez em granito. Eu sentia o calor do fogo queimando lentamente em uma lareira e senti o cheiro das folhagens que cobriam uma mesa redonda no meio da sala. As paredes à nossa volta eram de madeira escura. Entramos em uma sala de estar acarpetada, com janelas do chão ao teto, que ostentavam uma vista de Manhattan de tirar o fôlego.

Eu nunca tinha visto a cidade daquela altura; não achava que aquele lugar era de fato um apartamento. Era uma cobertura. Tinha uma cozinha grande, uma sala de jantar formal e uma escadaria ampla de mármore creme perolado com um intricado corrimão de ferro. Sentadas nos degraus, havia pessoas usando ternos caros e vestidos sofisticados, segurando taças de vinho, copos de uísque e guardanapos de papel, provavelmente porque não havia nenhum outro lugar para sentar. Os sofás e as cadeiras estavam ocupados por outras pessoas que bebiam, conversavam e riam, e reparei em um homem abrindo caminho entre a multidão, passando apenas um momento com cada pessoa, como uma abelha polinizando flores.

— Aquele é tio Stan — disse Leigh, apontando um dedo sardento na direção dele.

Estávamos comendo miniquiches que tínhamos tirado da bandeja de um garçom enluvado. Bebemos Perrier e nos encostamos em uma parede, e observei Stanford Ellis, que não era o que eu esperava. Não era tão velho quanto meus pais nem tão novo quanto Rachel. Cheguei à conclusão de que estava na faixa dos 40 e era bonito como um ator.

Leigh me apresentou alguns minutos depois. Ele tinha a altura de Rachel e o mesmo nariz. O cabelo louro-claro era grosso e a pele era bronzeada. Ele não ficou mais tempo conosco do que com os outros convidados, mas preencheu cada segundo com sorrisos e charme.

— O que há com você, Leigh? — disse ele, com um leve sotaque do sul, com os olhos escuros fixos em mim. — Convidar uma garota tão bonita para a festa vai me obrigar a trancar meus filhos.

Provavelmente, ele não estava falando sério. Mas, quando se afastou, fingi que estava, fiquei toda feliz e animada e continuei tomando minha Perrier, torcendo para Leigh não perceber que eu estava desesperada por um elogio. Ela não pareceu notar. Começou a falar sobre Del, que tinha acabado de chegar e estava cumprimentando os convidados tão habilidosamente quanto o pai.

Esbarramos com ele na cozinha antes de o jantar ser servido. Os funcionários do bufê estavam enfeitando os pratos com galhinhos de salsa e Del preparava o próprio drinque.

Del não estava de gravata. A gola de sua camisa se abria sob o blazer, e ele cheirava a perfume e tabaco. Ele sorriu para mim e para Leigh com o lábio marcado.

Seus olhos estavam mais verdes que na última vez em que o tinha visto. Eu não tinha percebido que a ponta de seu nariz era curvada para baixo, e cheguei à conclusão de que ele não chegava nem perto da beleza do pai, mas me deixava muito mais nervosa que ele.

— Querem uma bebida, meninas? — perguntou.

Balancei a cabeça. Nunca tinha tomado nada mais forte que uma Budweiser e aquela noite não era o momento para começar a experimentar. Precisava manter a cabeça no lugar para não fazer nada idiota, constrangedor ou ambos.

Leigh cruzou os braços.

— Somos menores de idade. Nem todo mundo desobedece à lei, Del — disse ela, com um tom implicante, e me lembrei do estudante de engenharia desdentado.

— Muito engraçado — disse ele.

Ela sorriu, encostando-se à bancada.

— Onde está seu irmão?

Del segurava seu drinque e o balançou para misturar o rum.

— Blake está lá em cima. Está estudando para as provas finais como um bom menino.

Blake não participou do jantar, que era um bufê montado em réchauds na mesa da sala de jantar. Todos se serviram, e Leigh encontrou um lugar vago em um sofá de couro macio, onde me acomodei entre ela e Del; mal toquei na minha comida porque não queria ficar com espinafre preso entre os dentes e derramar molho marinara pelo queixo. Não podia envergonhar a mim mesma, sobretudo com Del tão perto que seu joelho tocava o meu.

A calça dele era macia. Del usava uma pulseira dourada e um anel de diamante no dedo mindinho. Ele se levantou duas vezes para pegar mais comida e três vezes para encher novamente o copo, e temi ser entediante e ele não voltar, mas ele sempre voltava.

— Vou inaugurar a boate na véspera de ano-novo — disse-me ele. — Você devia ir.

— Acho que não vão me deixar entrar — falei, porque a idade mínima para essas boates era 21 anos, e eu não tinha uma carteira de identidade falsa. Del riu, e senti uma gota de suor escorrer pelas minhas costas.

— Que bonitinha — disse ele. — Mas não se preocupe. Não vou deixar ninguém barrar você.

Sorri e fiquei ali sentada conversando com Leigh e Del até Rachel nos dizer que estava na hora de ir. Del nos acompanhou até o vestíbulo, e Rachel olhou para ele antes de apertar o botão do elevador na parede.

— Dê um beijo de despedida em mim e na sua prima, seu delinquente — disse ela.

Ele deu um sorriso debochado e obedeceu, então as portas do elevador se abriram e ele se aproximou de mim quando Rachel e Leigh viraram as costas. Sussurrou algo em meu ouvido, algo que pareceu "Feliz Natal", e senti a barba malfeita de seu queixo quando ele beijou minha bochecha.

Foi só um beijo normal. O mesmo beijo que ele deu na tia e na prima, o mesmo beijo insignificante que todos os convidados estavam dando uns nos outros ao saírem da festa. Mas ele segurou meu ombro e apoiou a mão na parte inferior das minhas costas, e isso acelerou minha respiração porque ninguém me tocava assim desde o menino das Catskills.

— Leigh — disse Rachel, quando entramos no carro. — Você viu Blake hoje?

Leigh balançou a cabeça.

— Del disse que ele estava estudando.

— Mais provavelmente se escondendo. Stan falou que ele ainda está triste por causa daquela garota.

Que garota?, eu me perguntei, mas só por um instante. Rachel e Leigh ficaram em silêncio, e eu pressionei a testa contra a janela, olhando as luzes passando rapidamente enquanto o beijo de Del formigava na minha pele.

Quando entrei em casa, mais tarde, papai já tinha ido dormir, e mamãe estava na sala de estar, fumando um Pall Mall e rabiscando em um bloco.

— Está escrevendo um livro? — perguntei.

— Não é o que estou sempre fazendo? — Ela arrancou três páginas do bloco, amassou-as e me disse para sentar. — Vou lhe trazer um lanche e você vai me contar tudo.

Ela foi para a cozinha, voltou com um prato de sanduíches e me entregou um copo de leite morno cheio até a borda. Eu não queria tomá-lo, mas ela não aceitaria não como resposta. Mamãe sempre obrigava Evelyn e eu a tomar leite para fortalecer nossos ossos ou coisa do tipo.

— Eu esquentei — disse ela. — Vai ajudá-la a dormir.

Eu estava empolgada demais para dormir. Tirei os sapatos e fiquei sentada com mamãe de pernas cruzadas no sofá, onde contei a ela sobre o elevador e a cobertura sofisticada. Mencionei o tio de Leigh, mas não o primo, porque Stanford Ellis era seguro, eu podia falar dele como falaria de qualquer outro homem mais velho e inalcançável, como Don Johnson ou Tom Selleck. Mas Del tinha 24 anos, como Patrick quando encrencou Evelyn, então o guardei só para mim.

Oito

Acordei tarde na manhã seguinte. Dormiria ainda mais se papai não tivesse feito tanto barulho ao subir uma escada ao lado da minha janela para enfeitar nosso telhado com luzes de Natal. Vi seus pés nos degraus quando olhei para fora. Também vi uma neve fina sobre o rosto tranquilo de Santa Ana. Minha mãe estava ao lado dela, vasculhando uma caixa rotulada *Fios de Extensão*.

Havia outras caixas na sala de estar. Elas soltavam o cheiro de velas e do aerossol que mamãe sempre borrifava na nossa árvore artificial para deixá-la com o aroma de pinheiro de verdade. A casa cheirava a Natal, e isso melhorou meu humor, que já estava ótimo porque eu ainda sentia Del na minha bochecha. E o senti quando mamãe e papai estavam gritando um com o outro sobre usar luzes brancas ou coloridas em nossas cercas-vivas enquanto eu torrava um Pop-Tart. E mesmo depois que o telefone tocou e ouvi a voz de Patrick.

— Evelyn está resfriada — disse ele. — E preciso ir trabalhar.

Então tivemos de ir para o Queens, onde só consegui ver Patrick por um instante. Ele estava esperando na porta da frente e passou por nós correndo sem nem cumprimentar com um beijo, porque estava atrasado para seu turno.

Essa foi a primeira coisa deprimente. Houve muitas outras, como o som de Evelyn vomitando no banheiro, a pilha de pratos sujos na pia da cozinha, a montanha de lenços amassados que ela não tinha se dado ao trabalho de tirar da mesinha de centro. E o pior era o detestável muppet azul que Kieran estava vendo na TV da sala de estar. Senti uma dor de cabeça começando e não estava com meus comprimidos para enxaqueca, então perguntei se ele não poderia assistir a outra coisa, mas ele me ignorou.

— Kieran — falei. — Por favor, troque de canal.

Papai lia o jornal na cozinha, mamãe estava lavando pratos, e Evelyn fungava no sofá. Ela limpou o nariz com o Kleenex, mas não fez um bom trabalho, porque, quando olhou para mim, havia um repugnante brilho de muco sobre seu lábio.

— É o programa que ele mais gosta — disse ela.

— Está me dando enxaqueca, Evelyn.

A garganta dela estava cheia de catarro, e sua voz parecia a de uma velha morrendo de pneumonia.

— Ah, tadinha de você. Volte para o Brooklyn se seus ouvidos são tão delicados.

Ela aumentou o volume da TV e coçou o eczema, e tive vontade de pegar os lenços e usá-los para sufocá-la. Eu queria dizer que ela era cruel e grosseira e que eu estava ali para ajudar, embora preferisse estar em casa. Preferia estar desenhando ou lendo e não ouvindo um fantoche cantar uma música idiota que era pior do que pregos sendo enfiados no meu crânio, mas não disse nada. Simplesmente fui para a cozinha e reclamei com minha mãe.

— Eu sei — disse ela. — Mas temos de ser cuidadosos com ela.

Tínhamos de ser cuidadosos. Eu não podia matar minha irmã. Tudo que podia fazer era armar uma cama portátil no quarto de bebê e descansar no escuro com Shane enquanto minha mãe ia até a loja comprar um analgésico, Evelyn foi dormir no quarto e papai ficou brincando com Kieran na sala de estar.

Meu cobertor tinha o cheiro de Patrick, o que me fez sentir melhor. Fiquei enrolada até ouvir um barulho estridente e correr lá para baixo, onde Kieran estava esfregando o cabelo e chorando.

— Ele bateu com a cabeça na mesa — disse papai, no tom de voz leve que os adultos usam para convencer as crianças de que na verdade elas não estão sentindo dor. Mas Kieran continuou chorando, e meu pai o sentou em seu colo no sofá enquanto eu observava do pé da escada.

Aquilo foi o que mais me deprimiu. Mais do que a casa bagunçada, o vômito e o catarro. Fiquei deprimida porque papai só tinha feito aquilo comigo uma vez, em um dia de verão quando eu tinha 6 anos. Eu prendera o dedo acidentalmente em uma gaveta enquanto mamãe e Evelyn estavam no Pathmark. Ele entrou correndo no meu quarto e, depois de verificar se o dedo ainda estava no lugar, me pegou no colo e ficou dizendo em uma voz tranquilizadora que estava tudo bem até eu acreditar nele.

Foi a única vez. Em outras vezes eu tinha desejado novamente aquele tipo de atenção, incontáveis vezes, como quando estava no sétimo ano e cheguei em casa com o rosto marcado pelas lágrimas porque Summer tinha sido eleita a Garota Mais Bonita. Mas papai estava consertando o carro na garagem e se limitou a olhar para mim a 3 metros de distância como se eu fosse ridícula e a dizer que a mamãe logo estaria em casa.

Naquele momento, cheguei à conclusão de que eu era mesmo ridícula, porque tinha 12 anos, meus seios estavam crescendo e meus quadris estavam ficando arredondados, e compreendi que seios e quadris eram as coisas que tornavam uma mulher adulta, e adultos não deviam chorar na frente de ninguém. Na verdade, adultos não deviam chorar nunca, mas se chorassem, tinham de chorar sozinhos, trancados em um banheiro ou no carro quando estivessem sozinhos, e se alguém percebesse seus olhos vermelhos, eles tinham de superar, ser estoicos e dizer: "Ah, estou bem."

Acreditei nisso por alguns anos. Acreditei e aceitei bravamente até ver pela primeira vez Evelyn chorar com Patrick, que a abraçara e acariciara seu cabelo, e considerei aquela a coisa mais esperançosa que já tinha visto.

Summer correu para minha porta da frente na segunda-feira de manhã carregando uma sacola da Bloomingdale's. Seu cabelo saía pelo chapéu rosa felpudo e havia um cachecol combinando ao redor do seu pescoço, com pompons que quicavam contra seu casaco preto. Ela sorriu, tirou uma caixa da sacola e a empurrou para mim quando pisou no meu vestíbulo.

— Isto é para Evelyn — disse ela. — Para o bebê, digo. É uma roupa que eu e minha mãe compramos ontem na Bloomingdale's... É tão linda que não conseguimos resistir.

Pensei em dizer a Summer para devolver a roupinha linda na Bloomingdale's e pedir o dinheiro de volta, porque Evelyn estava na lista negra do Papai Noel naquele ano e não merecia um presente para o bebê. Mas me limitei a agradecer e coloquei a caixa sob a árvore de Natal.

— E aqui está uma coisinha para *você* — disse Summer, quando me virei. Ela enfiou a mão na sacola, retirou uma caixa de cedro e a entregou para mim. Li SUPRIMENTOS DE ARTE EMPIRE STATE gravado na madeira. — Minha mãe e eu passamos por lá a caminho da Bloomie's, e eu *tive* de entrar.

Abri a caixa.

— Summer — balbuciei, passando o dedo sobre uma fileira de lápis e carvões, absorvendo o cheiro novo em folha —, são lindos. Mas aquela loja é cara... Você não precisava gastar tanto dinheiro com um presente de Natal para mim.

— Ah, não é um presente de *Natal* — disse ela. — É só porque você gosta de desenhar.

Fechei a caixa e a abracei. Saímos de casa e Jeff nos levou para a escola. Leigh não apareceu na sala de orientação nem na aula de artes. Ela devia ter ido a pelo menos uma de suas aulas, porque a vi diante da Hollister quando estava indo embora com Summer naquela tarde.

Ela estava atravessando a rua, dirigindo-se a um Porsche cor de carvão com um jovem encostado nele. O rapaz usava um longo casaco preto e estava fumando um cigarro, e levei um segundo para perceber que era Del.

Summer grunhiu.

— Lá vai a esquisita e seu namorado horroroso. Ele não parece um índio? Ouvi em algum lugar que ela é índia, então faz sentido. Talvez ela seja a prometida dele.

Ela riu, mas eu não.

— Nativo-americano — falei, achando que ela estava se comportando como uma racista e me perguntando como alguém que tivera paciência para dar conselhos psicológicos ao próprio perseguidor podia se transformar em uma pessoa completamente diferente quando o assunto era Leigh Ellis. Que diferença em relação àquela manhã. — *Nativo-americano é* o termo correto.

Summer pareceu totalmente insultada.

— Dane-se — disse ela, mas ela pronunciou "da-ne-se", separando em sílabas, como se estas fossem palavras diferentes.

— E ela só é parte nativo-americana — continuei. — É um parentesco antigo.

— Acho que ele parece um índio — insistiu ela. — O cabelo dele é tão escuro; você reparou no nariz? E aquela cicatriz horrenda na boca? Se Leigh casar com ele e tiver filhos, eles podem ter o mesmo problema. Vi em um livro de medicina uma foto de um bebê com lábio leporino; parecia um buracão molhado bem no meio da cara da criança. Quase vomitei. É um defeito de nascença genético, sabia?

— Meu cabelo é escuro — falei. — Muita gente tem cabelo escuro. E ele tem pele e olhos claros. E ela não vai se casar com ele, Summer. Eles são primos.

Ela parou de andar.

— Como *você* sabe alguma coisa sobre os olhos dele?

Porque os vi quando fui ao apartamento dele, pensei. *Também os vi na festa na cobertura em Manhattan no sábado e passei uma hora ontem à noite misturando tintas para criar esse tom. Mas não posso lhe contar isso, Summer. Vou inventar alguma coisa plausível e agradável para responder a sua pergunta. Você acha que eu estava no Queens e não em Manhattan no sábado, e não quero magoá-la, mesmo que você esteja se tornando tão superficial que chegue a me assustar.*

Alguns dias antes das férias de Natal, quando Summer estava sentada comigo na hora do almoço e parecia toda animada porque tinha voltado com o cara de Columbia, chamei a atenção de Leigh quando ela levantou os olhos da *ARTnews*.

— Por que fez isso? — disse Summer, depois que acenei para Leigh, que estava do outro lado do refeitório. Ela fechou a revista e andou em nossa direção.

Ela se sentou ao meu lado; Summer estava diante de nós. Leigh foi simpática, e Summer ficou completamente imóvel na cadeira, como uma completa esnobe. Então Leigh começou a falar sobre Del, a boate e a festa de inauguração na véspera de ano-novo.

— Ele falou sobre isso com você, não falou? — disse Leigh, e assenti e me contraí, sentindo os olhos de Summer queimarem buracos no meu rosto. — Você pode ir, Summer... se quiser.

Ela queria. Eu não sabia se era porque tinha gostado da ideia de ser uma convidada pessoal do dono de uma boate em Manhattan, embora ele tivesse um defeito de nascença, ou se era só por despeito. E durante o percurso de metrô para casa naquela tarde, ela não perguntou onde e como eu tinha conversado com Del. Fingiu que a questão era insignificante, o que foi ainda pior.

— Vou levar Casey — disse ela. — Leigh disse que eu podia levar alguém.

Casey era o cara de Columbia. Era louro e bonito, e a menção de seu nome me fez lembrar que eu não tinha ninguém para levar, mas não me senti mal. Normalmente, teria me sentido... teria me sentido inadequada, feia e ia passar horas pensando nos meus seios desproporcionais, mas dessa vez decidi ser positiva. Eu ia ver Del na semana seguinte, e ele tinha me beijado e tocado a curva das minhas costas, e qualquer cara que fazia isso com uma garota tinha de ter pelo menos um mínimo de interesse por ela, não é?

Mas mamãe não podia saber disso. Só contei a ela que queria ir a uma boate na véspera de ano-novo e que o primo de Leigh era o dono, e era totalmente seguro porque a mãe dela ia estar lá e eu não ia tomar nenhuma bebida alcoólica.

Ela tragou o cigarro enquanto eu defendia meu caso, depois exigiu conhecer "essa tal de Leigh", como se eu tivesse 5 anos. Mas concordei, e Leigh foi a minha casa na noite de Natal para trocarmos presentes.

Dei a ela um suéter, e ela me deu uma paleta de sombras profissional com 88 cores. Vinha em um estojo preto esmaltado com um espelho interno. Ela me disse que Rachel tinha escolhido esse conjunto em particular porque era a combinação certa para meu tom de pele.

— Leigh é ótima — disse mamãe, depois que ela foi embora. Estávamos na sala de estar enquanto papai dormia lá em cima e ela me entregou um prato de biscoitos amanteigados caseiros. — Você pode ir à boate desde que volte para casa em uma hora razoável.

Que alívio. Sorri e escolhi um biscoito em forma de estrela.

No dia seguinte, Evelyn foi ao Brooklyn com Patrick e os meninos. Ela havia perdido 3 kg por causa da gripe; seu rosto estava mais fino, o eczema tinha praticamente desaparecido, e ela estava usando um vestido azul-royal com um presente de Natal de Patrick: 18 ametistas que formavam uma gota e pendiam de uma corrente dourada em seu pescoço. Ela sussurrou em meu ouvido que eles não tinham dinheiro para nada extra naquele ano, mas ela estava se sentindo tão deprimida nos últimos tempos que Patrick quis lhe dar algo especial, então simplesmente usou o MasterCard.

Fiquei babando pelo colar. Sorri depois que mamãe sussurrou em uma voz aliviada que Patrick e Evelyn estavam se dando melhor. Bati uma foto polaroide dos dois no sofá enquanto a mão de Patrick apertava a perna de Evelyn e a cabeça de Evelyn apoiava-se no ombro dele. E quando eles se beijaram sob o visgo que pendia do vão da porta de nossa cozinha, concordei alegremente com minha mãe: eles formavam um belo casal. Depois passei algum tempo escondida no banheiro. Estava com tanta inveja que quase chorei.

Nove

Era véspera de ano-novo e havia uma festa no andar de baixo. Summer e eu estávamos no quarto dela, que franzia a testa para minha roupa.

— É sem graça demais, Ari — disse ela, olhando para a blusa de imitação de cetim que tinha sido meu presente de Natal de Patrick e Evelyn. Então ela foi até seu armário e começou a jogar coisas sobre a cama até encontrar algo supostamente apropriado: uma minissaia de camurça preta e um bustiê parecido com o que ela estava usando. — Detesto ser tão crítica, mas normalmente você pede meu conselho, e só estou tentando ajudar.

Eu sabia disso, mas não conseguiria usar um bustiê. O dela era rosa com floretes cor de lavanda, pedraria e arame embutido que levantava os seios; eu não podia imaginar sair de casa com uma coisa daquelas.

— Não dá, Summer. Esse top não vai ficar bem em mim.

— Bom, talvez não. Sei que você é desproporcional aí em cima. Mas é quase imperceptível.

Ela se voltou para seu armário, e eu senti o sangue fugir do meu rosto, pensando que não poderia ser *quase imperceptível* se ela tinha percebido. E Evelyn tinha percebido. E Deus sabe quem mais. Agora eu queria esquecer tudo aquilo, mas Summer me distraiu fechando uma gargantilha de pérolas ao redor do meu pescoço.

— Pronto. É vistosa, mas patricinha. Sei que você adora essas frescuras de patricinha, Ari.

Frescuras de patricinha. Aquilo me fez sentir fabulosa. Eu me senti ainda melhor quando ela disse que minha calça era larga demais e meus sapatos eram sem graça, mas segui seu conselho porque ela tinha muito senso de moda. Então acabei saindo do quarto dela usando minha blusa, a gargantilha dela, a saia de camurça e sapatos pretos de salto alto que ela nunca tinha usado porque eram grandes demais.

— Já estão saindo? — perguntou Tina.

Eu e Summer tínhamos acabado de abrir caminho através de uma multidão de convidados para chegar à cozinha, onde encontramos Tina olhando pela porta do forno. O assado estava com um cheiro delicioso, e Tina parecia exausta.

— O carro está lá fora — disse Summer. — Não vou voltar muito tarde.

Tina franziu os lábios e contornou a bancada. Ela tirou uma folha de papel-manteiga de um tabuleiro de ovos recheados e balançou a cabeça.

— Estou lhe dando uma colher de chá hoje, Summer. Mas na próxima vez que eu tiver uma festa em casa ou um evento do bufê, espero que você ajude.

— Você não precisa trabalhar tanto — disse Summer. — Papai ganha muito bem.

Tina estava arrumando os ovos no prato em um círculo perfeito.

— Não tem nada a ver com dinheiro... Tenho uma empresa e responsabilidades. Tenho uma reputação, sabia?

Elas entraram em um desentendimento que durou até Jeff e o cheiro dos charutos se juntarem a nós. Ele disse que todos estavam perguntando por Tina. Ela respondeu que iria em um minuto e não disse mais nada a Summer, então fomos embora.

Quando entramos no banco de trás do sedan, Summer deu ao chofer o endereço do namorado. Eu tive de ir para a frente quando Casey entrou no carro, mas foi melhor assim, porque ao checar minha maquiagem no estojo de pó compacto vi o reflexo de Summer e Casey aos amassos. Ela só afastou as mãos dele quando alcançaram o bustiê.

— Espere até mais tarde — disse ela. — Você é muito insistente.

Ele era? Ela jamais tinha me contado. Mas não pensei nisso por muito tempo, porque logo chegávamos à West 23rd, e havia tantos carros e pessoas na frente do prédio de Del que o chofer teve de nos deixar em um ponto da rua bem mais à frente. Summer estava entre mim e Casey, enquanto andávamos em direção à boate, e não parava de dizer "Não é empolgante?". O vento soprava seu cabelo no meu rosto.

Ele batia no meu nariz, mas eu não me importava. Summer estava certa, aquilo era *muito* empolgante. Uma luz estroboscópica piscava do lado de dentro das janelas nos dois andares inferiores do prédio de Del, e ultrapassamos uma fila interminável de pessoas que nos olharam feio enquanto esperavam atrás de uma corda de veludo.

A entrada não era a porta da frente que Leigh e eu tínhamos usado na última vez em que estivéramos ali. Ficava na lateral do prédio. Summer, Casey e eu paramos ali, esperando a chegada de Leigh para liberar nossa passagem pelo leão de chácara com aparência sinistra e cabeça raspada que controlava a entrada das pessoas.

— Qual é o nome da boate? — perguntou Summer.

— Cielo — disse Leigh, aparecendo repentinamente atrás de mim. — Significa "céu" em espanhol.

Era um nome adequado. Antes de Leigh chegar, eu observara o telhado pontudo do prédio, pensando que praticamente roçava na lua, me perguntando se Del olhava as estrelas através da claraboia do loft nas noites claras.

Leigh falou com o leão de chácara. Ele abriu caminho e nos colocou para dentro. A música estava tão alta que achei que meus tímpanos iam explodir ao som de bateria, sintetizador e da voz masculina com sotaque britânico do Modern English. Luzes pulsavam em explosões de azul e amarelo através do ar repleto de fumaça, e homens e mulheres levantavam os braços e esfregavam-se uns contra os outros na pista de dança. Achei que tinha sido esperta por tomar os comprimidos para enxaqueca antes de sair de casa. Do contrário, as luzes e o barulho teriam me deixado com uma dor de cabeça fortíssima.

Summer, Casey e eu seguimos Leigh por entre a multidão até chegarmos a um bar em forma de lua crescente cercado de pessoas sentadas em bancos cobertos de pele falsa de zebra. Havia velas acesas no bar, um espelho e garrafas de Stolichnaya e Johnnie Walker Black, tudo servido por três bartenders.

Leigh disse alguma coisa a um deles, não consegui ouvir o que foi, e logo depois estávamos do outro lado do bar, passando por uma porta e entrando em uma sala escura, que imaginei ser um escritório porque tinha uma escrivaninha e um telefone, e ali estava Del, parado diante de nós usando calça preta e uma camisa de seda com os três botões de cima abertos.

Leigh fez as apresentações. Del cumprimentou Casey e Summer com apertos de mão. Beijou Leigh e me beijou, e senti sua mão na curva inferior das minhas costas, o que me deixou toda trêmula.

— Quem for menor de idade não beba, por favor — disse ele. — Ou vou perder minha licença para servir álcool na primeira noite.

Nós assentimos, e Del disse que tinha algumas coisas para fazer, então nos veria mais tarde. Leigh, Summer, Casey e eu voltamos para a boate, onde Casey encontrou um banco vazio no bar e ficou ali porque não gostava de dançar.

Nós gostávamos. Abrimos um espaço na multidão e dançamos ao som do Wham! e do Duran Duran até nosso pés ficarem doloridos e termos de tirar os sapatos e segurá-los nas mãos. Toda hora Summer fazia uma pausa para visitar Casey, mas Leigh e eu temíamos perder o lugar, então ficávamos bem ali.

Eu vi Del a distância, cumprimentando a multidão, e também vi Rachel, que estava linda, com calça de couro e uma frente-única metálica, dançando com vários homens.

Nossos olhares se cruzaram, e ela acenou, balançando um monte de pulseiras.

— Quem é *aquela*? — perguntou Summer.

O hálito dela cheirava a álcool. Do outro lado da boate vi Casey, que tinha ficado sentado a noite inteira com um copo na mão, e imaginei que o copo tinha sido reabastecido várias vezes com alguma coisa que não era Pepsi. Ele provavelmente tinha uma identidade falsa e estava compartilhando seus drinques com Summer. Tive certeza de que nenhum dos dois se importava com Del ou com sua licença para servir álcool.

— A mãe da Leigh — falei.

Seus olhos se arregalaram.

— Sério? Nossa.

Continuamos dançando, Summer continuou atravessando a boate para ficar com Casey e logo começou a rir demais, e percebi que ela estava bêbada. Então eu, ela e Leigh ficamos cansadas de dançar, paramos e encontramos bancos perto de Casey na extremidade do bar.

— Por que seu primo batizou este lugar de Cielo? — perguntou Summer, puxando o bustiê, que tinha começado a descer.

Leigh estava bebendo uma Pink Lady virgem com uma fatia de laranja na borda do copo.

— A namorada dele fala espanhol. Ela deu a ideia.

Summer assentiu e retocou o batom, Leigh comeu sua fatia de laranja, Casey pediu outro drinque, mas para mim a festa tinha terminado. Del tinha uma namorada que falava espanhol, e eu era uma idiota.

— Ei — disse Summer, esticando a mão para dar um tapinha na manga de Leigh. — Ari contou que achei que Del era seu namorado?

Leigh balançou a cabeça. O que Summer disse depois disso não tinha a intenção de ser cruel; provavelmente estava tentando ser solidária e usar suas habilidades de aconselhamento quando disse que sentia muito pelo fato de o namorado de Leigh ter morrido, que perder alguém de um jeito tão trágico devia ser horrível, blá blá blá. Os olhos de Summer estavam vidrados, e seu rosto, corado, e ela não calou a boca até Leigh abrir a própria.

— Acho que você já bebeu bastante — disse ela, e Summer pareceu ainda mais ofendida do que quando eu tinha lhe contado que *índio* não era o termo correto. — Você nem deveria estar bebendo. Meu primo pediu educadamente, se bem me lembro.

Leigh virou a cabeça, olhando a boate. Summer ficou quieta a princípio. Eu sabia que ela estava formulando uma boa resposta, como as pessoas fazem durante todo o percurso de carro para casa depois de serem insultadas em uma festa, estudando uma longa lista de respostas inteligentes.

— Quem é *você* para falar? — disse, finalmente, enquanto seu bustiê descia e seus seios saltavam. — Pelo menos não estou planejando levar meu namorado para casa de carro hoje.

O rosto de Leigh ficou pálido, e achei que tinha visto seu lábio tremer.

— Ajeite seu top — disse ela. — Senão as pessoas vão achar que você é uma vagabunda.

Ela não deveria ter dito isso. Leigh não sabia das camisinhas no armário nem do esmalte na parede do banheiro. Mas Summer nunca tinha esquecido, e agora seu peito arfava, e ela se inclinava para a frente outra vez.

— Não que isso seja da sua conta, Leigh... mas só dormi com um cara. E não o matei.

Eu estremeci. Os olhos de Leigh se encheram de lágrimas. Ela pulou do banco e foi empurrando a multidão em direção à mãe enquanto Summer murmurava a palavra "vaca" e Casey colocava o casaco sobre os ombros dela.

— Vamos pegar um táxi — disse Summer. — Está bem, Ari? Vamos embora.

Observei-a abotoar o casaco. Eu não queria ir embora. Queria encontrar Leigh e ver se ela estava bem. Summer estava zangada e nervosa, e parecia pensar que eu também estava. Fiquei ali sentada até ela terminar de se abotoar e olhar para mim.

— Não é, Ari? — repetiu ela. — Vamos sair daqui.

Toquei a gargantilha que ela havia me emprestado.

— Não quero ir embora ainda, Summer. Quero falar com Leigh antes de ir.

Seu queixo caiu.

— *Leigh*? Por que você falaria com ela depois do que ela disse para sua amiga?

E o que você falou para ela?, pensei. Mas não disse isso; Summer já estava chateada o suficiente.

— Ela também é minha amiga. Posso ter duas amigas, não é?

Summer fechou a boca. Parecia que eu tinha lhe dado um soco.

— Você nunca teve duas amigas. *Eu* sempre fui sua amiga. Você sempre *precisou* que eu fosse sua amiga.

Eu não sabia o que dizer. Havia um canudo no bar; peguei-o e comecei a dobrá-lo em várias direções. Agora sabia por que Summer tinha odiado Leigh desde o começo: porque ser a única amiga a fazia se sentir importante. Ela estava certa ao dizer que eu sempre tinha precisado dela, e imagino que queria ser necessária. Cheguei à conclusão de que todos queriam.

— Eu nunca abandonei você — continuou Summer, gritando mais alto que a música. — Quando entrei para a Hollister... e fiz outros amigos... eu nunca deixei você de lado. Sempre estive presente para você.

Joguei o canudo novamente no bar e olhei para ela. Seus olhos cintilavam. Ela estava certa outra vez: não tinha me deixado de lado, embora fosse o que a maioria das pessoas faria. Ela ainda tinha me convidado para seu aniversário de 16 anos e não me deixara passar a noite escondida no banheiro. Tinha até ficado ao lado do caixão do tio Eddie comigo e colocado meu bilhete de agradecimento em sua mão fria.

A tensão entre Summer e Leigh me deixara exaurida. A música era ensurdecedora, e eu estava tentada a entrar no táxi e ir para casa, mas não podia fazer isso com Leigh.

— Eu sei — disse, cansada, esticando a mão para apertar o ombro de Summer através do casaco. — Só quero ficar mais um pouco, só isso. É véspera de ano-novo... e você sabe que nunca vou a lugar algum.

Summer enfiou luvas cor-de-rosa nas mãos, olhando para mim com desdém pelo canto dos olhos muito maquiados.

— Por que você não está do meu lado?

— Não existem lados — respondi, pensando que ter duas amigas era mais complicado do que eu esperava. — Não quero que existam.

Ela balançou a cabeça.

— *Sempre* existem lados, Ari. E *espero* que você só esteja ficando porque é véspera de ano-novo.

Eu tinha certeza de que ambas sabíamos que essa não era a razão, mas não falamos mais nisso. Casey se despediu, e ele e Summer se afastaram abrindo caminho entre as pessoas enquanto se dirigiam para uma placa vermelha de saída. Olhei através da multidão e vi Rachel e Leigh do outro lado da boate. Rachel abraçava Leigh e a afastava dos outros, e observei até não conseguir mais encontrá-las no mar cintilante de gente.

Então observei Del. Ele estava ziguezagueando entre a multidão, apertando as mãos de homens e beijando a bochecha de mulheres, e toda vez que ele beijava uma mulher, apoiava a mão na parte inferior de suas costas. Foi o bastante para me fazer desejar voltar para Flatbush, comer as sobras dos biscoitos da minha mãe e esperar aquela bola idiota cair sobre Times Square.

Eu não tinha certeza de como acabei parando no hall da frente, de como andei em direção à escada que levava ao apartamento de Del. Tinha passado muito tempo sozinha no bar, olhando as pessoas dançarem, se beijarem e olharem ardentemente nos olhos umas das outras enquanto ninguém olhava para mim. Ninguém exceto o cara nojento e acima do peso que não parava de se oferecer para me pagar um Alabama Slammer.

Eu não merecia aquilo. Não merecia ser cantada por alguém como ele. Eu tinha um cabelo brilhante, sobrancelhas bem tratadas, era magra e mais alta que a média. Eu podia não ser sexy como Summer nem exótica como a imagem da namorada de Del, que eu passara a última hora inventando, mas era melhor que aquele gordo bizarro com três queixos e a orelha furada brega.

Então eu havia fugido, desistido de encontrar Leigh. Abrira caminho entre a multidão até ver uma porta que esperei levar ao ar fresco e a um táxi para casa. Mas é claro que tinha escolhido a porta errada e agora estava no hall da frente perto da escada.

— Está tudo bem, meu amor — ouvi uma voz dizendo, e era Rachel, abraçada com Leigh nos degraus inferiores. Leigh estava com o rosto recostado contra o pescoço de Rachel, que falava em um tom reconfortante. Elas me fizeram pensar em uma viúva e sua filha despejadas por um senhorio ganancioso. As duas contra o mundo.

Era um momento particular, então tentei passar sem ser notada. Mas, quando ouvi meu nome, me virei. Nenhuma das duas se moveu. Continuaram abraçadas enquanto Leigh se desculpava por ter me deixado sozinha.

— Vou chamar um carro para nos levar para casa, Ari — disse ela, depois voltou-se para Rachel. — Vá lá para dentro, mama. Você estava se divertindo antes de eu estragar tudo.

Rachel segurou o rosto de Leigh entre as mãos.

— Você não estragou nada, amor.

Leigh insistiu. Rachel saiu, e Leigh olhou para mim.

— Vamos usar o telefone de Del.

Eu não queria usar o telefone de Del. Não queria ver o loft dele com os tijolos expostos e a claraboia com uma vista incrível das estrelas. Queria esquecer que ele existia. Afinal, como eu podia ter esperado que alguém como Del se interessasse por mim? A ideia era absurda. Eu só queria que a noite acabasse.

Não podia dizer isso a ela, então fui. Leigh tinha a própria chave, que usou para destrancar a porta vermelha; depois tirou o telefone do gancho, e eu me sentei no sofá.

Não havia divisões entre os cômodos. Olhei para a cama de Del na extremidade do loft. Era preta, laqueada, com uma cabeceira espelhada e lençóis amarrotados, que caíam sugestivamente sobre o chão de madeira. Havia uma janela ao lado dela, e vi gárgulas no prédio vizinho. Ou talvez fossem dragões. Não conseguia distingui-los de onde estava, então andei até a janela e pressionei a testa contra o vidro, mas não vi dragões nem gárgulas. Vi rostos assustadores de anjos com bochechas salientes e boquinhas redondas e carnudas como a de Evelyn.

Desviei os olhos, observando o cômodo, porque Leigh estava de costas e ainda estava falando ao telefone, então eu tinha uma chance de bisbilhotar. Abri uma gaveta da escrivaninha, onde vi cigarros e calcinhas de babadinhos que tive certeza de que pertenciam à garota que falava espanhol. Ela provavelmente tinha dentes alinhados, um sotaque fofo e seios perfeitamente proporcionais.

— Nosso carro vai chegar daqui a pouco — disse Leigh, do outro lado do loft.

Fechei a gaveta.

— OK — falei, e senti a mão dela no meu ombro um instante depois.

Ela se sentou na cama, e eu me sentei ao seu lado.

— Olhe — começou ela, e eu estava desconfortável. Não conseguia parar de imaginar o que tinha deixado os lençóis tão desgrenhados, e me perguntava como seria deitar ali com Del ao meu lado em vez de Leigh. — Você precisa saber de algumas coisas — dizia Leigh.

Então ela me contou sobre o namorado. Disse que era um estudante de zoologia de 19 anos que planejava se tornar veterinário. Também disse que quando o visitava em Oswego, ele a deixava dirigir seu carro para treinar. Ela nunca tinha feito sequer um retorno ilegal até um sábado de dezembro passado. Naquela noite, eles estavam voltando para o dormitório dele depois de um filme quando ela derrapou em uma rua congelada. Ele bateu o peito contra o painel e morreu antes de a ambulância chegar.

— Ele teve danos internos — disse ela. — Foi um acidente bizarro. Então as pessoas da escola podem contar as histórias que quiserem... mas essa é toda a verdade.

Acreditei nela. As fofocas provavelmente eram uma das razões para Leigh raramente ir à aula. Ela devia usar as roupas do namorado porque o sentia dentro delas. E imaginei que não fizesse sentido ficar se arrumando quando o único cara que você já amara nunca mais fosse ver seu rosto.

— Summer não sabia o que estava dizendo — disse Leigh. — Eu não matei meu namorado, não foi minha culpa, e eu nunca dormi com ele. Eu o fiz esperar porque tinha medo de ficar grávida. Tinha medo que ele desse no pé e desaparecesse, porque foi isso o que aconteceu com minha mãe. Ele era muito compreensivo e paciente, mas o fiz esperar mesmo assim, e essa foi a pior decisão da minha vida. Agora nunca vou ter uma segunda chance. E não sei se um dia vou querer outra pessoa. A maioria dos garotos são idiotas e falsos.

Revirei os olhos.

— Eu sei. Eles nos fazem elogios que nem são verdadeiros.

Leigh olhou para mim por um instante.

— Está falando de Del?

Dei de ombros. Eu não tinha tido a intenção de me entregar, mas as palavras simplesmente saíram da minha boca.

Ela se apoiou sobre as dobras brancas dos lençóis. Então me disse que Del e a namorada tinham terminado por um tempo e voltado havia alguns dias, e que ela não devia criticá-lo, mas ia fazê-lo porque eu precisava ouvir os fatos.

— Ele é um cachorro, Ari. Você não o quer. Pode acreditar em mim.

— Ele é... — comecei a dizer, sem saber se tinha ouvido direito.

— Um cachorro — disse ela. — Ele é meu primo e eu o amo, mas ele realmente *é* galinha. Ele chifra a namorada constantemente, está sempre com uma garota diferente aqui. — Ela deu um tapinha na cama. — Idalis as chama de *perras*. Um bando de piranhas nojentas que são chutadas para a 23rd de manhã.

Quem era Idalis? E eu não conseguia acreditar que todas as garotas que Del levava até ali eram *perras*. Algumas deviam ser garotas normais que achavam que Del gostava delas. A ideia formou uma imagem perturbadora na minha cabeça. Imaginei uma garota bonita de saltos altos e maquiagem borrada cambaleando na calçada suja depois de uma noite naqueles lençóis tentadoramente macios. Eu a via como uma árvore de Natal abandonada no meio-fio com as latas de lixo e capachos velhos e puídos como se sempre tivesse feito parte do lixo.

— Idalis? — perguntei.

Ela assentiu.

— A namorada dele. E ele nem se protege. Pegou uma DST há dois anos, não sei qual, ouvi minha mãe e tio Stan falando sobre isso. Foi curada com penicilina, mas o Del pode acabar pegando AIDS se não tomar cuidado. Não é só uma doença de gays, sabia? Um heterossexual mulherengo como Del também pode pegar. Digo, quando você dorme com uma pessoa, está dormindo com todo mundo com quem ela já ficou e... é tipo... interminável.

— É — comentei, porque já tinha ouvido isso tudo na aula de educação sexual. Mas eu não sabia se o resto era verdade. Parte de mim suspeitava que Leigh estava protegendo meus sentimentos, como quando uma garota do sétimo ano não tinha me convidado para sua festa de aniversário e mamãe tinha falado: "Você não precisa daquela esnobezinha arrogante e dessa droga de festa. Quem ela pensa que é, afinal? Pelo que sei, o pai dela passou dois anos na prisão por sonegação de impostos."

Mas outra parte de mim acreditava em tudo. E essa parte se sentia aliviada, como se Leigh tivesse afastado minha mão de um cachorro muito fofo, mas que tinha dentes afiados como lâminas, que poderiam me desfigurar para o resto da vida.

Dez

Depois das festas de fim de ano, bani Del da minha cabeça e me concentrei em coisas supostamente importantes, como notas, desenhos e os simulados do SAT, o teste de admissão universitária, de um livro grosso que minha mãe tinha comprado na Barnes & Noble.

Na Hollister, eu almoçava com Summer e sem Leigh, que ficava na extremidade oposta do refeitório. Mas conversava com Leigh na sala de orientação e na aula de artes. Dava atenção especial a cada uma das minhas amigas para compensar a noite de ano-novo. Cheguei à conclusão de que

Summer e Leigh eram como água e óleo e ambas eram valiosas à própria maneira, mas não podiam se misturar.

Passei o primeiro sábado de janeiro olhando a Bloomingdale's com Summer e o segundo no Guggenheim com Leigh. No dia seguinte, fui com Leigh a uma matinê de *Cats* no Winter Garden Theatre porque Rachel tinha arranjado ingressos grátis. Avisei a mamãe para não contar aonde eu ia para Summer caso ela ligasse enquanto eu não estivesse em casa.

— Ah, Ariadne — disse ela, com uma risada. — Isso é mesmo necessário?

— Sem dúvida, mãe — respondi. — Summer ficaria chateada.

— Com ciúmes, provavelmente. Ela não está acostumada a dividir você.

Era uma observação sagaz de mamãe. Eu a mantive em mente quando chegou o dia 16 de janeiro e Evelyn quis dar um jantar de família em sua casa pelo meu 17º aniversário. Convidei Summer, e não Leigh. Summer era uma figura obrigatória nos meus jantares de aniversário havia anos, e Leigh não sabia nada sobre eles, então eu não estava desprezando ninguém. Pelo menos era o que dizia a mim mesma.

— Espero que você goste — disse Summer.

Estávamos sentadas no sofá de Evelyn entre um monte de papel de presente rasgado, e o presente da Summer era o último. Mamãe e papai tinham me dado um anel com uma granada, a pedra do meu mês de nascimento, e Patrick e Evelyn tinham comprado para mim um suéter imitação de angorá. O presente de Kieran era hilário: um colar que ele tinha feito no jardim de infância com macarrão cru. Usei o colar porque isso o deixou feliz. O rigatoni pendia do meu pescoço enquanto eu abria o presente de Summer, um pingente de ouro em forma de coração com a gravação MELHOR AMIGA. Ela disse que eu era sua "melhor amiga no mundo", o que foi muito fofo. Ela também tinha levado cookies feitos pela Tina. Eles estavam arrumados em um recipiente sofisticado com um grande laço e seu novo cartão de visitas, que dizia BUFÊ DA TINA. DIVULGUE PARA SEUS AMIGOS.

Coloquei o cartão na carteira. Depois todos nos sentamos à mesa da cozinha e comemos os cookies e um bolo que Evelyn tinha comprado na Carvel. Havia margaridas comestíveis por fora e sorvete de baunilha com aquelas coisinhas de chocolate crocantes por dentro, e cheguei à conclusão de que Summer não era a única que estava sendo legal naquele dia.

Evelyn estava de bom humor. Tinha emagrecido mais, estava bonita e até servira o jantar mais cedo: salada, pão de alho e lasanha. A lasanha estava deliciosa, embora fosse do tipo que vinha congelada em uma caixa.

— Quer um cookie, Evelyn? — perguntou Summer.

Sabotagem. Foi exatamente o que me veio à mente. Evelyn estava de dieta. O que Summer estava tentando fazer, manter minha irmã rechonchuda? Talvez Summer esperasse ter uma chance com Patrick, que estava deslumbrante, sentado à minha frente, com o cabelo louro e aquelas mãos grandes que eu tinha certeza de que combinavam com outras partes grandes de seu corpo.

— Não posso — respondeu Evelyn. — Vigilantes do Peso.

Summer assentiu.

— Percebi. Você já emagreceu muito.

Aquilo foi simpático. Eu estava sendo desconfiada demais. Summer pediu licença para ir ao banheiro, e papai e Patrick foram para a sala de estar, assistir aos Rangers jogarem contra os Bruins. Evelyn comeu uma maçã, e fiquei orgulhosa: ela estava mantendo a dieta. Eu queria que ela ficasse magra novamente para caber em suas antigas roupas do ensino médio que estavam enfiadas em nosso porão. Havia tops tomara-que-caia, um vestido imitação de Diane von Furstenberg e uma calça jeans Jordache que mamãe não tolerava. "É apertada demais, dá para ver todas as suas coisas", dizia minha mãe. "Você vai acabar com uma candidíase digna de uma publicação de medicina, Evelyn."

Ela nunca teve candidíase. E aquele jeans já estava fora de moda havia dez anos. Mas, se Evelyn conseguisse entrar nele, talvez se animasse a ter um guarda-roupa novo que mamãe e papai podiam comprar com parte do dinheiro do tio Eddie. Aquilo podia aumentar a confiança de Evelyn o bastante para ela se inscrever em aulas que a ensinassem a fazer mais do que registrar compras no Pathmark.

— Evelyn — disse mamãe, terminando sua segunda fatia de bolo. Ela pegou um cigarro, e eu desejei lhe dizer para parar com aquilo, mas sabia que estaria gastando meu latim. — Sabia que sua irmã está no rol de honra outra vez?

Estremeci. Por que por que por que por que por que ela tinha de tocar naquele assunto? Evelyn balançou a cabeça, e mamãe acendeu seu Bic, falando por trás de uma névoa revolta e ameaçadora. Falou sobre meu A em cálculo e meu A em inglês, e achei que fosse ter um *organismo* quando falou do meu professor de artes.

— Na reunião de pais e professores — disse minha mãe, fazendo um gesto amplo e dramático com as mãos, segurando o Pall Mall entre dois dedos —, ele me disse que Ari é extremamente talentosa e que não terá dificuldade alguma em entrar para a Parsons. Dificuldade alguma.

Dificuldade. Alguma. Foi assim que ela falou. E achei chocante uma pessoa com graduação ser tão obtusa. Será que ela havia esquecido que tínhamos de ser cuidadosos perto de Evelyn e que falar de boas notas e talento era a mesma coisa que dizer que ela era um imenso fracasso?

— Que bom — disse Evelyn, com um sorriso forçado, como o que as pessoas dão ao conhecerem bebês feios. "Que fofo. Que adorável. É a coisa mais horrenda do mundo, mas vou sorrir e fazer cócegas nessa criatura disforme porque é o que dita a educação."

Eu queria mudar de assunto e estava tentando encontrar um quando Summer voltou. Ela se sentou ao meu lado, e Kieran começou a falar sobre seu novo autorama.

— Vamos brincar com meus carrinhos, tia Ari — pediu Kieran, puxando minha mão.

— Agora não. Quero conversar com todo mundo — falei, mas ele não entendeu. Ele se agarrou a mim. Choramingou. Puxou o rigatoni do meu pescoço.

— Deixe tia Ari em paz, Kieran — disse Evelyn. — Vou brincar com você mais tarde.

Então aconteceu uma coisa horrível. Foi um daqueles momentos *se ao menos*, o tipo de coisa que nos faz retraçar nossos passos para identificar o segundo exato em que poderíamos ter evitado o desastre. *Se ao menos eu não tivesse ficado com o biquíni molhado, não teria essa infecção urinária. Se ao menos eu não tivesse encerado os ladrilhos, o pobre do vovô não teria escorregado e quebrado o pescoço. Se ao menos eu tivesse ido brincar com Kieran e seus carrinhos, ele não teria estourado com Evelyn como se fosse o filho de Satã.*

— Eu não quero *você* — disse ele. — Tia Ari é melhor que você.

Todos ficaram quietos. Ouvi papai gritando para a televisão por causa de um pênalti, e mamãe disse a Kieran para ir brincar em seu quarto. Sua voz estava baixa e áspera, e ela estava com a expressão intimidadora que usava com os alunos. Aquilo fez Kieran fugir da cozinha enquanto ela apagava o cigarro no cinzeiro.

Ele era muito mal-humorado. Talvez tivesse puxado isso da mãe, mas não importava no momento. Tudo que importava era Evelyn. No verão anterior, eu tinha avisado a Kieran para não dizer que eu era *melhor* e ficara sem saber se ele tinha entendido, então o deixara adormecer naquela roupa de cama blasfêmica do New England Patriots.

— Ele não estava falando sério, Evelyn — disse mamãe. — Crianças dizem coisas muito estranhas.

Os dedos de Evelyn tremiam enquanto ela tirava os pratos da mesa. Mamãe apontou para mim e para Summer e fez um gesto com a cabeça em direção à sala de estar.

Então Summer e eu nos sentamos no sofá e assistimos ao resto do jogo com papai e Patrick. Summer torceu e vaiou nas horas certas, mas para mim aquilo era apenas um borrão. Eu tinha coisas mais importantes na cabeça, como o fato de que provavelmente Evelyn me odiava e que uma aura flutuava ao redor do meu olho esquerdo, mas meus comprimidos para enxaqueca estavam em casa.

Sentei no estúdio na tarde do sábado seguinte, desenhando mãos com um lápis da caixa de cedro que Summer me dera. Desenhei uma mão de homem e uma de mulher, entrelaçadas. A do homem era áspera, com veias que iam do pulso aos dedos no padrão de uma folha, enquanto a da mulher era delicada e lisa como mármore.

— Que lindo — disse mamãe, da porta.

Ela me assustou. Eu estava olhando para meu trabalho, achando as mãos românticas. Imaginei a sensação daquela mão forte contra minha palma, os dedos dele entrelaçados aos meus, encaixando-se perfeitamente como peças de um quebra-cabeças.

Provavelmente foi porque eu tinha visto Summer de mãos dadas com Casey, que a buscara na escola todos os dias da semana anterior em sua BMW. Ele entrelaçava suas mãos às dela quando ela o beijava, e ela acenava para mim da janela enquanto se afastavam.

Era enjoativo. Mas eu não podia deixá-la perceber que eu estava morrendo de inveja, que desejava que algum homem bonito me buscasse na escola enquanto meus colegas admirados observavam, e não podia me queixar de ir para casa sozinha de metrô. Uma coisa era Summer reclamar de Leigh, mas colocar o namorado acima de todos os outros era de se esperar. Era o código feminino ou alguma coisa assim.

— Só estou treinando — disse para minha mãe. — Sou péssima com extremidades.

Ela continuou atrás de mim.

— Pelo contrário. Você é muito boa.

Eu discordava. Virei uma página em branco do meu bloco de desenho, e mamãe começou a falar sobre o Queens. Disse que Evelyn estava desesperada para ter um tempo sem os filhos, que Patrick queria levá-la para sair naquela noite e alguém tinha de cuidar dos meninos.

— Ah — falei, certa de que meu jantar de aniversário tinha sido perdoado e esquecido, e que Evelyn precisava de mim. — A que horas vamos sair?

— Bom — começou mamãe, sentando-se em uma cadeira. Ela parecia estar a ponto de me dizer alguma coisa importante e tentava encontrar as palavras certas. Ela havia feito a mesma coisa anos antes ao explicar minha *visita mensal*. Agora seus olhos corriam pelo quarto como se as melhores palavras estivessem escritas nas cortinas ou nas paredes. — É o seguinte...

É o seguinte. Era uma frase que mamãe usava para começar conversas desagradáveis, a mesma que dissera quando a mãe de papai tinha morrido. Naquele momento era a primeira que escolhia para me contar que ela e Patrick tinham chegado à conclusão de que era melhor eu não ir ao Queens por algum tempo.

Eu sabia que minha mãe não estava falando do Queens em geral. Não estava se referindo ao Shea Stadium ou ao Flushing Meadows Park. Ela disse Queens porque achou que pareceria melhor do que dizer diretamente que eu não era bem-vinda na casa de Patrick e Evelyn.

— Está dizendo que eles não me querem lá? — perguntei. — Está de brincadeira? Sempre tentei ajudá-los ao máximo.

— Eu sei que você tentou — disse mamãe, naquele tom *Na verdade você não está sentindo dor*. — Mas sabe como é a Evelyn. Nós queremos o melhor para ela, não é, Ariadne?

Ela falava como se eu fosse uma flor delicada demais para aguentar aquilo e ela precisasse fingir que estava tudo bem para eu não começar a chorar ou ter uma enxaqueca. Provavelmente estava certa. Eu quase chorei, e minha cabeça começou a latejar. *Nós queremos o melhor para ela*, pensei. Eu sabia que *nós* eram mamãe e Patrick. Claro que eles iam me sacrificar por Evelyn. Eu podia ter sido uma cozinheira excelente e uma garota muito boa, mas Evelyn era a mulher dele e a mãe dos seus filhos. Eu era dispensável.

Onze

A Hollister não era liberal nos dias de neve. Descobri isso dois dias depois quando uma nevasca na noite de domingo fechou a escola de mamãe na manhã seguinte, mas não a minha.

Mamãe ficou do lado de fora da nossa casa jogando sal-gema nos degraus da entrada enquanto eu enfiava os pés em botas no vestíbulo. Estava fechando o zíper quando a Mercedes de Jeff chegou e, enquanto amarrava um cachecol em torno do pescoço, eu o vi indo na direção de mamãe.

O que ele estava fazendo? Nossa porta contra tempestades abafava suas vozes; quando saí, eles se calaram e ficaram olhando para mim até eu entender a mensagem e ir para o carro, onde Summer, no banco da frente, me aguardava.

Ela usava seu chapéu rosa felpudo e estava feliz, o que era detestável. Tinha se tornado uma daquelas pessoas que passava pela vida facilmente sem sequer uma ponta dupla no cabelo, e eu ainda era uma das que trocavam fraldas e cuidavam de bebês de graça e mesmo assim eram maltratadas.

— Estudando? — perguntou Summer depois que me sentei no banco de trás, olhando para o livro do SAT no meu colo.

Assenti.

— E você? Comprou um livro destes?

— Não preciso — disse ela, dando um tapinha na testa. — Está tudo aqui.

Aquilo também era detestável. Claro que ela não precisava de um livro do SAT, porque não ia estudar. Ela nunca estudava. Eu sabia que ela planejava fazer o teste sem abrir um livro nem se matricular em um daqueles entediantes cursinhos preparatórios nas manhãs de sábado. Então as notas chegariam, e a dela seria incrível, e ela iria para a UCLA, onde ia se sentir em casa com surfistas louras e tipos glamorosos de Hollywood e esquecer minha existência.

Tudo bem, Summer, pensei. *Vá para a Califórnia. Me deixe aqui com a pobre Santa Ana solitária no gramado. Olhe para ela, toda coberta de neve. Está ficando muito velha, e a tinta do seu rosto está descascando, e eu sou a única pessoa que se importa.*

— Ele está dando a sua mãe o nome de alguns psiquiatras no Queens — disse Summer, apontando para Jeff e mamãe. — Ela telefonou ontem. Evelyn está com problemas outra vez?

Eu não sabia que mamãe tinha ligado para Jeff no dia anterior. Provavelmente fizera isso da área de serviço, onde sussurrava com Patrick sobre coisas que não podia me falar, especialmente depois que eu tinha sido expulsa do *inner sanctum*.

— É — respondi. — Está.

Summer esticou a mão para trás e apertou a minha.

— Você não teve nada a ver com o que seu sobrinho falou. Não foi culpa sua.

Não? Mas ela me fez sentir um pouco melhor até aquela tarde quando correu para a BMW do Casey com o cabelo flutuando, eles entrelaçaram as mãos e se beijaram, e eu voltei sozinha de metrô para o Brooklyn.

No dia seguinte, desenhei em meu caderno durante a sala de orientação até sentir um tapinha no ombro e ouvir uma voz rouca no ouvido.

— O que foi? — perguntou Leigh. — Você parece triste.

Contei a verdade a ela. Falei sobre Evelyn e Patrick, e ela ouviu atentamente antes de me convidar para outra festa. Esta seria no teatro onde tínhamos assistido a *Cats*.

— Você precisa de uma noite divertida, Ari. Vai ser uma festa de despedida para um dos integrantes do elenco. Minha mãe está planejando. Deveria ser na sexta, mas pode não acontecer porque o bufê que ela havia contratado acabou de cancelar. Ela está procurando outro.

Lembrei do cartão *Divulgue para seus amigos* de Tina, tirei-o da carteira e o entreguei a Leigh.

— Sei que você e Summer não se dão bem, mas esta é a empresa de bufê da mãe dela, e ela é muito confiável.

Leigh deu de ombros.

— Contrataríamos um assassino em massa, a esta altura.

Um assassino em massa teria sido melhor. Porque, mais tarde, quase meia-noite, quando eu estava estudando para o SAT na mesa da cozinha enquanto mamãe e papai dormiam lá em cima, o telefone tocou, e era Summer, que não estava feliz por Rachel ter contratado Tina para a festa de despedida.

— Você é retardada? — perguntou Summer.

Retardada. Aquilo era pior que chamar Del de índio.

— Se eu... — comecei, totalmente confusa, mas ela me cortou.

— Retardada — disse ela. — Só pode ser, se acha que vou servir Leigh Ellis como uma empregada porto-riquenha.

Ela precisava aprender mais sobre etnias e deficiências se quisesse ser psiquiatra. E fazê-la trabalhar como empregada não tinha sido minha intenção.

— Summer...

— Ari — interrompeu ela. — Se uma pessoa é uma verdadeira amiga, não se associa a pessoas que menosprezam sua melhor amiga de anos, xingando-a de coisas que estão escritas nas paredes de banheiros sujos e faladas apenas por indivíduos de baixo nível.

— Leigh não é um indivíduo de baixo nível — falei, enquanto mamãe e papai entravam na cozinha com os cabelos desgrenhados e a expressão preocupada que normalmente tinham depois de ligações tardias. Repentinamente tive a sensação de que mamãe estava certa: Summer não queria me dividir. Ela preferia quando eu ficava em casa nas noites de sexta enquanto ela saía com garotos e ia a festas.

Então ouvi Summer me contar que tinha planos com Casey na sexta-feira e não ia para o Winter Garden independentemente de quanto Tina reclamasse e brigasse, e que eu deveria encontrar outro jeito de ir para a escola no dia seguinte.

— Falei para meu pai que você está doente — disse ela. — Estou com tanta raiva que não quero ir para a escola com você por uns dias. Ele acha que você vai ficar em casa o resto da semana... e não se atreva a me contradizer ou nunca mais falo com você.

Ouvi o sinal de ocupado. Desliguei o telefone enquanto meus pais me olhavam, e soube o que estavam pensando: Era Patrick? Aconteceu alguma coisa terrível e vamos ter de visitar Evelyn no New York Presbyterian Hospital em breve?

Ambos relaxaram depois que expliquei que era só Summer. Meu pai foi lá para cima, e minha mãe se sentou diante de mim e perguntou o que ela queria; então acendeu um cigarro, e contei tudo.

— Bom — disse mamãe. — Acho que vou ligar para Jeff e avisar que você está perfeitamente saudável.

— Por favor, fique fora disso — pedi, e a menção de Jeff me fez pensar em psiquiatras no Queens e em Evelyn. Perguntei a mamãe o que estava acontecendo, e ela suspirou.

— Evelyn está fazendo terapia de novo. Mas não fique preocupada com nada disso.

— Claro que fico preocupada, mãe. Eu não sou bem-vinda na casa da minha própria irmã.

Ela abriu a janela ao lado da mesa e bateu as cinzas no ar, que se transformaram em partículas em brasa antes de se desvanecerem no vento.

— É só por um tempo, Ariadne. Evelyn está em um estado delicado neste momento, e anda com ciúmes... Você sabe as loucuras que ela inventa.

Eu me senti culpada, pensando que nem tudo que Evelyn inventava era loucura, e mamãe sabia. Mas Evelyn não tinha razão para ter ciúmes de mim. Era ela que tinha os traços refinados, os olhos verdes e o marido lindo que fazia coisas no quarto que a deixavam gemendo e ofegando.

— Ela não deveria se sentir assim — falei. — Não tenho nada que Evelyn queira.

Mamãe deu de ombros.

— Algumas pessoas não sabem o que querem.

Na sexta à noite, Leigh mandou um carro para me levar ao Winter Garden, e decidi me divertir mesmo que tivesse de morrer por isso. Eu me forcei a perdoar Patrick por me manter longe do Queens. Tinha certeza de que a situação era apenas temporária. O novo psiquiatra de Evelyn provavelmente receitaria um remédio novo, e logo ela estaria comprando dezenas de cookies da Mrs. Fields para mim. Então aquela noite seria boa. Uma noite fantástica, espetacular, com gente interessante de teatro e os ovos recheados de Tina.

Essa ideia durou aproximadamente cinco minutos. Leigh me encontrou na porta da frente, e entrei com ela no teatro, onde andamos sob um pomposo teto dourado, passando por fileiras de cadeiras vazias e por uma grande cortina vermelha. Então ouvi jazz e vozes e vi Summer.

Ela estava servindo canapés de trufas em uma bandeja e parecia muito infeliz. Sua boca estava contraída e seus pés se arrastavam, e Rachel tornava tudo ainda pior. Ela dava ordens a Summer em um tom agudo e condescendente, e eu sabia por quê. Summer fizera o *amor* de Rachel chorar na véspera de ano-novo, e essa era a vingança.

— Summer — disse Rachel, elevando-se acima dela em um par de saltos agulha prateados e um vestido da mesma cor. — Toda festa tem um desmancha-prazeres, mas não paguei para ter um na minha. Faça uma cara alegre, querida. E limpe aquela bagunça ali, na coxia direita. Meus convidados estão ficando tontos e derramando os drinques.

Summer olhou em volta.

— O *quê* direita?

Ouvi alguém rir. Rachel também riu, como se o mundo inteiro tivesse de ser familiarizado com as partes de um palco.

— *Coxia* direita — disse Rachel, apontando um dedo fino. — Direita, esquerda... sabe?

Summer sabia. Ela pegou alguns guardanapos e se agachou no chão, e senti pena dela. Rachel agia como se fosse uma nobre e Summer, uma camponesa, e Tina só se importava com a própria empresa: "Tenho uma reputação, sabia?" Ela esperava que Summer fosse educada, independentemente do que acontecesse. Fiquei feliz por ter levado meu remédio, porque fiquei com dor de cabeça. Encontrei um banheiro, enfiei a boca sob a torneira e engoli duas pílulas.

Leigh estava parada à porta quando saí.

— Minha pulseira sumiu — disse ela.

Eu suava. Eu queria ir para casa porque toda aquela confusão era culpa minha, mas não podia ir a lugar algum. A pulseira de identificação de Leigh tinha sumido, e ela estava entrando em pânico.

Procuramos em todo lugar, nos bastidores, no palco, em todas as fileiras do teatro. Estávamos procurando no saguão quando Rachel apareceu, querendo saber por que tínhamos saído da festa.

— Não estou conseguindo achar minha pulseira — disse Leigh, e começou a chorar. Desejei que ela a tivesse levado a um joalheiro como Del sugerira.

— Não está aqui, meu amor — disse Rachel após outra busca, e ela e Leigh foram para os bastidores, onde todos tentaram ajudar. Finalmente, Tina disse a Leigh para não se preocupar, que ela e Summer fariam a limpeza depois da festa e, se a pulseira estivesse lá, elas a encontrariam.

Os olhos de Leigh dispararam na direção de Summer, que estava parada na *coxia esquerda* com uma bandeja de muffins de gorgonzola, evidentemente entreouvindo nossa conversa. O lábio de Leigh tremia enquanto ela olhava para Tina.

— E se *ela* encontrar? — perguntou Leigh, indicando Summer.

Tina olhou por cima do ombro e voltou os olhos para Leigh.

— Está se referindo a minha filha? Ela vai lhe avisar se encontrar. Por que não avisaria?

A história era longa demais para contar, e, de qualquer forma, não teríamos compartilhado todos os detalhes sórdidos com Tina. Leigh deu de ombros, e Rachel disse que ela e Leigh deviam ir para casa, mas Leigh balançou a cabeça.

— Estou sempre estragando sua diversão, mama. Fique aqui. Vamos ficar um pouco na casa do tio Stan. Só preciso usar o banheiro antes.

Ela se afastou, e eu atravessei correndo o palco, onde Summer estava inclinada sobre uma mesa recarregando a bandeja.

— Summer — chamei, parada atrás dela. — Você vai avisar a Leigh se encontrar a pulseira, não é? Acho que era do namorado dela e significa muito para ela.

Ela se endireitou e colocou a mão no quadril.

— Claro que vou, Ari. Que tipo de pessoa acha que eu sou?

Minutos depois, o chofer nos levava embora do Winter Garden enquanto Leigh limpava as lágrimas do rosto e eu pensava sem parar em Summer. Fiquei quieta enquanto o chofer nos conduzia ao Upper East Side, onde encontramos o tio de Leigh no vestíbulo da luxuosa cobertura. Ele estava de terno e foi todo sorrisos, como da última vez. Eu me dirigi a ele como Sr. Ellis, e ele não me corrigiu.

— Blake está aqui? — perguntou Leigh.

— Ele está estudando — respondeu o Sr. Ellis.

Ela fez uma careta.

— Ele precisa relaxar.

— Ele precisa ficar entre os melhores alunos e vai ficar. Blake sabe que já tive decepções suficientes, não vai me dar mais nenhuma.

Eu tinha certeza de que ele estava falando de Del. Pensei na briga com o estudante de engenharia, na expulsão da faculdade e na DST, fosse qual fosse. Também pensei em Evelyn, e me perguntei se Blake e eu tínhamos alguma coisa em comum. Ambos tentávamos compensar coisas que não tínhamos feito.

— Aonde você está indo a esta hora, tio Stan? — perguntou Leigh, e ele disse alguma coisa sobre trabalho e um cliente. Então as portas do elevador se fecharam, e ela me levou para a cozinha, onde se sentou à mesa com um ar desesperado.

— Aquela pulseira era do meu namorado. Se não encontrá-la... juro que vou me matar.

— Pare com isso, Leigh. — Ouvi alguém dizer, me virei e vi um garoto atrás de mim. — Nunca mais diga isso.

— Não consigo evitar, Blake — disse ela, com lágrimas pingando dos olhos.

Ele se sentou ao lado dela. Achei surpreendente aquele ser o estudioso Blake, porque ele não parecia estudioso. Estava usando uma calça jeans e uma camiseta sobre um corpo de altura mediana com músculos que rivalizavam com os de Patrick, tinha uma massa de cabelos castanho-escuros arrepiados e seus olhos eram de um azul muito mais vivo que o dos meus.

— Você está bem? — indagou ele, depois que Leigh parou de chorar, e desejei que ele dissesse mais alguma coisa porque sua voz era suave e calma. Leigh assentiu e pediu licença para ir ao banheiro, e ficamos sozinhos. — Blake Ellis — disse ele, esticando a mão por cima da mesa, dando um sorriso de menino digno de um comercial da Colgate. — Por favor, perdoe meu drama familiar.

Seus dois dentes da frente eram levemente mais compridos que os demais, o que, por algum motivo, era fofo. Repentinamente, fiquei envergonhada dos meus dentes imperfeitos, mas de que importava? Provavelmente, Blake não era melhor que Del, e eu não teria uma chance com ele mesmo que meus dentes não se sobrepusessem. Apertei sua mão e sorri também.

Minha mãe não tinha me dado ouvidos quando eu pedira para ela não contar ao Jeff sobre minha saúde perfeita. Tinha telefonado às escondidas, e, na manhã de segunda,

Summer e eu estávamos sentadas no sofá da minha sala de estar. Mamãe estava em pé no carpete com os braços cruzados enquanto Jeff aconselhava Summer e eu a *resolvermos aquilo como adultas*.

Eu queria resolver. Summer fez uma grande atuação. Fingiu entender que eu só tinha tentado ajudar Tina quando dei o cartão profissional a Leigh e me deu um abraço depois que a conversa terminou, mas foi a coisa mais falsa do mundo. Foi pior que um beijinho no ar ou aquelas pessoas que dizem "Vamos combinar de almoçar".

Quando eu e ela chegamos à Hollister, eu me lembrei da pulseira de Leigh ao passarmos pelos portões de ferro. Perguntei a Summer se ela a havia encontrado, e ela me olhou com o nojo que habitualmente reservava a chicletes mastigados na sola de seus sapatos Gucci.

— Se encontrei o quê, Ari?

— A pulseira de Leigh — falei.

— Ah, isso. — Ela pegou o estojo de pó compacto e examinou o brilho labial enquanto passávamos pela entrada e pela placa de Frederick Smith Hollister. — Não estava no teatro. Olhamos em todos os cantos. Leigh deve ter perdido em outro lugar.

— Tem certeza? — perguntei.

Summer fechou o estojo de pó compacto com força e parou de andar. Estávamos perto de uma fileira de armários, e uma multidão de estudantes nos contornava.

— Sim, tenho *certeza* — disse ela, com os olhos escuros em brasa. — O que está insinuando?

Ela pareceu tão ofendida que me senti culpada por falar aquilo. Talvez estivesse certa; eu a conhecia desde sempre, Summer tinha seus defeitos, mas não era esse tipo de pessoa. Eu não deveria tê-la acusado de roubar a pulseira de um garoto morto.

— Nada — respondi, antes de ir para a sala de orientação.

Alguns dias depois eu estava sentada com Leigh no refeitório. Summer estava comendo pizza no apartamento da amiga, e eu não fora convidada.

— Tem mesmo certeza de que Summer não está com minha pulseira? — perguntou Leigh.

— Absoluta — respondi. — Sei que ela pode ser meio falsa de vez em quando, mas não faz por mal. No fundo é uma boa pessoa. Ela não faria algo assim.

Leigh soltou um profundo suspiro.

— Então acho que sumiu e vou simplesmente ter de aceitar isso. — Depois ela começou a falar sobre a Califórnia, e quase engasguei com o sanduíche.

— Você vai embora? — indaguei, me perguntando se era meu destino ser solitária.

Leigh assentiu e me contou que seu tio tinha um condomínio em uma cidade chamada Brentwood, e ela e Rachel iam se mudar para lá em junho. O Sr. Ellis também tinha um amigo íntimo cuja tia era diretora de uma escola particular na qual Leigh seria aceita para cursar o último ano, e outro amigo era um produtor de filmes com contatos que contrataria Rachel como maquiadora da Warner Brothers.

— Preciso de novos ares — disse Leigh, e percebi que ela não estava usando nada da SUNY Oswego, o que era um bom sinal. Então sorri e a ouvi contar que frequentaria a UCLA porque sua família tinha doado dinheiro para lá e ela com certeza seria aceita.

UCLA. Claro. Eu imaginava a UCLA cercada de palmeiras e calçadas com nomes de pessoas famosas gravados no cimento. Eu a via como um ímã gigante com o poder de arrastar minhas amigas para o outro lado do país. Não falei nada de negativo porque Leigh parecia animada, e ela mudou de assunto perguntando quais eram meus planos para a faculdade.

Mencionei a Parsons e me pareceu entediante. Mas talvez *eu* fosse entediante por não estar interessada em Brentwood ou em qualquer outro lugar novo. Não queria me afastar dos meus pais e não podia me mudar para longe de Patrick, Evelyn e dos meninos, mesmo que eles nunca mais quisessem me ver.

— Tio Stan conhece pessoas da Parsons — disse Leigh. — Ele pode conseguir sua aceitação. Quer trabalhar com arte?

— Acho que sim. Quero ensinar. Mas você vai ser uma artista de verdade, não vai?

— Não — disse ela. — A arte é minha.

Aquilo fazia sentido. A arte dela era dela, e minha arte era minha, e eu queria mantê-la escondida em meu estúdio como um bebê recém-nascido, porque ninguém jamais a amaria como eu a amava. Assenti, e Leigh começou a falar sobre ensinar na faculdade, algo sobre fazer um mestrado e um Ph.D., e sugeriu que eu me tornasse professora de artes.

— É isso que Idalis planeja fazer. E você é muito mais inteligente que ela, Ari.

Eu não sabia do que ela estava falando até ela me lembrar: Idalis, 23rd Street, as *perras* na cama de Del. Segundo Leigh, Idalis estava terminando o mestrado em literatura espanhola. Ela ia começar o Ph.D. no outono, e eu podia me encontrar com ela e ouvir alguns conselhos profissionais se fosse jantar no apartamento do Sr. Ellis no sábado à noite.

— Você *tem* de ir, Ari — disse Leigh. — Não vai ter a menor graça sem você. Del vai estar lá, mas e daí? Você não o quer mesmo.

Não mesmo. Talvez um pouco. Mas Del era um cachorro, então comecei a pensar em outras coisas... coisas como olhos muito azuis, um sorriso Colgate, uma voz suave que me deixava arrepiada. A possibilidade de Blake também estar no jantar me fez aceitar o convite de Leigh.

Doze

Idalis Guzman era mais velha que Del. Ao longo do jantar formal servido por duas copeiras na cobertura do Sr. Ellis, descobri que ela tinha 26 anos, era da Venezuela e não levava o namoro a sério.

— Não posso me casar com esse cara — disse ela, com um inglês perfeito e um sotaque que era ainda mais atraente do que eu esperava. — Senão meu nome ficaria Idalis Ellis.

Ela tinha um cabelo de Rapunzel. Era castanho-claro e chegava à cintura, mas não era do tipo que se cortava naqueles programas diurnos em que as mulheres param de se cuidar e precisam de uma transformação. O dela era brilhante e moderno. Seu rosto não era lindo, mas a maquiagem habilidosamente aplicada compensava isso. Idalis usava roupas sofisticadas e joias caras e se comportava como se fosse especial.

— Se você quiser dar aulas — disse ela, enquanto estávamos comendo o segundo prato, que consistia de algo que eu nunca tinha visto antes chamado alhos-porós salteados —, o nível universitário é o caminho certo. Quando você se torna catedrático, ganha um bom dinheiro e tem horários flexíveis, então pode trabalhar e mesmo assim ter tempo para seu marido e seus filhos. Como dizem, você pode ter tudo.

Eu poderia ter tudo. Eu me imaginei como professora: ficaria diante de uma turma e faria palestras sobre Picasso para ávidos calouros universitários. Depois voltaria correndo para o Brooklyn, onde moraria em uma daquelas elegantes casas de Park Slope, que teria como pagar com meu salário, e seria recebida na porta por meus filhos adoráveis, que seriam tão lindos quanto o pai.

Essa ideia me deixou animada e esperançosa e me fez desviar o olhar de Idalis para Blake. Ele estava diante de mim, sem tocar nos alhos-porós, e seus olhos me lembravam de uma bolinha de gude que eu tinha aos 9 anos. Tinha muitas outras, mas aquela era minha preferida, porque era transparente com um feixe azul-safira para o qual eu olhava e colocava contra o sol. E um dia ela sumiu. Mamãe me levou à Woolworth's para comprar outra igual, mas não procurei muito; sabia que uma coisa tão bonita só aparecia uma vez.

— Você não precisa colocar tanta manteiga no pão, Stan — disse Rachel, depois que o prato principal foi servido. — E vá com calma. Você está comendo rápido demais.

O Sr. Ellis estava sentado à cabeceira da mesa atacando um pedaço de carne e pareceu irritado.

— Tenho de sair daqui a pouco, Rachel. Vou me encontrar com um cliente.

Idalis riu.

— Um cliente, claro. Acho que você tem algumas amigas escondidas por Manhattan. E deveria ouvir sua irmã. Não vai querer ter outro ataque cardíaco.

— Isso foi há três anos — disse ele. — Não vai acontecer de novo.

Ele ainda parecia irritado, e Blake também, entre o jantar e a sobremesa. Eu estava no banheiro no andar de cima quando ouvi a voz dele e a de Del no corredor. Estavam discutindo, e encostei meu ouvido à porta.

— Diga a sua namorada para tomar cuidado com o que diz — disse Blake.

Del riu.

— Por quê? Você sabe que ela está certa. Papai tem aquele apartamento no centro para levar quem quer que ele esteja traçando no momento. Ele pode fingir que é fiel à memória da mama o quanto quiser, mas é só sua palhaçada hipócrita habitual.

Papai e mama. Aquilo me lembrou outra vez do Elvis, mesmo que tanto Del quanto Blake falassem como nova-iorquinos nativos. Ouvi Blake dizer que Del não tinha respeito pelo pai, e Del retrucou que o pai deles levava Blake em rédea curta e começou a falar sobre uma garota na Georgia.

— Você tem coragem de criticar Idalis — disse Del. — Ela é melhor que aquela lourinha oxigenada da ralé que você passou dois anos comendo.

Que escandaloso. E interessante. A parte educada de mim queria ligar a torneira para abafar a conversa, mas a parte bisbilhoteira estava morrendo de vontade de ouvir o que aconteceria em seguida. Fiquei onde estava enquanto Blake e Del se enfureciam.

— Não fale dela — disse Blake.

— Por quê? — perguntou Del. — Ela chuta você sem nenhuma explicação, desaparece sem sequer telefonar, e você ainda a defende? Que patético, Blake. Toque sua vida para a frente e pare de sofrer por aquela garota. Seja homem, porra, pelo amor de Deus.

E foi isso. Ouvi passos na escada enquanto lavava as mãos e me juntei aos outros na sala de jantar, onde uma copeira estava enchendo xícaras de café e a outra estava ateando fogo ao crème brûlée com um pequeno maçarico.

Blake não comeu nada. Del devorou a sobremesa e engoliu duas xícaras de café enquanto eu o comparava ao irmão. Eram idênticos na altura e ambos tinham cabelos escuros e exatamente as mesmas mãos. Del era extrovertido e se vestia bem, enquanto Blake era quieto e usava roupas casuais. Seu rosto não era tão bonito quanto o do pai, mas era muito melhor que o de Del. A ponta do nariz de Blake não se curvava para baixo e não havia cicatriz em sua boca. Seria impossível Summer acusá-lo de ter um defeito de nascença.

— Qual é o problema? — perguntou Leigh a Blake quando ela, Rachel e eu estávamos no vestíbulo com ele, vestindo os casacos. Ele balançou a cabeça, e ela deu um tapinha em sua bochecha, disse-lhe para se animar e sugeriu que fossem patinar no dia seguinte no Rockefeller Center.

— Adoro o Rockefeller Center — falei, surpresa com minha ousadia. Eu estava tentando ser convidada, embora não devesse porque tinha teste de química na segunda-feira. Química deixava meu cérebro dormente. Eu tinha de estudar o dobro naquela matéria para continuar no rol de honra, então planejava estudar no dia seguinte, mas Blake precisava se animar e essa era uma boa desculpa para vê-lo outra vez.

Leigh olhou para mim e para Blake.

— Ah — disse ela. — Quer ir também, Ari?

Mais do que tudo. Assenti, e Leigh disse a Blake que o encontraríamos ao meio-dia. Entrei no banco traseiro do sedan com Leigh e Rachel, que apontou para mim.

— Blake seria perfeito para esta daqui — disse ela, e fiquei envergonhada por ter sido tão transparente. Mas Rachel parecia achar que a ideia era dela.

Leigh olhou de relance para mim e novamente para Rachel.

— Ari não quer seus conselhos românticos.

— Ora, Leigh — disse Rachel calmamente, alisando o cabelo da filha. Leigh estava com uma expressão perturbada e seus lábios se contraíam. — Vocês três podem ser amigos. Tenho certeza de que Ari quer ser sua amiga *e* do Blake.

Isso mesmo, pensei. *Quero ser amiga dos dois. Nós três podemos ser amigos e quero os conselhos românticos de Rachel, sim, então cale a boca, Leigh.*

Rachel se virou para mim e começou a falar como uma casamenteira indiscreta.

— Blake é um bom garoto, Ari. Ele não fica correndo atrás de mulheres como Del. E é inteligente. Está no segundo ano da NYU.

— Então ele tem 19 anos? — perguntei.

— Vinte — respondeu Leigh, e me perguntei se Blake não tinha entrado na faculdade logo depois de terminar o ensino médio, se era uma daquelas pessoas que passavam um ano vagabundeando pela Europa para se encontrarem. Mas ela explicou que ele tinha quebrado a perna aos 8 anos e ficara afastado da escola por algum tempo, por isso tivera de repetir o terceiro ano porque frequentava uma escola para a qual a família Ellis não tinha doado nenhum dinheiro. Fiquei surpresa por saber que existia tal lugar.

— Del quebrou a perna de Blake — disse Rachel.

Leigh lhe deu um empurrão.

— Não diga isso, mama.

— É verdade, não é? — perguntou Rachel, depois olhou para mim. — Foi depois que a mãe deles morreu. Eles brigaram e Del empurrou Blake escada abaixo. Esse é o tipo de temperamento que ele tem.

Leigh disse ao motorista para ligar o rádio, e todas ficamos quietas. Ele deixou Leigh e Rachel no prédio delas, depois me levou para casa, onde mamãe estava esperando na sala de estar. Havia sanduíches e leite morno na mesinha de centro, e ela queria que eu contasse tudo. Então nos sentamos no sofá, e descrevi o crème brûlée e os quatro pratos e perguntei se ela já tinha comido alho-poró.

— Uma vez — disse ela. — Em uma festa elegante de aniversário de casamento.

Então falei dos meus novos planos. Falei sobre ensinar na universidade e me tornar uma mulher de carreira que também podia ter um marido e filhos, e uma casa no Brooklyn com um jardim florido e uma rede amarrada à sombra de duas árvores no quintal. Eu ficava fechando os olhos para ver tudo aquilo. Mas, quando os abri, mamãe estava com uma expressão indiferente no rosto, e aquilo foi muito decepcionante.

— Por que você desejaria morar no Brooklyn? — perguntou. — E ser uma professora universitária não é como você pensa. As vagas são raras, e ninguém ganha bem até se tornar catedrático, o que nem sempre acontece. — Ela se levantou e espanou as migalhas de seu roupão. — Também não tenha pressa de ter filhos, Ariadne. Olhe para Evelyn. Ela não é exatamente um retrato de realização.

Mamãe foi para a cama, e eu também, mas estava infeliz demais para dormir. Alternei entre olhar para o teto e pela janela, desejando poder ser o que minha mãe queria. Eu queria poder ser como Summer, que não tinha medo de ir para a UCLA nem de colocar um bilhete na mão de um homem morto. Ela provavelmente participaria de todo tipo de aventuras que me assustavam, como se mudar para sempre do Brooklyn e viajar sozinha pelo mundo. Provavelmente se tornaria uma dessas mulheres independentes que não ligavam para filhos adoráveis, jardins floridos e redes.

Havia um par de velhos patins de gelo no porão. Procurei por eles na manhã seguinte, lembrando-me de que tinham sido um presente de aniversário de 14 anos dos meus pais para Evelyn, e papai dissera que haviam sido um terrível desperdício, porque Evelyn só os usara uma vez.

Eles tinham de estar ali em algum lugar, espreitando dentro de uma caixa de papelão ou enfiados em uma das caixas de plástico empilhadas contra a parede. Eu estava procurando em uma caixa rotulada EVELYN quando ouvi passos na escada.

— O que está fazendo? — perguntou mamãe.

Os patins não estavam na caixa. Vi uma bolsa de macramê, um recipiente cheio de conchas e uma calça jeans da Jordache que me deixou triste. Mas meu humor não estava bom de qualquer maneira, depois que minha mãe tinha destruído meus sonhos na noite anterior, e agora eu não queria olhar para ela. Resmunguei que precisava encontrar os patins de gelo de Evelyn, e ela começou a procurar comigo.

— Serão só você e Leigh hoje? — perguntou, tirando um odioso vestido com estampa escocesa de uma caixa. — Você não convidou Summer?

— Summer está sempre ocupada com o namorado — falei, observando-a segurar o vestido contra o próprio corpo. Era tamanho 36, e achei que mamãe deveria encarar a realidade e doá-lo para a caridade. — Você sabe disso.

Ela deve ter lido minha mente. Jogou o vestido sobre uma bicicleta ergométrica que ninguém usava.

— E seu dever de casa está pronto?

— Está — falei, com impaciência, mas mamãe colocou as mãos nos quadris. Eu não estava olhando para ela, estava inclinada revirando uma caixa cheia de roupas velhas e bolorentas, mas a vi com o canto do olho e desejei que ela simplesmente fosse comer alguma coisa.

— Não seja tão grosseira, Ariadne. Você quer entrar na Parsons, não é?

Eu me endireitei.

— Leigh me disse que o tio dela tem contatos lá.

Minha mãe encontrou os patins. Estavam novos, mas não eram exatamente como eu me lembrava. Achei que eram brancos ou castanho-claros, ou algo menos ridículo que prateados com cadarços de arco-íris e relâmpagos roxos bordados no couro.

Ela os empurrou para mim.

— Como assim o tio dela tem contatos?

Não era de admirar que a Evelyn só tivesse usado aqueles patins uma vez. Eles não podiam estar na moda nem mesmo em 1976, quando os adolescentes andavam de bocas de sino com pentes saindo dos bolsos traseiros. Enfiei os patins em uma caixa e me virei para mamãe.

— O tio de Leigh conhece gente da Parsons. Ele pode me colocar lá. Provavelmente, minhas notas nem importam.

Eu poderia muito bem ter dito a ela que estava "encrencada". Foi esse o nível de horror que ela demonstrou.

— Nós — disse ela, pronunciando a palavra com um tom virtuoso, como se estivesse a ponto de dizer, *Nós, os Kennedy* ou *Nós, os Vanderbilt* — não precisamos dos contatos de ninguém. Andamos com nossas próprias pernas, e você sabe disso.

Eu sabia. Me senti uma preguiçosa superficial que queria uma fuga daqueles simulados do SAT que eram de fritar o cérebro, e aquilo simplesmente não era o que eu fora criada para me tornar. Então assenti. Ia subir a escada quando minha mãe pegou os patins e os segurou no ar.

— Esqueceu alguma coisa? — perguntou, e não tive coragem de dizer que não usaria aquelas coisas medonhas, porque meus pais as tinham comprado com seu dinheiro suado e não fazia sentido pagar por patins alugados no Rockefeller Center quando aqueles estavam praticamente novos.

Mas eram apertados. Até dolorosos. Forcei meus pés para dentro deles uma hora depois enquanto estava sentada em um banco no Rockefeller Center com Leigh. Ela tinha patins imaculadamente brancos com cadarços da mesma cor e era legal demais para fazer qualquer crítica em relação aos meus.

Quando Blake apareceu, ele se sentou ao meu lado. Escorreguei meus pés para baixo do banco esperando que ele não visse meus raios idiotas.

Vi outras coisas. Vi seus olhos incrivelmente azuis e o vento soprando seu cabelo quando ele se inclinou para amarrar os patins.

— Você não vem? — perguntou ele.

— Estou com dor de cabeça — menti. Eu disse a ele e a Leigh para irem sem mim, e os dois desapareceram entre a multidão que patinava no gelo, ouvindo música de piano daqueles Especiais de Natal do Charlie Brown.

Agi rápido e desamarrei os patins, enfiei-os na mochila e calcei minhas botas para não ser humilhada na frente de Blake, embora não soubesse muito bem por que eu me importava. Ele estava dando voltas pelo rinque sem sequer tropeçar ou parar para amarrar um cadarço, e senti que tinha tanta chance com ele quanto com Del.

Mesmo assim, fiquei observando-o passar rapidamente pelas bandeiras norte-americana, japonesa e outras que eu não conseguia identificar, mas parei de olhar quando ouvi um baque surdo.

Havia um garoto no gelo a alguns metros de mim. Ele tinha uns 10 anos e caíra sobre o braço. Alguém tinha passado sobre seu chapéu depois da queda.

— Você está bem? — perguntei, levantando-me rapidamente do banco. Parei perto dele, oferecendo minha mão e o puxei, o que não foi fácil porque ele era um menino gorducho. — Machucou o braço?

— Machuquei — disse ele, esfregando o braço com a mão enluvada.

— Está aqui sozinho?

Ele assentiu.

— Minha mãe foi até a Saks. Prometi que ia ter cuidado, mas veja só o que eu fiz. Meu braço deve estar quebrado. — Ele estava ficando agitado.

— Não se preocupe. Posso verificar seu braço — falei, lembrando-me da aula que Evelyn me fizera frequentar alguns anos antes, na qual aprendi a fazer RCP e a diagnosticar ossos quebrados. Procurei inchaço e contusões e perguntei se ele tinha ouvido um estalo ao cair. Ele estava balançando a cabeça quando Leigh e Blake voltaram. — Está tudo bem com você — falei, fechando o zíper de seu casaco até o queixo.

Ele ficou sentado conosco até a mãe aparecer na lateral do rinque, com uma expressão preocupada e carregando sacolas de compras. Ela me agradeceu antes de sair com o filho, e Blake sorriu depois que eles foram embora.

— Você tem jeito com crianças — comentou ele.

Ele se sentara ao meu lado no banco outra vez. Seus olhos estavam fixos no meu rosto, e aquilo me deixou nervosa. Temi que meu rímel tivesse se acumulado no canto dos olhos ou que houvesse uma deselegante mancha de batom em meus dentes sobrepostos.

Dei de ombros.

— Minha irmã tem dois filhos. Estou acostumada com crianças.

Ele levantou as sobrancelhas. Parecia interessado. Presumi que estava apenas puxando conversa e que voltaria a patinar com Leigh, mas não voltou.

— Vocês não querem patinar comigo? — perguntou ela, parada no gelo, com os olhos indo de Blake para mim. — Sua dor de cabeça não melhorou, Ari?

Não, Leigh, pensei. *Minha dor de cabeça falsa não melhorou. E gosto muito de você, mas gosto mais do seu primo.*

— Ainda não — respondi.

Ela roeu a unha, parecendo decepcionada.

— Tem certeza? Quer encontrar uma farmácia e ver se acha um analgésico? Posso tirar meus patins e atravessamos a rua para...

Eu a interrompi.

— Não, já vou melhorar.

Ela assentiu e saiu patinando com uma expressão amuada. Então fiquei sozinha com Blake, ouvindo o retinir das teclas do piano e o oscilar das bandeiras ao vento.

— Leigh está bem? — perguntei.

Ele deu de ombros, observando-a arrastar os pés do outro lado do rinque.

— Ela passou por muita coisa nos últimos tempos... e tem ficado muito sozinha. É bom para ela andar com você. Leigh precisa de uma amiga, especialmente alguém que tem tanto em comum com ela... como a arte e essas coisas — disse ele, e repentinamente me senti mal pelo fato de Leigh estar patinando sozinha. Então Blake mudou de assunto. — Você falou da sua irmã... Quantos anos ela tem?

— Vinte e três. Ela tem um filho de 5 anos e um bebê — respondi, sem pensar. Vinte e três menos cinco... ele perceberia que ela tinha sido mãe na adolescência. Mas Rachel também fora, e ele não parecia estar fazendo a conta. Estava sorrindo e olhando para o céu nublado.

— Legal — disse, pensativo. Então disse que Leigh contara que eu tinha um cunhado que trabalhava no FDNY. Blake disse que sempre quisera ser bombeiro, o que era muito irônico, na minha opinião. As pessoas que moravam no Upper East Side normalmente não se tornavam bombeiros.

— Bombeiros não estudam na NYU — falei.

— Não — disse ele. — Advogados estudam.

— Então você quer ser advogado como seu pai?

Ele sorriu, mas não foi exatamente um sorriso feliz. Foi um sorriso que levantou apenas um dos cantos de sua boca.

— Não exatamente. Meu pai quer que eu seja advogado como meu pai.

Entendi. E estava certa em achar que tínhamos alguma coisa em comum. Enquanto estávamos sentados no banco conversando e Leigh fazia voltas e oitos no rinque, percebi que Blake tinha de compensar por Del, assim como eu tinha de compensar por Evelyn. O Sr. Ellis e mamãe eram farinha do mesmo saco. Eles queriam o melhor para nós, mas nunca perguntavam o que queríamos.

— Minha mãe espera que eu me torne uma artista — falei, depois que Blake contou que devia assumir o controle da Ellis & Hummel um dia. — Como se *isso* fosse um objetivo prático.

Ele sorriu. Dessa vez, usou os dois cantos da boca.

— Bom, talvez seja. Você deveria me mostrar seus trabalhos um dia.

Assenti ao mesmo tempo que o sol apareceu atrás de uma nuvem. Um raio atingiu o olho direito de Blake, e percebi que finalmente tinha encontrado outra bolinha de gude igual à que perdera.

Treze

Estávamos nos últimos dias de março. A temperatura subia e a grama com cor de sopa de ervilha abria caminho pela neve derretida, fazendo-me lembrar de fios arrepiados na cabeça de um homem careca. O inverno tinha erodido a maior parte do nariz de Santa Ana. Era tão deprimente que eu não olhava mais para nosso jardim.

— O que você acha? — perguntou Summer.

Meu pai estava lá embaixo assistindo ao jogo de domingo à tarde do Knicks. Mamãe fora à casa de Evelyn ajudar a tomar conta de Shane, que estava com catapora. Ou pelo menos era o que eu achava. O fluxo de informação praticamente tinha cessado depois que eu fora banida do Queens.

Agora eu olhava para Summer, que tinha aberto minha cortina. Eu a deixava fechada nos últimos tempos para bloquear a melancolia do gramado. Mas ela teve o desplante de abri-la para poder mostrar a rosa vermelha que havia tatuado no tornozelo enquanto estava em Key West com Casey durante o feriado de primavera.

— Bonita — falei, porque era. Mas eu estava me sentindo tão inerte que minha voz deixou isso transparecer.

— Nossas iniciais estão nas pétalas — disse ela, indicando um S e um C escritos em uma letra rebuscada. — Não é romântico?

Casey ainda estava na Flórida. Ele ficaria lá por mais alguns dias, e eu sabia que Summer estava na minha casa porque se sentia entediada sem ele. O único contato que tínhamos nos últimos tempos era na Mercedes de Jeff nos dias de semana, e romance não era um bom tópico para mim no momento. Semanas tinham se passado desde o Rockefeller Center, e Blake não pedira para ver meus desenhos nem nada.

— Claro. — Obriguei-me a dizer.

— E o C vai ser fácil de alterar quando nós terminarmos.

Fiquei perplexa.

— Por que fez a tatuagem se está planejando terminar?

— Ari — disse ela, em uma voz sensata com jeito de psiquiatra. — As chances de Casey e eu vivermos felizes para sempre são mínimas, não acha? Além do mais, não vou me comprometer com o primeiro cara que aparece. Preciso de experiência. E tatuar a rosa também foi uma experiência.

Analisei a tatuagem, imaginando uma agulha afiada injetando tinta vermelha, preta e verde sob a pele dela.

— Deve ter doído — falei.

— Assim como sexo na primeira vez que se faz, mas não deixei que isso me impedisse.

Suspirei. Essa conversa era muito velha.

— Eu sei, você já me contou cinquenta vezes.

Ela se sentou na minha colcha.

— Bom, só estou avisando para o caso de um dia você arranjar um namorado.

Puxei a cadeira da minha escrivaninha e sentei, me sentindo fraca, desanimada e com humor para me denegrir.

— É... tomara que eu consiga antes de ficar enrugada e corcunda.

Ela arfou e cobriu a boca.

— Não foi isso que eu quis dizer, Ari. Soou mal. Sempre digo as coisas erradas. Você sabe que eu quis dizer *quando*. *Quando* você arranjar um namorado.

Dane-se. Observei-a fechar o zíper das botas enquanto minha mente voltava a sua tatuagem. Aquilo me fazia pensar em agulhas sujas, AIDS e pessoas em unidades de isolamento em hospitais, definhando com feridas que cobriam cada centímetro de seus corpos. Eu estava a ponto de perguntar se a loja de tatuagem tinha tomado as precauções necessárias quando ela mudou de assunto.

— Aquela Rachel Ellis é ainda mais escrota do que a filha. "Coxia direita, coxia esquerda..." — disse ela, imitando Rachel apontando o dedo. — Mas minha mãe a adorou porque ela nos conseguiu outro trabalho. Um escritório de advocacia.

— Está falando do Ellis & Hummel?

Ela assentiu.

— Vamos fornecer comida para as reuniões e coisas do tipo a partir do final da primavera. Acho que é no Empire State Building.

No 98º andar, pensei. Então fiquei nervosa porque Summer podia conhecer Blake, que provavelmente queria outra loura oxigenada para substituir a da Georgia, e eu não tinha nenhuma chance contra Summer Simon. Desejei que ela nunca tivesse me dado o cartão *Divulgue para seus amigos*, porque aquilo não causara nada além de desastre.

Fiquei contente quando Summer foi para casa, passando por mamãe nos degraus da entrada. Ela chegava com uma bolsa de compras cheia de patos de marshmallows, jujubas e ovos, que tingimos na cozinha mais tarde.

Joguei um tablete de corante amarelo da PAAS em uma xícara com uma mistura de água e vinagre e o observei borbulhar. Já tinha colorido vários ovos e estava planejando colorir vários outros. Mamãe e eu sempre dávamos a Kieran uma enorme cesta de Páscoa e agora precisávamos dar uma a Shane também, embora ele tivesse menos de 1 ano e praticamente não tivesse dentes.

— Shane está melhor? — perguntei, desenhando uma cara de coelho em um ovo fúcsia.

— Ah — disse mamãe. — Ele está ótimo.

Eu estava desenhando os bigodes. Parei porque a voz dela estava estranha. Parecia que estava tentando esconder alguma coisa de mim.

— Bom — falei, certa de que meu exílio seria suspenso durante as festas. — Acho que vou descobrir na semana que vem.

— Ariadne — disse ela. — É o seguinte.

Foi assim que descobri que não ia participar do jantar de Páscoa no Queens. Mamãe agiu como se não fosse nada de mais, era só daquela vez. Evelyn tinha perdido 4 kg desde o meu aniversário, seu psiquiatra era fantástico, e queríamos o melhor para ela, não queríamos?

Minha mãe estava agindo novamente como mestre de picadeiro. Assenti e voltei a desenhar porque não queria mais falar sobre Evelyn. De que adiantaria, afinal? Eu simplesmente pareceria mimada, fraca e uma flor delicada e molenga se reclamasse que ninguém nunca me colocava em primeiro lugar, nem mesmo mamãe. Eu não estava com humor para jujubas ou ovos coloridos, mas me forcei a arrumá-los nas cestas de Páscoa de Kieran e Shane. Eles não tinham culpa de ter uma mãe tão egoísta.

Na segunda-feira reclamei com Leigh sobre a Páscoa. Não tinha outra opção. Não podia falar com mamãe e nunca conversava com meu pai, e Summer estava envolvida demais consigo mesma para se importar. Ela raramente almoçava na Hollister, Casey sempre a pegava na escola, e encontrava-se constantemente com seus orientadores pedagógicos. Ela queria convencê-los a deixá-la fazer aulas extras no outono para poder se formar em janeiro e não em junho, o que simplesmente era de se esperar. Leigh se mudaria em breve, e provavelmente Summer também, embora parecesse que ela já estava muito longe. "Por que você liga se eu não almoçar no refeitório?", dissera Summer na semana anterior. "Você tem Leigh."

— Bom — disse Leigh, enquanto estávamos sentadas juntas na sala de orientação. Eu estava surpresa por ela ter aparecido, e não via uma camiseta da SUNY Oswego havia semanas. Agora ela estava usando um pouquinho de batom, uma blusa de ilhós branca e parecia muito mais alegre do que eu. — Você vai ter de passar a Páscoa na minha casa.

— Não quero dar trabalho — falei.

Ela pegou seu pingente e o puxou de um lado para o outro na corrente.

— Não seja ridícula. Não é trabalho algum. Vamos ter muita comida... minha família inteira vai estar lá. Quero muito que vá, vou até mandar um carro para pegar você. Por favor, vá.

A voz dela tinha um toque de desespero. Seu rosto estava próximo ao meu, e o misto de esperança e tristeza em seus olhos me fez assentir, só para ela não pedir por favor de novo. Também aceitei porque sabia como era não ser popular, porque sabia como era importante ter ao menos uma amiga e porque me lembrei de que a *família inteira* de Leigh incluía Blake.

— Não deixe que isso a incomode, Ariadne — disse mamãe, na tarde do domingo seguinte. Estávamos nos degraus da entrada enquanto papai colocava as cestas de Páscoa no carro.

— Não está me incomodando — falei, porque era preciso. Meus pais não tinham pensado que perder um jantar bobo de Páscoa era grande coisa, haviam passado por coisas muito piores na minha idade. "As crianças são muito mimadas hoje em dia." Certa vez, mamãe dissera que seu pai normalmente desmaiava de bêbado antes de servirem o presunto, e não era segredo que a mãe do papai passava todos os feriados esvaziando comadres. Por isso, fingi que não me importava.

Então o sedan chegou. Ele me levou para o apartamento na East 78th, onde me sentei a uma mesa de jantar lotada. O Sr. Ellis estava na cabeceira; Rachel, do lado oposto. Leigh estava sentada ao meu lado, e Blake e Del, diante de nós.

Fiquei surpresa por me sentir tão confortável no jantar de Páscoa de uma família que não era a minha.

— Passe aquilo ali, docinho — disse Rachel, indicando uma bandeja de alumínio descartável que estava ao lado do cotovelo de Blake. Seu sotaque estava muito sulista naquele dia, assim como a comida. Não havia copeiras, alhos-poró nem sobremesas incendiadas. Comemos salada de batatas com costeletas de porco e couve, e comi a couve mesmo nunca tendo ouvido falar daquilo. A própria Rachel tinha preparado tudo, e não era exatamente uma festa na cobertura. Era o mesmo tipo de reunião de família simples que estava acontecendo no Queens. E havia mais uma similaridade: eu tinha de disfarçar meus olhares para Blake assim como disfarçava meus olhares para Patrick.

Blake comeu mais do que tinha comido na cobertura. Devorou a salada de batatas e deixou quatro ossos de costeleta limpos no prato. Enquanto jantávamos, ele conversou comigo. Falamos sobre escola e notas, e em determinado momento o Sr. Ellis entrou na conversa.

— A+ nas provas parciais de Introdução ao Direito Administrativo — disse ele orgulhosamente, dando um tapinha no ombro de Blake de um jeito que deveria ser afetuoso, mas ele usou tanta força que provavelmente machucou.

Rachel bateu palmas.

— Parabéns, meu sobrinho. Agora vai ganhar um pedaço extra de bolo de beija-flor. — Ela se virou para mim. — Você não é alérgica a beija-flores, não é, querida?

Beija-flores. Eram aqueles bichinhos com bicos finos e asas velozes. "Beija-flores são da família *Trochilidae*", lembrei-me de uma das minhas professoras de ciência dizendo. "São os únicos pássaros que conseguem voar para trás." Eu não me lembrava de ela ter mencionado que beija-flores eram comestíveis, mas talvez fosse um hábito do sul. Uma iguaria ou coisa parecida.

— Tia Rachel — disse Blake. — Não faça isso com ela.

Era apenas uma piada, graças a Deus. Rachel foi para a cozinha e voltou carregando um bolo de quatro camadas com cobertura de cream cheese e nozes pecãs picadas. Estava divino. Blake estava cortando seu segundo pedaço quando o Sr. Ellis se levantou da cadeira.

— Preciso ir — disse ele. — Tenho um julgamento na semana que vem e trabalho sobre minha mesa.

Rachel contraiu a boca.

— Você se esforça demais, Stan. Devia pedir ajuda a alguns dos seus sócios.

Ele bateu outra vez no ombro de Blake.

— Este garoto vai trabalhar comigo no verão. Vai me dar toda a ajuda de que preciso.

Rachel se ofereceu para levá-lo até o carro, acrescentando que estava um dia lindo e que todos nós deveríamos dar uma volta pelo quarteirão para gastar o jantar; Blake e Del balançaram a cabeça, mas Leigh se levantou rapidamente da cadeira e segurou minha mão.

— Venha conosco, Ari — disse ela.

Eu não queria ir. Queria ficar ali com os primos dela, então desprendi minha mão da dela.

— Vá, Leigh. Faça uma boa caminhada.

Ela ficou ali com uma expressão decepcionada, como a que mostrara no Rockefeller Center. Sua carência me irritava um pouco, mas eu não queria que ela percebesse, então me levantei e fui ao banheiro. Quando saí, ela, Rachel e o Sr. Ellis tinham saído.

Voltei à sala de jantar, onde me sentei à mesa com Del e Blake. Eles deixavam a sala com um cheiro pungente e masculino, pelas coisas que bebiam ou fumavam ou passavam na pele, e eu gostava, fosse o que fosse.

— Que grosseria — disse Del. Ele riscou um fósforo e acendeu um cigarro. — O papai sair mais cedo, digo. Quem trabalha na Páscoa?

Blake passou uma das mãos pelo cabelo, arrepiando-o.

— Você sabe que ele é ocupado.

— É. Ocupado demais para ver minha boate. Foi inaugurada há três meses, e ele não apareceu lá uma vez. Nem você. — Uma longa torrente de fumaça saiu da boca de Del. Ele empurrou sua cadeira para trás e arranhou a parede, o que o irritou. — Esse apartamento é um ovo da porra. Por que ele não compra um melhor para elas?

— Del — disse Blake. — Há uma dama na sala. Cuidado com o que diz.

Não tem problema, pensei. *Ninguém na minha família toma cuidado com o que diz, mas obrigada mesmo assim, Blake. Fico lisonjeada por você se importar.* Del resmungou um pedido de desculpas, e Blake disse a ele que o Sr. Ellis pagava o aluguel e as contas de Rachel e Leigh. Isso não era o bastante?

Del não parecia achar que era, porque contraiu o rosto e começou a tirar a mesa. Eu o observei e tentei encontrar o verde em seus olhos, mas só vi o cinza.

— Você defenderia papai mesmo que ele cortasse a garganta delas — disse ele, antes de ir para a cozinha. Ouvi a água correndo e as assadeiras sendo amassadas dentro do lixo. Blake soltou um profundo suspiro.

— Desculpe — disse ele. — Outro drama familiar.

Não tem problema, pensei outra vez. *Estou familiarizada com dramas familiares.* Então me lembrei da maneira como Del falara da Cielo e senti pena dele.

— A boate do seu irmão é legal... Fui à festa de inauguração.

— Preferi não ir — disse ele, passando a mão sob a gola da camisa para esfregar o ombro. Eu me perguntei se estava dolorido por causa do tapa do Sr. Ellis. Peguei um relance de pele nua e vi também uma corrente prateada. Então Blake virou-se levemente da cadeira e percebi algo escuro na parte de cima de suas costas, perto do ombro. — Então, quantos anos você tem, Ari? A idade de Leigh, não é? — Ele parou de esfregar o ombro, e a camisa voltou para o lugar antes que eu conseguisse descobrir que marca era aquela.

— Isso — respondi.

Ele sorriu.

— Então já tem idade para entrar em filmes para maiores de 17 anos.

— Sim — falei, imaginando aonde ele queria chegar com aquilo. — Já tenho idade.

— Quer ir ver um comigo? — perguntou. Não consegui acreditar. Blake tinha acabado de me chamar para sair. De repente, aquela tinha se tornado uma ótima Páscoa.

Ele me telefonou na quarta-feira à noite. O telefone tocou quando eu estava enrolada no sofá com meu dever de cálculo, e mamãe atendeu na cozinha. Depois foi até a sala de estar com uma expressão confusa.

— Telefone para você — disse ela. — É um garoto.

Ela parecia extremamente surpresa com o fato de um garoto deliberadamente discar meu número, e aquilo me irritou muito. Ela ficou pela cozinha enquanto eu falava com Blake. Abriu e fechou armários, fingindo procurar canela. Também inspecionou a geladeira, verificando a data de validade do leite, do creme azedo e da manteiga, embora soubesse muito bem que todos estavam perfeitamente frescos.

Foi ainda pior na noite de sábado. Ouvi o motor de um carro na rua, saí do quarto e desci correndo a escada, dizendo "Não vou chegar muito tarde", e achei que mamãe teria o bom senso de ficar dentro de casa, onde era o lugar de uma mãe, mas não teve. Eu estava na calçada quando ouvi uma voz áspera atrás de mim.

— Não vou conhecer seu amigo? — perguntou ela.

Vá embora vá embora vá embora, pensei. *Blake tem 20 anos e dirige um Corvette preto conversível lindo, e você nem imagina como está me envergonhando.* Então Blake foi até a calçada e apertou a mão da minha mãe. Depois respondeu ao seu inquérito com "Sim, senhora" e "Não, senhora" e "Eu estudo na NYU, senhora". Ela adorou aquele negócio de *senhora*. Ela se despediu com um aceno quando entrei no carro e observei seu reflexo no espelho retrovisor enquanto Blake dirigia.

— Desculpe — falei. — Digo, por ela.

O Corvette tinha cheiro de couro, plástico e outras substâncias desconhecidas que compõem o cheiro de carro novo. O carro tinha câmbio manual, e fiquei impressionada com a destreza de Blake ao trocar as marchas.

— Não se preocupe — disse ele. — Eu não a culpo. Quando eu tiver uma filha, planejo interrogar cada cara que chegar a 100 metros dela. Provavelmente vou comprar um detector de mentiras e enfiar brotos de bambu embaixo das unhas dos caras.

Eu ri. Não estava mais envergonhada. E cheguei à conclusão de que Blake era diferente. Ele era melhor do que os caras que Evelyn tinha namorado antes de Patrick, os que buzinavam impacientemente, reviravam os olhos quando mamãe virava as costas e apertavam a mão de papai sem vontade. Nenhum deles jamais dissera *senhora*. Eu me perguntei se a educação de Blake era uma adorável característica do sul, como o bolo de beija-flor de Rachel.

Ele nos levou a um cinema em Manhattan, onde segurou todas as portas para mim, e quando me dei conta, estávamos jantando em um restaurante de Little Italy com toalhas de mesa em xadrez vermelho e branco e um garçom que me chamava de *signorina*.

Blake parecia confortável. Eu também. A comida era boa e a atmosfera não era formal nem sofisticada, o que para mim estava bom. Nossa mesa ficava perto da porta, então eu sentia o fresco ar de abril, ouvia o farfalhar da árvore do lado de fora e via o Corvette de Blake estacionado do outro lado da rua.

— Seu carro é legal — falei.

Ele deu de ombros. O garçom tinha acabado de trazer duas tigelas de gelato de chocolate, e Blake pegou sua colher.

— Meu pai me deu de Natal. Foi um desperdício absoluto de dinheiro.

Eu não sabia como responder, então fiquei quieta. Peguei minha própria colher e passei em torno do gelato, e Blake perguntou se eu estava saindo com mais alguém.

— Não — respondi. — Namorei um cara por um tempo. Agora acabou.

Era uma mentira gigantesca, mas eu tinha de dizê-la. Não podia deixar Blake saber a humilhante verdade, que aquele era meu primeiro encontro real. Por alguma estranha razão, ele não duvidou de mim.

— O mesmo vale para mim.

Assenti e visualizei sua namorada oxigenada. Eu a imaginei em uma casa móvel na Georgia, tentando tornar o lugar apresentável pendurando um mensageiro dos ventos e plantando flores em vasos de plástico na frente. Imaginei Blake lá dentro, fazendo sexo com ela no sofá-cama enquanto a chuva batia no teto de metal, e pensei que ela era sortuda mesmo vivendo em um trailer.

— Quem você estava namorando antes? — perguntei, como se não soubesse.

— Uma garota da Georgia — respondeu ele.

Fingi surpresa.

— Georgia — repeti. — Você vai muito à Georgia?

— Eu ia. Minha avó mora lá. Ela tem uma casinha longe de tudo, sob grandes carvalhos que foram plantados antes da Guerra Civil. — Ele inclinou a cadeira para trás e sorriu para o teto. — Quero ter uma casa como aquela um dia.

Eu ri.

— Mas você mora em uma cobertura.

A conta chegou. Ele deixou o dinheiro sobre a mesa.

— Esse é o gosto do meu pai — comentou ele, colocando um Life Saver na boca. — E de Del. Eu gostaria mais de morar no seu bairro.

Estávamos de volta ao meu bairro uma hora depois. Já tinha escurecido, e Blake estacionou o Corvette em frente à minha casa enquanto eu sentia um frio na barriga. Eu me lembrei de quando Evelyn era adolescente e ficava em carros estacionados na nossa rua com o namorado do mês enquanto a mamãe andava de um lado para o outro na sala de estar dizendo coisas como "Ela vai acabar com uma infecção na boca" e "Espero que os vizinhos não vejam".

Eu estava olhando pela janela, verificando se havia algum vizinho e torcendo para dar a eles algo que ver, quando senti a mão de Blake no meu queixo. Olhei para ele, para o nariz reto e os lábios perfeitamente esculpidos, sentindo seu dedo se mover lentamente de um lado para o outro sobre minha pele. *Não peça*, pensei. *Simplesmente faça.*

Ele levantou minha boca à altura da dele, e foi muito melhor do que aquele beijo idiota das Catskills. Foi gostoso e suave, ele apertou meu ombro e acariciou meu cabelo e não tentou apalpar minhas áreas-proibidas-no-primeiro-encontro nem ficou me criticando depois que acabou.

— Quer se sentar aqui? — perguntou.

O único lugar para se sentar ali era o colo dele. O convite era tão tentador, e a voz dele, tão suave e gentil, que fiquei toda arrepiada. Assenti e Blake sorriu, envolvendo minha cintura com o braço, puxando-me por cima da marcha. Fiquei sentada sobre suas coxas, adorando estar ali, onde sentia o cheiro de loção pós-barba e ficava envolvida por seus braços. Ele me beijou de novo, com mais força e profundidade dessa vez. Senti sua língua explorando minha boca e um leve sabor de seu Life Saver Wint-O-Green. Eu me perguntei se Blake sabia que eles criavam minúsculas faíscas azuis se fossem esmagados no escuro.

— Você é linda demais — disse ele, quando paramos de nos beijar.

Eu era? Aquelas palavras me fizeram sair flutuando pelo gramado. A grama estava crescendo grossa e verde, e Santa Ana não parecia solitária, velha e lascada. Seu vestido era azul-vivo, seu xale, dourado e cintilante. Ela e a pequena Maria pareciam estar tendo um bom dia.

Quatorze

Mamãe estava esperando no sofá. Fez sanduíches e esquentou leite, mas eu não queria contar nada a ela. A memória daquela noite estava imaculada como a neve que acabara de cair e que eu devia proteger de pisadas descuidadas. Só falei do filme e do restaurante, e mamãe olhou para mim com olhos pesados, esperando algo que nunca viria.

— Não quer nem um sanduíche? — perguntou.

Balancei a cabeça. Eu a ouvi na cozinha enquanto escovava os dentes no andar de cima; ela estava rasgando uma folha de alumínio para cobrir os sanduíches. Eu poderia ter me sentido muito mais culpada se não estivesse tão feliz.

A felicidade dificultou meu sono. Mais tarde, fiquei com os olhos fixos no teto do quarto, pensando em Blake, lembrando-me da maneira como tinha me tocado. Era cuidadoso e gentil, como se eu fosse uma coisa frágil e importante, como se eu fosse aquela parte frágil na cabeça de um bebê.

Ele ligou no domingo à noite. Desejei ter um telefone no meu quarto. Evelyn tinha, um telefone modelo Princesa rosa-claro que mamãe e papai haviam comprado depois que ela tinha reclamado, chorado e importunado durante semanas. Seu fio se tornara terrivelmente emaranhado e o disco quase caíra por causa do uso constante, mas mesmo assim ela o levara para o Queens juntamente com suas Pet Rocks e seu pôster do Peter Frampton.

Eu nunca tinha pedido um telefone, e isso fora um erro. Do contrário, eu poderia ter um pouco de privacidade, longe de meus pais, que estavam assistindo a *60 Minutes* na sala de estar enquanto eu me apoiava na bancada da cozinha, surpresa pelo que estava saindo da minha boca: risadinhas bobas e voz de flerte, que me fizeram questionar se estava possuída por Summer.

— Por que você está toda alegre? — perguntou Summer, no dia seguinte, enquanto passávamos por Frederick Smith Hollister. *Você tem um neto muito bonito*, pensei, dando uma olhadinha maliciosa para a placa.

— Saí com o primo de Leigh — falei.

Summer parou de andar. Ela fez um barulho como se tivesse acabado de encontrar um fio de cabelo na sopa: *blergh*, *eca* e *argh* misturados.

— Você está falando daquele cara horrendo com cara de índio e boca defeituosa?

Que cruel. Ela parecia ter esquecido que nem sempre fora perfeita. Além do mais, Del não era horrendo, ele não podia fazer nada em relação ao lábio. Eu não queria mais falar sobre Blake, mas Summer ficou dizendo "me conte me conte me conte" até eu ceder.

— Leigh tem outro primo que você não conhece. Ele é irmão de Del e é lindo — falei.

Ela riu.

— Parece que você está com uma quedinha, Ari.

Eu tivera muitas quedas. Patrick e meninos da escola, mas nenhuma delas resultara em nada além de um desejo doloroso. Nunca tinha resultado no que aconteceu na noite do sábado seguinte: um cara lindo na minha porta da frente, que entrou por vontade própria, apertou com firmeza a mão de papai e conversou educadamente com mamãe antes de me levar para outro filme e jantar, pagos com um American Express.

Mais tarde naquela noite, Blake e eu estávamos no Corvette, que ele havia estacionado a um quarteirão da minha casa, dessa vez perto de um terreno vazio onde antes existia uma casa. Os donos a tinham demolido com o plano de construir uma maior porque tinham ganhado na loteria ou subido na hierarquia da máfia. Nossos vizinhos estavam fofocando, mas ninguém sabia a verdade.

— Por que você estacionou aqui? — perguntei.

— Porque — disse Blake — não posso ficar beijando você na frente da sua casa. Não é certo, e fui criado como um cavalheiro. Quero que seus pais gostem de mim.

Eu gosto de você, Blake, pensei quando sua boca estava sobre a minha, seus braços apertavam minha cintura e nossos dedos se entrelaçavam perfeitamente como os do meu bloco de desenho.

— Ari — disse Blake, e dei uma olhada para o relógio no painel, perplexa por notar que ficara tarde de repente. — É melhor eu levar você para casa agora.

— Por quê? — perguntei.

— Porque não seria certo se eu não levasse — respondeu ele.

Certo. Não era certo beijar na frente da minha casa e não era certo beijar durante muito tempo. Eu me perguntei de onde vinha toda essa virtude. Definitivamente ela não existia nos garotos do Brooklyn nem nos de Connecticut que tiravam férias nas Catskills. Finalmente cheguei à conclusão de que vinha de algum outro lugar, um lugar distante onde as pessoas comiam couve e viviam sob árvores anteriores à Guerra Civil.

Na tarde seguinte, um meteorologista na TV disse que a temperatura era recorde. Fazia tanto calor que nossos vizinhos odiosos estavam pegando sol na entrada da garagem e todos os outros moradores do quarteirão estavam lavando os carros ou cortando a grama.

Desenhei a vizinha do lado enquanto a observava pela janela aberta do meu estúdio. Ela estava esticada em uma espreguiçadeira, brilhando de Coppertone e segurando um refletor de alumínio sob o queixo duplo. Virei uma página em branco do bloco de desenho, mas não estava motivada. Não queria estar ali, com lápis, papel e tintas a óleo em tubos espremidos. Eu queria estar lá fora absorvendo o sol e o cheiro de grama cortada ou na entrada da minha garagem com papai, carregando o carro para uma visita ao Queens. Mas, acima de tudo, queria Blake, que na noite anterior dissera que tinha prova de Introdução ao Direito Administrativo na segunda e planejava passar horas estudando naquele dia.

— Ariadne — disse mamãe, depois que me arrastei até a cozinha. — O que você vai fazer enquanto estivermos fora?

Eu me deixei cair em uma cadeira, achando que estava quente ali e me perguntando por que a casa não tinha ar-condicionado central. Tudo que tínhamos eram unidades de janela barulhentas e velhas, que papai ainda não havia tirado da garagem.

— Nada — respondi, olhando-a colocar um tabuleiro de cupcakes em uma caixa de papelão. Tinham cobertura caseira e granulados coloridos, e eu sabia que Patrick ia gostar deles porque adorava *confeitos*.

— Você pode estudar para o SAT — sugeriu ela.

Revirei os olhos. Estudar para o SAT e desenhar no meu estúdio pareciam a morte comparados a ficar de olhos fechados enquanto a língua de Blake perambulava dentro da minha boca.

Então meus pais foram embora. Assisti à TV no sofá, ouvi um grupo de crianças improvisando um jogo de beisebol na rua e ignorei o livro do SAT. Minha mãe tinha deixado dois cupcakes em um prato na geladeira, e enquanto eu mordia um deles, o telefone tocou. Era Blake.

— Leigh e tia Rachel me convenceram a não estudar hoje — disse ele. — Vamos para os Hamptons... Vou alugar um carro porque não cabemos todos no Corvette. Pegamos você em uma hora, se quiser ir.

Claro que eu queria. Eu queira ir para os Hamptons mais do que qualquer coisa no mundo, mesmo que nunca tivesse estado lá. Corri para cima, tomei banho e raspei as pernas. Depois parei ao lado da minha cômoda e peguei um biquíni cor de ameixa, que teria de ser coberto com uma camiseta, porque se Blake visse meus seios desproporcionais talvez parasse de ligar. Pensar nisso era triste demais para expressar em palavras.

Ele apareceu bem na hora. Rachel saiu de um Toyota preto usando a parte de cima de um biquíni que não estava coberta por nada e um sarongue transparente amarrado nos quadris. Grandes óculos escuros, do mesmo tipo que Jackie O usava em Manhattan, apoiavam-se sobre a ponte de seu nariz. Ela me conduziu para o banco da frente ao lado de Blake.

Algumas horas depois, chegamos a uma enorme casa branca que parecia saída de *Miami Vice*. As paredes internas eram brancas, havia infinitas janelas e uma sacada sobre o primeiro andar. A mobília era moderna, e Leigh me mostrou a iluminação indireta nos cinco quartos e quatro banheiros antes de sussurrar em meu ouvido que a casa pertencia ao tio.

— Ele dá festas aqui no verão — explicou ela. — Com os clientes e tal.

Assenti e fui com ela para a piscina lá fora. Tinha mais ou menos 1 metro de profundidade em uma das extremidades e quase 3 metros na outra e era coberta por ladrilhos verde-água, a não ser no fundo, onde ladrilhos pretos e amarelos formavam a imagem de um escorpião.

Eu me inclinei sobre a borda da piscina para ver uma cauda curva, e logo Leigh estava ao meu lado.

— Acho que minha mãe estava certa sobre você e Blake. Podemos todos ser amigos. Podemos fazer coisas assim nos próximos meses até eu ir para a Califórnia — disse ela, olhando para a piscina e o pátio da casa. — Eu gosto de desenhar, mas não vou aguentar passar mais uma primavera sozinha em casa com meus lápis de cor.

Eu sabia do que ela estava falando: também não conseguiria sobreviver a outra primavera trancada no meu estúdio.

— Claro, Leigh — falei. — Vamos andar juntas pelo resto da primavera.

Ela sorriu, se agachou e sacudiu a mão na água para checar a temperatura.

— Del e Idalis vão chegar daqui a pouco. Eu queria tomar sorvete antes.

Então saímos para caminhar. Rachel ia pela rua, acenando para os vizinhos que a admiravam, enquanto Blake, Leigh e eu íamos atrás dela como pintinhos. Paramos em uma linda sorveteria perto da praia, com toldo listrado e cheiro de amendoim torrado. Rachel pediu um copo de frozen yogurt, Leigh escolheu sorvete de baunilha em um cone de biscoito e eu e Blake quisemos uma bola de sorbet de limão siciliano. Ele pagou tudo, embora eu tivesse pegado minha carteira. Não parecia certo Blake pagar todas as vezes que saíamos; estávamos em 1986, toda a coisa da igualdade deveria ter sido resolvida anos antes.

— Guarde isso, querida — disse Rachel, enfiando a carteira na minha bolsa antes que Blake visse. — Um homem sulista nunca deixa uma mulher pagar nada. Não seria um cavalheiro se deixasse.

— Mas Blake não é um homem sulista de verdade — argumentei.

Ela levantou uma sobrancelha escura.

— Ele foi criado assim, e é isso que importa.

Del e Idalis estavam na casa quando voltamos. Ela flutuava pela piscina em um colchão inflável com uma piña colada na mão e conversava em uma mistura de espanhol e inglês com Del, que estava sentado à mesa do pátio com sua máquina de calcular e uma pilha de recibos.

— Ei, *latoso* — gritou ela. — Está planejando ficar aí o dia todo?

Ele não respondeu, e ela gritou a pergunta outra vez.

— Estou trabalhando, droga — disse ele, sem levantar os olhos, e ela ficou amuada e disse algumas coisas em espanhol que eu não entendi e algo em inglês que entendi.

— Então me chupe — disse ela, mostrando a língua.

— Vá sonhando — resmungou Del, olhando para os recibos.

Ri comigo mesma. Eu sabia que eles estavam falando sobre algo que muitas garotas católicas faziam em vez de sexo porque aquilo só contornava as regras, não as quebrava. Não as deixaria com uma doença letal nem grávidas; elas não se tornariam uma desgraça para suas mães carolas. Eu não as culpava, mas achava que contornar as regras era um golpe baixo e possivelmente mais pecaminoso.

Del não estava vestido para entrar na piscina, e sim para trabalhar, e tive a impressão de que passar a tarde nos Hamptons não tinha sido ideia dele. Rachel virou uma mãe-coruja e disse coisas como "Ah, ora, ora" e "Olhem os modos", e Leigh tentou ajudar tirando uma rede de vôlei do galpão e sugerindo que todos jogássemos. Del a ignorou, e Rachel não queria estragar as unhas, então o jogo acabou sendo Leigh e Idalis contra mim e Blake.

— Vai ficar de camisa? — perguntou Leigh. — Vou continuar com a minha. Eu me queimo fácil, caso você não tenha percebido pelos meus trilhões de sardas.

— Eu também — falei, grata por ela ter arranjado uma desculpa antes que eu precisasse fazê-lo. Depois nos sentamos à beira da piscina enquanto Blake instalava a rede e

Idalis batia a bola contra a água de um jeito que me fez perceber que ela era uma daquelas garotas competitivas que eu evitava na aula de educação física.

— Tenho uma ideia — disse ela. — Ari pode ficar nos ombros de Blake, e Leigh pode ficar nos meus, e jogamos assim. É mais difícil.

Leigh e Blake concordaram, e eu só assenti para não ser chata. Esperei Blake terminar de arrumar a rede. Ele já estava sem camisa, e notei que a corrente prateada que vira durante o jantar de Páscoa tinha o mesmo pingente de flecha que Leigh usava. A misteriosa coisa escura que eu percebera era uma tatuagem na omoplata direita: um círculo com uma cruz no meio e três penas pendendo de baixo.

— Pode subir — disse ele, alguns minutos depois.

Ele estava agachado em 1 metro de água. Deslizei as pernas sobre seus ombros e fiquei feliz por não ter me esquecido de raspá-las de manhã. Ele pegou meus tornozelos e segurei seu pescoço. A pele dele roçava contra a minha, e ia ser difícil me concentrar naquela bobagem de vôlei.

Leigh sacou a bola, e ela veio voando em direção à minha cabeça. Eu me abaixei, e Blake riu, mas Idalis não pareceu feliz, porque provavelmente esperava um jogo de verdade. Fiquei nos ombros de Blake enquanto ele recuperava a bola. Era a melhor parte: simplesmente ficar perto dele, segurando seus ombros fortes com minhas coxas nuas.

Ele me deu a bola e joguei-a de volta, mas tive de fazer isso quatro vezes antes de conseguir passá-la por cima da rede. Idalis estava frustrada e trocou de posição com Leigh, o que me deixou nervosa. Ela estava para sacar quando Blake pediu um tempo porque seu pai estava no pátio.

— O que está fazendo aqui? — perguntou Rachel.

Ela estava em uma espreguiçadeira. Havia um blazer dobrado sobre o braço do Sr. Ellis, e ele afrouxou a gravata.

— Vim para me certificar de que o pessoal que contratei para limpar a casa estava fazendo seu trabalho. Não sabia que estava acontecendo uma festa. — Ele protegeu os olhos com uma das mãos e se virou para a piscina. — Você não tem um teste amanhã, Blake? Deveria estar com o nariz dentro de um livro e não com uma garota sobre os ombros.

— Pare com isso, pai — disse Del. — Deixe-o se divertir pelo menos uma vez.

— Ninguém pediu *sua* opinião — disse asperamente o Sr. Ellis, antes de dirigir um sorriso charmoso e um aceno de despedida para a piscina. Através de uma parede de vidro, observei-o entrar na casa, depois ouvi o barulho de um carro ser ligado e desaparecer a distância.

— *Pendejo* — gritou Idalis para Del. — Vista um short. Vamos jogar meninos contra meninas.

Eu não sabia o que significava *pendejo*, mas não podia ter sido um elogio, porque o rosto de Del ficou mais sombrio que o escorpião na piscina. Ele continuou apertando números na calculadora. Depois, de brincadeira, Blake jogou a bola de vôlei do outro lado do pátio. Estava molhada e caiu sobre os recibos de Del. Ele agarrou a bola e zuniu na direção de Blake, mas ela me atingiu em cheio na boca.

Gotas vermelhas grossas caíram sobre o peito de Blake. Em seguida, eu estava no pátio, cercada de gente frenética. Eu insistia que estava bem e ouvia Del se desculpando. Blake o olhava com desprezo.

— Imbecil da porra — disse ele.

Ele não deveria ter quebrado sua regra *Cuidado com o que diz perto de uma dama*. Tinha sido apenas um acidente; dava para perceber que Del estava arrependido. Blake me levou para dentro de casa, e observei seu irmão por cima do ombro enquanto Rachel sacudia o dedo, Leigh balançava a cabeça e Idalis gritava em espanhol.

Não ouvi mais nada depois que Blake me levou para um banheiro e fechou a porta. Era completamente branco lá dentro, com uma bancada de granito e toalhas bordadas com a letra *E*. Blake arruinou uma das toalhas pressionando-a contra meu lábio ensanguentado.

Ele gostava de mim. Ele manteve a toalha na minha boca até o sangramento estancar, encharcou um pedaço de algodão com iodo para limpar o que acabou sendo apenas um corte pequeno e revirou a casa inteira para encontrar um Band-Aid. O que encontrou era do tipo infantil com um desenho do Snoopy, mas tudo bem. Tudo estava bem, porque eu nunca tinha me sentido melhor.

Jardim de infância. Era no que eu estava pensando quando Rachel e Leigh pegaram uma carona para casa com Del e Idalis e eu me sentei ao lado de Blake enquanto seguíamos pela estrada arborizada. As janelas do carro estavam abertas, o sol estava se pondo, e cheguei à conclusão de que o jardim de infância fora a última vez em que o sol parecera tão dourado e o ar tivera um cheiro tão puro. Pequenas coisas me deixavam feliz naquela época: besteirinhas triviais como esmalte nas unhas dos pés, xampu de morango e uma nota nova de 1 dólar que eu podia gastar no caminhão da Good Humor. Conforme fui ficando mais velha, percebi que o esmalte lascava, o xampu ardia se entrasse nos olhos e o sorvete da Good Humor não era diferente dos que ficavam no freezer do Pathmark. A cor se esvaiu lentamente de tudo, e tudo se tornou apenas entediante, sem sentido ou ambos.

Mas, naquela noite, quando saí do carro em frente à minha casa, poderia ter jurado que Santa Ana estava sorrindo. As árvores do meu bairro estavam mais frondosas que de costume, o quarteirão inteiro estava com cheiro de churrasco, o rosto de Blake estava mais bonito do que qualquer outro que eu pudesse imaginar enquanto ele beijava minha mão e eu me sentia como se estivesse de volta ao jardim de infância.

Estava escurecendo, e o ar esfriava. Blake se encostou no carro, envolvendo minha cintura com os braços.

— Ouça — disse ele. — Podemos dizer que estamos namorando sério?

A vizinha estava levando o lixo para a calçada. Grilos chiavam, crianças jogavam beisebol improvisado, e eu assenti. Então vi o sorriso Colgate de Blake. Ele segurou meu rosto entre as mãos e beijou minha testa, e percebi que aquilo tinha significado. Um cara que não gosta de você só quer apalpar seu corpo de cima a baixo, e Blake não tinha tentado nada disso. Só um cara que realmente gostasse de uma garota lhe daria algo tão fofo e inocente quanto um beijo na testa em uma linda noite de abril.

Meus pais ainda não tinham chegado em casa. Fechei a porta da frente depois que Blake foi embora e andei, sorridente e sem rumo pela casa, como se estivesse tonta de champanhe. Toquei meu Band-Aid, inventando uma razão para ele estar ali, porque ninguém precisava saber sobre meu maravilhoso dia nos Hamptons.

— Você é sortuda, Ariadne — disse mamãe mais tarde, depois que fingi ter tropeçado em um degrau e batido com a boca contra o corrimão. Também fingi que o Band-Aid do Snoopy estava na minha cômoda havia anos e eu não queria que fosse para o lixo. — Podia ter perdido um dente.

Eu era mais sortuda do que ela imaginava: Del tinha talento para fazer as pessoas perderem os dentes. Segurei uma risada e a segui até a cozinha, onde nos sentamos à mesa e ela me entregou uma foto polaroide. Era uma foto de Evelyn, mas achei que era antiga, porque as maçãs do rosto estavam aparecendo e ela usava uma saia curta e não havia furinhos sobre os joelhos. Suas pernas estavam magras e seu cabelo não estava armado, e ela se encostava em Patrick com um sorriso sedutor.

A polaroide não era antiga. Fora tirada havia poucas horas. Mamãe me contou que Evelyn tinha perdido 9 kg desde meu aniversário, seu remédio novo estava funcionando e eu estava convidada para o churrasco do Memorial Day no Queens no mês seguinte. Então ela acendeu um Pall Mall.

— Você se divertiu no encontro de ontem à noite? — perguntou ela, ao que assenti e disse que tinha de estudar um pouco para o SAT, mas ela não me deixou ir. — Olhe — começou ela, interrompendo quando papai entrou para assaltar a geladeira. Ela ficou quieta até ele sair com um sanduíche para comer em frente à TV na sala da estar. — Blake parecer ser muito legal — disse ela. — Mas todos parecem legais no começo. Você precisa ter cuidado.

Cale a boca, pensei. *Por favor, não estrague isso.*

— Cuidado? — perguntei.

Ela soprou um anel de fumaça no ar.

— Você é sensível. Às vezes os homens são cruéis. Não quero que você fique triste ou se distraia das coisas importantes.

As coisas importantes. Eu era sensível. Ela queria me trancar no estúdio porque uma flor delicada tem tendência a murchar.

— Estamos namorando sério — falei.

Houve um relance de desagrado nos olhos dela, que ela suprimiu piscando.

— Namorando sério — disse ela. — Você sabe o que *isso* significa, não é?

Eu achava que sim. Achava que significava que o cara realmente gostava de mim.

— Claro, mãe. Significa que não estamos saindo com mais ninguém.

Ela riu como se eu fosse uma idiota.

— Significa que ele está procurando uma foda certa e você pode acabar grávida como alguém que conhecemos.

Naquele momento me perguntei como outras mulheres falavam com as filhas. Será que elas se referiam ao sexo como uma *foda* ou diziam aos futuros genros para não pensarem com o que tinham dentro da calça? Aquela foi uma vez que desejei que minha mãe fosse mais católica, que pudesse ser uma dessas mulheres devotas que se iludem achando que as filhas vão se guardar para a noite de núpcias. Essas mulheres nunca começariam uma conversa dessa maneira.

Por que ela precisava estragar tudo? Era a primeira vez que um cara demonstrava o mínimo interesse por mim, e minha mãe tinha de ser prática. Eu não queria ouvir sobre coisas realistas como acabar grávida.

— Não estamos fazendo nada. — Foi tudo que consegui dizer.

Mamãe contraiu a boca em um sorrisinho cético.

— Ainda não. Mas um homem de 20 anos com *aquela* aparência — disse ela, apontando para a lava-louças como se Blake estivesse parado ali — não é exatamente virgem.

Fiz o mesmo barulho que Summer fizera quando tinha pensado que eu estava saindo com Del: a combinação de *blergh, eca* e *argh*.

— Mãe, sério — falei, perplexa com a tranquilidade com que ela usava palavras constrangedoras. Mas não podia discutir porque ela não estava errada.

— Ariadne — disse ela. — Eu também já fui jovem. Sei como são as coisas. Bom, se você quer sair com Blake, por mim não tem problema, desde que continue tirando notas altas e não deixe as coisas ficarem sérias. Mas lembre-se que o ensino médio vai acabar em um piscar de olhos e existem muitos outros peixes no mar. Você não deve se prender ao primeiro.

Ela era tão sensata, tão sarcástica... era muito deprimente. Eu queria dizer que adoraria ficar presa a Blake, que não me importava com os outros peixes do mar, mas seria inútil. Minha mãe simplesmente me diria que eu era jovem e ingênua e que ela sabia do que estava falando. *Não seja tão pessimista, mãe*, pensei. *Nem sempre as coisas acabam mal.*

— Além do mais — continuou ela —, você teve aulas de educação sexual, já ouviu falar de AIDS. Não dá para saber quem tem. Então faça-o manter o zíper da calça fechado e vai ficar tudo bem. De qualquer forma, ele vai respeitá-la mais assim.

AIDS, respeito... Ela sabia mesmo complicar as coisas. Eu me limitei a assentir, e mamãe sorriu, esticando a mão por cima da mesa para acariciar minha bochecha. Foi um gesto parecido com o de Blake, como se eu fosse algo especial.

Quinze

O resto de abril e a metade de maio passaram com a inocência dos filmes de Andy Hardy que papai assistia na TV, com Mickey Rooney como o namorado e Judy Garland como a namorada, de mãos em uma típica cidade americana com cercas brancas e cerejeiras em flor. Blake e eu nos víamos nas noites de sexta e de sábado, mas nunca durante a semana, porque ele tinha de ficar entre os melhores alunos e eu não podia sair do rol de honra. Íamos ao cinema e jantávamos, e a quantidade de tempo que Blake considerava *certo* ficar me beijando não parava de aumentar.

Então chegamos à metade de maio. As provas finais se aproximavam, e a Hollister cortou o horário escolar pela metade nas quartas para termos tempo de estudar, embora parecesse que eu era a única que realmente fazia isso.

Leigh raramente mostrava a cara na Hollister nessa época. Eu imaginava que ela estivesse ocupada preparando a mudança para a Califórnia, mas eu a via quando ela ia à aula de artes e quando eu ia aos eventos da família Ellis com Blake. Summer também não estava muito presente, porque sempre ia embora em alta velocidade na BMW de Casey para atividades muito mais divertidas que estudar.

Foi em uma dessas quartas-feiras que Blake estacionou o Corvette do lado de fora dos portões de ferro da Hollister. Eu nem o vi, a princípio. Eu estava carregando uma pesada pilha de livros e conversando com Summer; ela se calou e olhou para o outro lado da rua.

— Ooh — disse ela. — Quem é *aquele*?

Apertei os olhos por causa do sol e percebi que ela estava olhando para Blake como se quisesse arrancar suas roupas e se enfiar embaixo dele. Ou em cima dele. Ou deixá-lo ficar por trás, porque ela tinha me contado que experimentara essa posição com Casey e era *estranhamente excitante*.

— É Blake — exclamei, sorrindo e controlando a vontade de dar pulinhos.

— Ai, meu Deus, você está de brincadeira — disse ela.

Lancei a ela um olhar magoado. *Ai, meu Deus, você está de brincadeira*. Ela dissera aquilo muito rápido, como se as sete palavras fossem apenas uma.

— Como assim? — perguntei, embora soubesse. Ela estava dizendo que Blake era filé mignon e eu era apresuntado, e essas duas coisas não combinavam de jeito algum.

— Nada — disse ela, apertando meu braço como se sentisse muito. — Soou mal. Eu só quis dizer que ele é muito gatinho. De repente você virou uma garota de sorte.

O sol estava por trás dela e transformava seu cabelo em um halo dourado. Sua sombra cintilava, seu brilho labial cintilava. Ela era deslumbrante, e isso me deixava nervosa. Eu não a queria perto de Blake; tinha certeza de que Summer poderia roubá-lo se quisesse.

Andamos em direção à rua, onde Blake estava encostado ao carro usando uma calça jeans e uma camiseta dos Yankees.

— Esta é minha amiga Summer Simon — falei, fingindo não ser a pessoa mais insegura do mundo. — Ela é uma grande fã dos Yankees.

— Don Mattingly — disse ela. — *Adoro* ele.

Eles começaram a conversar sobre outros Yankees: Rickey Henderson, Mike Pagliarulo e sei lá mais quem. Eu não podia entrar na conversa porque não entendia nada de beisebol.

— Foi um prazer conhecê-la — disse Blake, quando o carro de Casey apareceu.

Summer sorriu.

— Igualmente. Vamos fazer um encontro duplo um dia desses.

Não conte com isso, pensei quando eu e Blake entramos no Corvette.

— O que achou de Summer? — perguntei, tentando manter a voz livre de ciúme, preocupação e todas aquelas emoções patéticas que me odiava por sentir.

Ele parou em um sinal vermelho.

— Pareceu ser legal.

Assenti. Ele pisou no acelerador, e olhei pela janela, para o Metropolitan Museum com suas colunas gigantescas e sua grande escadaria.

— Você a achou bonita? — perguntei. Usei uma voz casual, como se não me importasse com a resposta.

— Achei — respondeu ele. — Ela é muito bonita.

Fiquei olhando pelo para-brisa.

— Eu sei, todo mundo acha.

Continuei pensando em Blake e Summer, achando que os dois podiam se conhecer melhor na Ellis & Hummel, enquanto ela e Tina forneciam o bufê das reuniões de negócios do Sr. Ellis, e me esquecer. Então Blake esticou a mão e virou meu rosto para o dele.

— Você é muito mais bonita — disse ele. — Do que ela, quero dizer.

Eu quase disse "Como você é mentiroso", mas não achava que ele fosse. E nunca tinha imaginado encontrar alguém que dissesse que eu era mais bonita que Summer Simon. Então não falei nada, simplesmente fiquei quieta e aproveitei.

— Aonde estamos indo? — perguntei alguns minutos depois, quando estávamos saindo de Manhattan.

— Você ainda não me mostrou seus desenhos — disse ele.

Então fomos para minha casa. Minha casa vazia. Mamãe estava na escola e papai na delegacia coletando provas ou o que quer que ele fizesse para prender assassinos. Abri algumas janelas do primeiro andar, pois papai ainda não tinha instalado aqueles ares-condicionados, mas Blake não pareceu se importar com o fato de a casa estar abafada ou de não termos nosso próprio elevador. Ele parecia confortável. Então me senti confortável fazendo com ele um tour completo pela sala de estar, sala de jantar e cozinha, onde ele viu a polaroide de Evelyn. Mamãe tinha tirado mais fotos naquele dia: Kieran andando de triciclo, Shane no berço... e elas estavam presas na geladeira com os imãs de mamãe, que tinham ditados bregas como ABENÇOE ESTA CASA e O CÉU É O LIMITE.

— Esses são meus sobrinhos — falei.

— São lindos — comentou Blake, e falou outra vez que era bom ter filhos ainda jovem.

— Evelyn não tinha nem 18 anos quando teve Kieran — expliquei, porque conhecia Blake havia tempo bastante para parar de guardar os segredos da minha irmã. — Era nova demais.

Ele assentiu.

— Mas 20 não é. Vou fazer 21 em novembro e estou desperdiçando minha vida na NYU enquanto poderia estar aproveitando tudo isso. — Ele indicou as polaroides com o dedo.

— Você não está desperdiçando sua vida — falei.

Ele sorriu para mim. Sorriu como se eu o fizesse se sentir bem. Também pegou meu rosto entre as mãos e pediu outra vez para ver meus desenhos.

Subimos a escada. Abri a janela do meu estúdio enquanto o chão rangia sob nossos pés e uma sirene de ambulância tocava a distância. Eu estava nervosa, inquieta e temia que Blake achasse que eu não tinha talento. Ou que ele pudesse zombar ou criticar, o que me transformaria em pó.

— Não quero entediar você com essas coisas — falei, virando-me para a porta.

Ele segurou meu braço.

— Você não está me entediando, Ari. Deixe-me vê-los.

Andei lentamente. Blake se sentou ao meu cavalete, e eu tirei coisas do armário: grandes folhas de papel e telas salpicadas de tinta. Mostrei a ele o desenho que tinha me valido o segundo lugar no concurso de arte dos cinco distritos e até as mãos no meu bloco de desenho, porque ele era atencioso e interessado e me enchia de confiança. Ele concordou com mamãe que eu podia me tornar uma artista de sucesso, e fiz que não com a cabeça.

— É preciso ser extremamente talentoso para isso — falei, encostando-me à parede.

Ele se inclinou para trás na cadeira.

— E o que acha que *você* é?

Fiquei lisonjeada. Então conversamos. Contei meus planos para a faculdade e meus planos de carreira, e ele disse que só queria ser bombeiro, ter uma casinha confortável e um monte de filhos desobedientes, e que detestava a ideia de trabalhar na Ellis & Hummel naquele verão. Preferia largar a faculdade naquele exato momento e fazer o exame de admissão do FDNY.

— E por que não faz isso? — perguntei.

— Porque as pessoas esperam algumas coisas de mim. E a família é importante — disse ele, o que eu entendia perfeitamente. Assenti e conversamos um pouco mais, e então nos assustamos com um barulho ensurdecedor.

Eram aquelas crianças jogando beisebol na rua. Elas tinham quebrado uma janela. Blake e eu atravessamos o corredor às pressas e vimos cacos de vidro cobrindo o chão do meu quarto. Olhei para fora e vi três meninos correndo em direções diferentes. Dois deles eram alunos da minha mãe e provavelmente estavam morrendo de medo.

— Eles estão ferrados — falei, imaginando-os encolhidos no canto quando a Sra. Mitchell ligasse para seus pais à noite. Então me agachei e examinei um caco longo e pontiagudo.

— Não toque nisso — disse Blake. — Onde está seu aspirador?

Apontei para o armário do corredor. Ele usou o aspirador para recolher os inúmeros pedacinhos, esmiuçando cuidadosamente o carpete para ver se não tinha sobrado nenhum porque não queria que eu tivesse uma surpresa desagradável quando andasse descalça.

Ele se importava comigo. Eu tinha certeza disso. Agradeci, e ele disse que era melhor ir embora, porque minha mãe ia chegar logo e se nos encontrasse juntos sozinhos não ia achar *certo*.

— Ela só vai voltar daqui a duas horas — falei, envolvendo seu pescoço com os braços. Eu o beijei, e ele me beijou, e, quando me dei conta, estava deitada na minha cama bem-feita, e Blake estava sobre mim. Envolvi sua cintura com as pernas. Ouvi pardais piando do lado de fora, e nada parecia errado, nem mesmo quando ele desabotoou minha blusa. Ele deslizou a mão para dentro dela, e tudo ainda pareceu *certo* até seus dedos se moverem para o fecho do meu sutiã. Lembrei-me dos meus seios defeituosos e da minha conversa com mamãe e o afastei.

— Não posso — falei.

Nossos olhos estavam abertos. As bochechas dele estavam vermelhas, e seu tom de voz era paciente.

— Por quê? — perguntou ele.

Fechei a blusa com as mãos.

— Porque eu sou meio... desproporcional. Aqui em cima, digo.

— Que nada. Você é perfeita.

Eu não era. Mas ele me fez sentir um pouco melhor.

— Mesmo assim, não posso — falei, e contei sobre Evelyn e mamãe. Também mencionei o vírus sombrio que se escondia em lugares desconhecidos e colocava as pessoas sob sete palmos de terra. — Quero que você me respeite — acrescentei, o que era tão verdadeiro quanto todo o resto.

Ele assentiu e se sentou, e me sentei ao lado dele.

— E seu outro namorado? — perguntou ele, e eu tive de me impedir de indagar "Que outro namorado?". Eu me limitei a balançar a cabeça e ele presumiu coisas. — Então isso não acontecia... Porque a maioria das garotas hoje em dia...

— É — falei. — Eu sei. Infelizmente, sou diferente da maioria das garotas.

Fiquei mexendo em uma rosa bordada na colcha nova que mamãe tinha comprado para mim na JCPenney, na semana anterior. Eu estava esperando que ele fosse embora, saísse e encontrasse garotas como Summer: uma garota que tinha experiência com várias posições. Mas ele tirou uma mecha de cabelo dos meus olhos e sorriu.

— Você é melhor que a maioria das garotas. E tudo isso — disse ele, olhando para minha cama — é bom quando se ama alguém. Posso esperar até você se sentir assim.

Tudo isso. Ele sabia falar de sexo com muito mais delicadeza que mamãe. O que ele não sabia era que eu já o amava.

Houve um assassinato no Memorial Day. Uma família inteira em Hell's Kitchen. Telefonaram da delegacia, e meu pai correu para o trabalho. Mamãe não ficou feliz. Estávamos carregando o Honda dela com um cooler cheio de Budweiser, e ela ficou de mau humor. Falou palavrões e resmungou em voz baixa enquanto íamos sozinhas para o Queens, como se tivesse sido uma audácia daquelas seis pessoas serem mortas a facadas em um feriado.

A lista de convidados da festa de Patrick e Evelyn incluía seus vizinhos e os bombeiros amigos de Patrick, e Blake também fora convidado, mas tinha ligado na noite anterior e dito que chegaria algumas horas atrasado. O Sr. Ellis daria uma festa, e ele não ia conseguir se livrar dela.

— Foi muito grosseiro — disse mamãe. — Furar na última hora.

Ela estava com um humor péssimo. Mas eu não me sentia nem um pouco chateada por causa de Blake. Não podia criticar um cara *lindo* como ele e disposto a esperar pelo que poderia conseguir facilmente com quantas garotas quisesse todos os dias.

Eu tinha cedido um pouco. Tinha certeza de que ele gostava de mim e me respeitava, então achei que não seria um problema levá-lo às escondidas para meu quarto nas tardes de quarta-feira, onde conversávamos, ríamos e nos beijávamos sobre a minha colcha, e eu não afastava suas mãos quando elas entravam por baixo da minha blusa. Mas não passava disso, e Blake nunca tentava nada que me fizesse dizer "Não posso".

— Ele não furou, mãe — falei. — Ele vai. O pai dele está dando uma festa importante nos Hamptons para clientes e outros advogados do escritório... Blake tinha de ir.

— Ah — disse ela, em seu tom *oh là là*. — Os Hamptons. Que esplêndido.

Desisti. Eu estava feliz e não ia deixá-la me botar para baixo. Na semana anterior, mamãe tinha perguntado se a receita das minhas pílulas para enxaqueca precisava ser renovada, e eu lhe mostrara o frasco, que não estava nem perto de acabar porque eu não tinha uma aura havia bastante tempo. Será que se sentir alegre, bonita e bem-cuidada o tempo todo era uma cura milagrosa?

— Oi, *maniã* — disse Patrick, quando cheguei aos degraus da entrada vinte minutos depois.

Ele era tão alto e bronzeado... e eu ainda senti alguma coisa quando ele beijou minha bochecha. Mas era apenas um minúsculo tremor se comparado ao terremoto que os beijos de Blake causavam. Eu quase ri, lembrando-me de escutar através da parede do quarto e dormir com a camiseta de Patrick, e foi como olhar para um brinquedo velho e pensar: essa boneca com certeza é bonita, mas já estou velha demais para ela.

— Oi — falei, enquanto mamãe passava por nós com o cooler. Ela abriu a porta dos fundos e saiu para o quintal cheio de convidados. Eu estava indo na mesma direção quando Patrick segurou meu cotovelo e falou em meu ouvido.

— Você não está zangada conosco, não é, Ari? Detestei afastar você.

Parei por um instante, analisando a onda de cabelo que caia sobre a testa dele.

— Sim — admiti. — Fiquei chateada. Quem não ficaria?

Ele sorriu com simpatia, colocou o braço em torno dos meus ombros e me levou para um canto isolado.

— Eu não culpo você. Mas tenho de colocar sua irmã em primeiro lugar. Não é o que você quer? — perguntou, e assenti, porque de fato era o que eu queria. Eu não toleraria se Evelyn fosse casada com um idiota insensível que a colocasse por último. — E você sabe que não tenho o hábito de dizer obrigado... mas sou grato pelo que fez por nós, ajudando com as crianças e tudo. Por favor, diga que sabe disso.

— Agora eu sei, já que você finalmente falou. Mas não sei o quanto consigo aguentar... Patrick Cagney dizendo por favor e obrigado no mesmo dia... Alguém deveria ligar para o *New York Times*.

— Espertinha. — Ele riu, aproximando-se. — Evelyn também está muito melhor agora. Você vai ver.

Eu a vi um minutos depois, perto da bancada da cozinha, enrolando minissalsichas em massa Pillsbury. Ela estava magra e linda e usava um vestido leve branco, espadilhas brancas e uma tornozeleira dourada com um pingente em forma de chupeta, que tinha a palavra MAMÃE gravada.

— É novo? — perguntei, parada de um jeito constrangido no vão da porta.

Ela desviou os olhos de um tabuleiro coberto de enroladinhos de salsicha e os fixou no tornozelo.

— É... Patrick me deu.

— É linda — comentei, percebendo o cuidado que ela tivera com o delineador, o rímel, o esmalte nas unhas. Era como se a antiga Evelyn tivesse voltado, e eu me sentia tão feliz em vê-la que estava disposta a deixar tudo aquilo para trás. — Ele a ama mesmo — acrescentei, e não me incomodei, porque agora tinha alguém que também podia me amar.

Evelyn não estava mais zangada, dava para perceber. Nem eu. Ela sorriu, colocando os braços em volta de mim. Seu cabelo fora escovado, e senti sua maciez na bochecha. Aquilo quase me fez chorar, e achei que Evelyn também estava a ponto de fazer o mesmo. Ambas fungamos e rimos quando nos afastamos uma da outra, e tive certeza de que tudo estava melhor agora.

— Então — disse ela. — Onde está esse seu namorado? Estou morrendo de vontade de conhecê-lo.

Ela o conheceu mais tarde, quando o sol lançava um tom laranja-dourado sobre a casa. Blake comeu três hambúrgueres como se não tivesse comido nada nos Hamptons. Ele deu mamadeira a Shane, brincou de pega-pega com Kieran e se sentou em uma cadeira ao meu lado.

— Vi sua amiga hoje — disse ele.

— Summer? — falei.

Ele assentiu.

— A mãe dela fez o bufê da festa. Ela cuidou de algumas reuniões no escritório e agora vai passar a fazer as festas do papai. Pessoalmente, achei a comida salgada demais.

Eu sabia que ele não tinha comido muito na festa. E me senti nervosa e apavorada, como no dia em que Blake e Summer se conheceram. Eu a imaginei flertando, rindo e falando sobre Don Mattingly, literalmente seduzindo meu namorado. Mas me lembrei do que ele dissera no carro naquele dia, que eu era mais bonita, e me convenci de que era idiotice me preocupar.

— Quer uma cerveja? — perguntei. Era uma boa maneira de mudar de assunto.

Ele balançou a cabeça.

— Já tomei uma. Não bebo muito... prefiro não me transformar em um bêbado como meu irmão.

— Del é um bêbado? — perguntei. Cachorro, bêbado, o que viria depois?

— Acho que é uma questão de opinião. — Ele deu de ombros e jogou um dos braços sobre o encosto de sua cadeira. — Isto é exatamente o que eu quero — disse ele, observando a casa modesta de Evelyn e Patrick como se fosse o Taj Mahal. — E você?

Eu adorava o fato de Blake saber o que eu queria e não agir como se não fosse o bastante.

— Sim — falei. — Mas uma casa melhor. Em Park Slope. Com uma rede no jardim e um emprego de professora em uma boa universidade em Manhattan.

Ele assentiu.

— Meu pai tem contatos nas faculdades da cidade.

Fiquei ali sentada, tentando entender por que mamãe era tão avessa a contatos. Eu estava começando a acreditar que contatos eram algo bom, porque podiam colocar as pessoas onde elas queriam sem se matar de trabalhar e fazer simulados do SAT. Blake se levantou para pegar um refrigerante, e observei-o conversar com Patrick no pátio.

Eles estavam se dando bem, e eu estava muito feliz. Ele e Patrick falaram sobre futebol americano, beisebol e o exame de admissão do FDNY, mas não consegui ouvir tudo porque Evelyn me arrancou da cadeira e me arrastou para o quarto do bebê, onde fechou a porta e apertou minhas mãos.

— Puta merda — disse ela. — Ele é simplesmente arrebatador.

Nunca na vida eu tinha ouvido Evelyn dizer a palavra "arrebatador". Só podia imaginar que ela a tinha encontrado em um romance lido pela metade. Mas era uma descrição correta, então concordei e respondi a suas perguntas sobre como eu e Blake tínhamos nos conhecido, e ela perguntou a idade dele.

— Vai fazer 21 em novembro — contei a ela.

— Vinte e um — disse ela em um tom pensativo. — Então, vocês estão fazendo aquilo?

Ela era pior do que mamãe. Neguei com a cabeça como se nunca tivesse considerado *fazer aquilo*.

— Como você é mentirosa, Ari. Eu sei o que está acontecendo. É só olhar para você, toda resplandecente e tal.

Eu estava resplandecente? Eu não sabia. E não tinha esperado sentir vontade de conversar com Evelyn sobre isso, mas sentia. Não podia conversar com mamãe, não estava falando com Summer e não confidenciaria com Leigh, afinal de contas, ela era prima de Blake. E, de repente, parada no meio das paredes azuis decoradas com flâmulas do Red Sox, fiquei grata por ter uma irmã mais velha.

— Não estou mentindo — falei, depois de contar a Evelyn sobre minhas tardes de quarta-feira. — Não estamos mesmo fazendo nada.

— Mas vão fazer — disse ela. — Vou lhe dar o telefone da minha médica. Ela trabalha em uma clínica no Brooklyn às sextas... Eles não têm plano de saúde lá, então você não precisa contar a mamãe... E você pode conseguir uma receita de anticoncepcionais. Não queremos que você arranje uma barriga, não é? — Ela riu e rabiscou um pedaço de papel que colocou na minha mão.

— Evelyn — falei. — A pílula não funciona sempre, não é? Digo... você...

Ela me interrompeu com um tipo diferente de risada. Era astuta e áspera, e ela baixou a voz.

— A pílula funciona se você tomar todos os dias. Mas eu queria sair da casa da mamãe, então pulava uma pílula de vez em quando. Digo... Patrick sempre me amou, mas me amava mais quando eu estava carregando um filho dele. Os homens são estranhos com essas coisas. — Ela piscou e colocou as mãos nos meus ombros. — Preste atenção, Ari. Existe todo tipo de doença por aí, e não estou falando só de AIDS. Descubra se Blake não tem nada antes de dormir com ele. Você precisa descobrir com quantas garotas ele já ficou, se ainda não souber.

Eu só sabia da garota da Georgia. Mas tudo em que conseguia pensar naquele momento era como Evelyn devia se sentir desesperada para sair da casa da mamãe... e que Kieran não tinha sido um acidente.

Dezesseis

Adorei junho. O mês se resumiu a sol forte, ar fresco, tardes de quarta sobre rosas bordadas. Eu adorava a musiquinha do caminhão do homem da Good Humor, que percorria minha rua todas as noites depois do jantar, o cheiro dos marshmallows assando nos churrascos dos vizinhos e a letra A escrita em tinta encorajadoramente vermelha em minhas provas finais.

— Você é a aluna mais promissora que vejo em anos — disse meu professor de artes.

Era o último dia de aula. A sala estava vazia. As janelas estavam abertas, e todos conversavam e assinavam os anuários uns dos outros lá fora, e eu ouvia suas vozes até meu professor falar alguma coisa sobre um emprego de verão. Ele me deu um cartão impresso com um endereço no Brooklyn e as palavras CREATIVE COLORS.

— Que tipo de emprego é? — perguntei.

— É um programa para adultos com deficiência mental — respondeu ele. — Síndrome de Down... danos cerebrais... esse tipo de coisa. Eles fazem arteterapia. Um amigo meu é o dono e precisa de ajuda, então pensei em você. Alguém com seu talento deve espalhá-lo. Você poderia fazer muitas coisas boas por lá.

Meu talento. Ele tinha mesmo dito aquilo? As palavras se repetiam na minha cabeça, e eu praticamente voei até a estação do metrô. Decidi parar na Creative Colors a caminho de casa.

Ficava a poucos quarteirões de onde eu morava, no térreo de uma casa vitoriana de três andares com colunas dóricas e uma ampla varanda. O nome do amigo do meu professor era Julian. Ele tinha uns trinta e poucos anos, usava um cavanhaque castanho e óculos com armação de arame. Disse que eu tinha sido muito bem recomendada e me contratou na hora.

Mamãe não parou de falar sobre meu novo emprego durante o jantar daquela noite.

— Essas pessoas reconhecem o talento quando o veem — disse ela. — E você quer desperdiçar isso ensinando. — Ela pegou meu prato, encheu de salada de macarrão e virou-se para papai. — Essa daí simplesmente sai e arranja um emprego sozinha. Lembra-se de quando Evelyn tinha a idade de Ariadne? Eu lhe implorei para encontrar um emprego de verão, mas ela não preencheu nem o formulário do Burger King.

Mamãe estava orgulhosa de mim, e aquilo era ótimo, mas eu não queria ser elogiada à custa da minha irmã. Evelyn estava sendo muito legal nos últimos tempos, sempre perguntava sobre Blake quando nos falávamos por telefone. E tinha sido gentil da parte dela ir comigo à médica, apesar de eu ter descoberto que não podia tomar anticoncepcionais.

Isso foi uma semana antes. Tinha marcado uma consulta secreta na clínica e tolerado o humilhante exame com a bata fina, as luvas de látex e o instrumento gelado que podia servir como calçadeira ou aparato de tortura medieval; quando terminou, senti que tinha cruzado uma linha de chegada. Eu me sentei na mesa de exames usando aquela bata fina como papel, lembrando-me do programa da TV aberta sobre garotos africanos que passavam por uma cerimônia na qual seus rostos eram cortados com navalha e ficavam com cicatrizes para a vida toda porque aquele era seu rito de passagem. Então, enquanto a médica estava sentada em seu banquinho e revia meu histórico médico, eu pensava: *Este é meu rito de passagem. Agora não sou diferente de Summer nem daquelas outras garotas que vão ao ginecologista regularmente e engolem anticoncepcionais fielmente. E sou membro do Clube Eu Tenho Namorado.*

Vi a médica folheando formulários e coçando a cabeça. Era uma mulher de meia-idade corpulenta que disse que não tinha se dado conta de que eu sofria de enxaqueca e "A pílula não é uma boa ideia para você, Srta. Mitchell. Ela só piora as dores de cabeça". Depois me deu alguns panfletos sobre gravidez, DSTs e controle de natalidade, como se eu não tivesse lido exatamente as mesmas coisas na aula de educação sexual da escola, e disse: "De qualquer maneira, é melhor seu namorado usar proteção. É impossível ter certeza do histórico sexual de um homem, independentemente do que ele diz."

Então eu tinha usado aquela bata idiota em vão. E Blake não me dissera nada porque eu não tinha perguntado.

Era a primeira vez que eu ia ao Delmonico's. Estava sentada ao lado de Blake no sábado seguinte ao término das aulas e sabia que ele não se sentia confortável. Estava de terno, assim como o Sr. Ellis, e não parava de puxar a gola como se não conseguisse respirar.

— Acostume-se — disse Del. — Você vai passar o verão todo usando gravata.

Rachel, Leigh e Idalis também estavam ali. Sentamos em uma mesa redonda com cadeiras de couro em uma sala que era escura, embora o sol do fim da tarde resplandecesse lá fora. Havia um carpete vermelho e um candelabro extravagante. O garçom me entregou um cardápio com preços que me deixaram perplexa.

Folheei o cardápio enquanto uma cesta de pães era passada pela mesa. Quando chegou a Leigh, ela não a passou.

— Pode me passar o pão, por favor, Leigh? — pedi, mas, embora ela estivesse sentada ao meu lado, pareceu não ter ouvido. Estava passando manteiga em um pãozinho quando repeti a pergunta.

— Está bem *ali* — disse ela, sem olhar para mim. — Pegue você.

— Leigh — disse Blake, severamente. Ele estava do meu outro lado e pareceu tão surpreso com a grosseria dela quanto eu. — Não fale assim com Ari.

— Blake — disse Rachel do outro lado da mesa, com o mesmo tom rígido que ele usara com Leigh. — Não interfira. Isso é entre as meninas.

O que era entre as meninas? Foi o que me perguntei enquanto Blake se inclinava sobre o prato de Leigh e pegava o pão. Nós dois nos entreolhamos confusos e deixamos para lá. O garçom voltou com um bloco e um lápis. Blake pediu um bife chamado O Clássico e pedi a mesma coisa porque não sabia o que fazer. Todos estavam dizendo ao garçom coisas como *foie gras* e *au poivre*, o que era estranho, porque o Delmonico's nem era um restaurante francês.

O Sr. Ellis comeu um bife que custava mais de 50 dólares, tão malpassado que eu tive de desviar os olhos quando ele o cortou. A carne estava praticamente crua, e ver aquilo revirou meu estômago.

— Então, vai sentir saudades de nós, Stan? — perguntou Rachel. — A Califórnia é muito longe, sabia?

Era por isso que estávamos ali. Rachel e Leigh iam embora naquela noite em um voo para o LAX que saía do JFK, e aquele era o jantar de despedida.

— Não vou sentir falta de pagar seu aluguel — disse o Sr. Ellis, e me agradeceu por recomendar o Bufê da Tina. — A comida da Tina é excelente. E a filha dela é uma garota linda. Ela é sua amiga, não é?

— É — respondi, pensando que o Sr. Ellis devia gostar de comida salgada demais, e que ao me conhecer dissera que eu era bonita, mas nunca que eu era uma garota linda. Na verdade, as únicas palavras que ele dirigia a mim eram cumprimentos. Eu não ficaria surpresa se ele não soubesse meu sobrenome.

— E o que o pai dela faz? — perguntou ele.

— Ele é psiquiatra — respondi, o que pareceu impressionar o Sr. Ellis.
— Entendo. E o que o seu pai faz, Ari?
— É policial. Detetive de homicídios.
— Que honrado — disse ele.

Eu não sabia se ele ainda estava impressionado. Mas preferi interpretar *honrado* como um elogio. Também tentei esquecer que linda é melhor que bonita e me concentrei em Blake, que estava maravilhoso de terno. Mas eu sabia que tudo que ele queria era arrancá-lo.

Depois do jantar, fomos para o aeroporto em uma limusine que o Sr. Ellis arranjou para nós como se fosse noite de formatura. Del e Idalis tinham tomado uma garrafa de vinho sozinhos durante o jantar e agora estavam falando alto e sendo desagradáveis. Blake estava quieto, então perguntei o que estava acontecendo.

Ele sussurrou em meu ouvido:
— Minha mãe morreu hoje.

Ele falou como se ela tivesse morrido naquele dia mesmo, naquela manhã ou de tarde, e não muito tempo antes.

— Está dizendo que hoje é o aniversário da morte dela?

Ele assentiu.
— Há 13 anos. Fomos ao cemitério hoje de manhã.

A voz dele estava triste. Segurei sua mão. Logo chegamos ao JFK, onde o chofer tirou a bagagem do porta-malas e todos saíram do carro. Eu queria dar um abraço de despedida em Leigh, embora ela estivesse muito quieta na limusine e sensível demais no restaurante, mas ela estava me ignorando.

— Leigh — falei, acelerando o passo e segurando seu braço quando ela estava indo em direção às portas automáticas do aeroporto. — Não vai se despedir? Você precisa me dar seu telefone novo e seu endereço para podermos manter contato.

Ela se virou. Sua boca estava aberta. Parecia que eu tinha falado alguma coisa extremamente ofensiva.

— Está de brincadeira? — perguntou ela, e começou a andar.

— Leigh — repeti, seguindo-a. — O que está acontecendo com você?

Ela me encarou. Depois, agarrou meu pulso e me levou para uma parte afastada da calçada, longe dos ouvidos da família. Olhei para as manchinhas de seus olhos, para as sardas castanhas em sua pele. Ela estava certa: havia trilhões de sardas.

— Por que você quer meu telefone? — perguntou ela, apoiando as mãos nos quadris. — Você não vai usá-lo. Não me ligou nem enquanto morávamos uma de cada lado da ponte. Você disse que íamos sair até eu me mudar para a Califórnia. Lembra? Nos Hamptons, você disse que íamos andar juntas pelo resto da primavera, mas acabei sozinha no meu apartamento como de costume. Só vejo você na escola ou quando aparece com Blake e eu estou presente por acaso. E ele foi àquela festa do Memorial Day na casa da sua irmã. Mas *eu* não fui convidada. Por que *eu* não fui convidada?

Eu estava perplexa. Ela falava rápido e levantava a voz, e as pessoas que passavam com malas e capas para roupas estavam olhando.

— B-bem — gaguejei. — Sei que não temos nos visto muito ultimamente, mas achei que você estava ocupada se preparando para a mudança.

Ela revirou os olhos com uma expressão de escárnio.

— Que desculpa tosca. Assim que conheceu Blake, você parou de se importar comigo. Você me usou para chegar até ele... e não é a primeira vez que isso acontece. Tem um monte de garotas interessadas nos meus primos, e não estão nem aí para quem vão ter de esmagar para conseguir o que querem. Achei que você não era assim... achei que era diferente. Achei que não teria problema apresentar você a eles, que todos podíamos ser amigos, mas me enganei. Você me deixou de lado e nem se deu conta.

Tive um flashback de um jantar formal com crème brûlée. Eu me lembrei de estar na cobertura, tentando ser convidada ao Rockefeller Center para poder ver Blake. Lembrei-me de Leigh dizendo a Rachel para não me dar conselhos românticos quando ela disse que Blake seria perfeito para mim.

— Eu não tive a intenção de... — comecei a dizer, mas ela levantou a mão como se não quisesse mais ouvir minhas desculpas. E talvez eu estivesse mentindo... talvez parte de mim realmente tivesse tido essa intenção. Eu me senti muito mal, pensando que ela fora amistosa no meu primeiro dia na Hollister, que eu a tinha deixado patinar sozinha, e fiquei chocada ao perceber que eu era igualzinha a Summer. Tinha colocado meu namorado acima de todas as outras pessoas e deixado Leigh em casa nas noites de sexta-feira. Era culpa minha ela ter passado os últimos meses sozinha em casa sem nada além de lápis de cor. Era pior ainda pensar que isso tinha acontecido com Leigh antes, e que ela me considerava uma garota que não se importava em quem tivesse de pisar. Eu nunca tinha me visto como esse tipo de garota.

— Sinto muito — falei.

— São só palavras — disse Leigh. — Elas fazem você se sentir melhor?

Nem um pouco. Eu queria fazer Leigh se sentir melhor, mas achei que era tarde demais.

— Você vai voltar logo para fazer uma visita? — perguntei humildemente, esperando ter outra chance. — Digo... podemos nos encontrar e talvez...

— É — disse ela, cruzando os braços. — Vou voltar logo... para visitar minha *família*.

Entendi a mensagem. Assenti, ouvindo as portas dos carros batendo, e as pessoas dizendo "Boa viagem".

— Então... vai me dar seu telefone novo? Prometo ligar.

— Não precisa me fazer favor algum. — Ela se virou e saiu batendo os pés na direção do terminal.

Eu sabia que não merecia o número do telefone nem a amizade dela. Mas decidi que ia me retratar de alguma maneira. Pediria o endereço novo de Leigh a Blake e mandaria uma carta me desculpando por tudo. Talvez aquilo tivesse um significado maior do que simplesmente dizer que eu sentia muito.

Eu a observei andar até Rachel, que estava verificando suas malas perto do meio-fio com um cara que tinha sotaque russo. Entrei na limusine com Blake, Del e Idalis e fiquei ali sentada pensando em Leigh.

— Pode me dar o endereço novo da Leigh? — pedi a Blake.

— Claro — respondeu ele. Enfiou a mão no bolso, pegou a carteira e começou a procurar lá dentro. O endereço estava escrito atrás de um cartão profissional da Ellis & Hummel que ele colocou na minha mão. — Você ainda não tinha?

— Acho que ela esqueceu — falei, colocando o cartão dentro da bolsa, achando que fora gentil de Leigh não contar a Blake que eu era uma pessoa de caráter questionável. Isso me fez sentir ainda pior.

Blake assentiu.

— Ela estava muito arrogante hoje. Ela não é assim. Talvez esteja nervosa com a mudança.

Ele também não tinha percebido que eu a abandonara. Estávamos ocupados demais um com o outro para pensar em Leigh, mesmo que ambos soubéssemos o quanto ela precisava de amigos. Eu me limitei a assentir para Blake e apoiei minha cabeça contra a janela, observando o Sr. Ellis dar uma gorjeta ao homem que estava levando as malas de Rachel e Leigh.

A porta do carro se abriu e o Sr. Ellis deslizou para o banco, ao lado de Blake.

— É preciso dar uma boa gorjeta a essa gente — disse o Sr. Ellis para ninguém em particular. — Ou colocam suas malas em um avião para Moscou só por vingança.

— É — disse Del. — Comunistas de merda.

Ele estava bêbado. Mas era para ser uma piada, e me senti mal porque o Sr. Ellis não riu. Ele virou as costas para Del e começou a falar com Blake sobre o início de seu trabalho na Ellis & Hummel na segunda, e olhei pela janela porque senti que era uma conversa particular.

O Sr. Ellis ficou na limusine depois que o restante de nós desceu no Upper East Side. Ele disse alguma coisa sobre trabalho e um cliente, e o carro o levou embora. Então Blake, Del, Idalis e eu entramos no elevador, e tentei não olhar para Idalis empurrando Del para um canto e beijando-o como se estivessem sozinhos.

Eles continuaram assim na cobertura. Não achei que continuariam, porque Del colocou um filme no videocassete na sala de estar, e todos nos sentamos juntos no sofá, mas eles começaram a se agarrar de novo durante os créditos de abertura. Blake perdeu a paciência.

— Vamos dar uma caminhada — disse, pegando meu pulso.

Idalis desgrudou a boca da de Del por tempo bastante para esticar a mão e segurar meu braço.

— É — disse ela. — Por que vocês não dão uma caminhada até o quarto de Blake lá em cima?

O quarto de Blake lá em cima. Ela disse isso vagarosamente, em uma voz provocante que me envergonhou e insultou. Eu tinha certeza de que sabia o que ela estava pensando: que eu era um evento assexuado e sem graça da Debby Boone e ela era um show erótico da Madonna. Blake me puxou do sofá e Del revirou os olhos.

— Deixe-a em paz, Idalis — disse Del, e eu o adorei por isso.

Blake e eu começamos a andar pela calçada. O céu estava nublado e ouvi trovões a distância. Blake ficou quieto enquanto caminhamos até o Central Park, onde as pessoas começaram a sair da grama depois que o céu se iluminou com um agourento relâmpago branco-azulado.

Blake me conduziu até um banco e nos sentamos. Ele tirou a gravata, pegou sua carteira e me mostrou uma foto amarelada de uma jovem. Ela tinha grandes olhos azuis e um longo cabelo louro repartido bem no meio, como em um anúncio do Wella Balsam dos anos 1970. A pele era bronzeada, e a estrutura óssea era magnífica, parecia ser alguém com quem seria inimaginável alguma coisa ruim acontecer.

— É sua mãe?

Ele assentiu e fixou os olhos nos prédios a distância antes de me dizer que ela morrera enquanto Del estava em um jogo de beisebol infantil. Blake, Del e o Sr. Ellis tinham ido ao jogo, e ela ficara em casa. Del a encontrara no chão da cozinha ao voltar.

— Aneurisma cerebral — disse Blake. — O médico que fez a autópsia disse que não havia nada que ninguém pudesse ter feito. Mas Del achou que era culpa dele... disse que poderíamos tê-la salvado se estivéssemos em casa. Nunca mais quis jogar beisebol. E ele era bom.

Eu me perguntei se alguém já dissera a Del que não tinha sido culpa dele.

— Sinto muito — falei. — Aposto que ela ficaria orgulhosa se pudesse ver vocês agora.

Ele sorriu. Trovejava, raios cruzavam o céu, e ficamos no banco com os braços em torno um do outro mesmo depois que a chuva começou a cair em grandes gotas ao nosso redor. Eu não me importava de ficar encharcada, porque Blake parecia precisar de mim, e eu queria que ele precisasse.

Era uma sexta-feira do fim de agosto quando meu chefe, Julian, admitiu que a maioria de seus funcionários pedia demissão em menos de uma semana. O lugar os desanimava por causa das pessoas que o frequentavam. Eram chamadas de estudantes, mesmo que já estivessem na faixa dos 20 e dos 30 anos, mas o fato era que precisavam de babás até seus pais irem pegá-las à noite, e era fácil entretê-las com lápis de cor e pintura a dedo.

Um deles se chamava Adam. Tinha 22 anos e lindas covinhas, e eu estava certa de que tinha sido um garoto popular no ensino médio antes de ser acertado na cabeça durante um jogo de futebol americano cinco anos antes. Agora ele tinha um leve dano cerebral e gaguejava às vezes, e parecia que a melhor parte do seu dia eram as figuras que eu desenhava para ele: desenhos a lápis de lagos e montanhas. Era aquilo que ele queria, porque antes tinha o hábito de fazer caminhadas e pescar no campo. E eu não me incomodava de desenhar aquelas coisas sem parar se o deixasse feliz.

— Você tem namorado? — perguntou ele.

— Tenho — falei, pensando que já tinha respondido a mesma pergunta seis vezes, e que se ele não tivesse sofrido aquele acidente poderia escolher qualquer namorada que quisesse.

— Você é bonita — disse ele. — Você parece a Branca de Neve.

Quase chorei. Me convenci de que ajudar Adam com a pintura estimularia sua mente e talvez um dia ele melhorasse se eu não parasse de tentar.

Blake achou aquilo legal da minha parte. Foi o que me disse naquela noite, quando o encontrei no trabalho. Eram 18 horas. Estávamos parados ao lado de uma recepção de mogno com as palavras ELLIS & HUMMEL impressas em letras douradas brilhantes.

— Já está indo embora? — Ouvi uma voz dizendo.

Ambos viramos a cabeça e vimos o Sr. Ellis, que segurava uma pilha de papéis e andava em nossa direção.

— Deixei cópias dos casos que você queria na sua mesa, papai — disse Blake.

O Sr. Ellis sorriu e deu um tapa no ombro de Blake. Minutos depois, Blake e eu estávamos no Corvette, e ele disse que queria parar em casa para trocar de roupa antes do jantar. Ele foi para o quarto, e eu esperei no sofá, admirando a silhueta dos prédios contra o céu. Enquanto estava sentada ali, ouvi as portas do elevador se abrirem. Olhei na direção do vestíbulo e vi Del, que disse ter ido pegar um brinco que Idalis tinha perdido na última vez em que estivera ali.

— Nós terminamos — disse ele, sentando-se ao meu lado. — Eu já estava cansado das palhaçadas dela, de qualquer maneira.

Eu me perguntei se era verdade. Analisei seus olhos enquanto conversávamos, achando que estavam muito mais verdes que cinzentos naquela noite.

— Bom — falei. — Acho que foi melhor para você.

Ele sorriu. A cicatriz em seu lábio se retorceu. Então Blake apareceu na escada, e Del mencionou a Ellis & Hummel.

— Sabe o que seu namorado faz no trabalho? — perguntou ele, e eu balancei a cabeça. — Ele ajuda nosso pai e seus sócios a controlarem empresas para pessoas decentes perderem o emprego.

Olhei para Blake. Ele parecia cansado.

— Pare com isso, Del — disse ele.

Del não lhe deu ouvidos.

— Sabe o que mais eles fazem, Ari? Eles entram com processos incoerentes de erro médico. E ganham. É por isso que os planos de saúde são tão caros e as pessoas que estão morrendo de câncer vão à falência.

— Chega — disse Blake, segurando meu braço. Quando me dei conta, estávamos no Corvette, e Blake estava dizendo que não queria ficar em Manhattan. — Vamos para os Hamptons e podemos pedir comida. Cansei desta cidade.

Não discuti. Ele ficou em silêncio durante toda a viagem e continuou assim enquanto comíamos pizza na mesa da cozinha. Blake bebeu uma cerveja e ficou com o olhar perdido, e eu sabia que havia alguma coisa errada.

— Você não precisa trabalhar lá — falei.

— Eu *preciso* trabalhar lá, Ari. Não posso decepcionar meu pai.

Eu sabia como ele estava se sentindo e queria animá-lo. Sugeri que nos sentássemos nas espreguiçadeiras perto da piscina porque a noite estava linda, mas Blake preferia nadar.

— Eu não trouxe biquíni — falei, e ele me disse que Rachel tinha deixado um no andar de cima.

Era um biquíni rosa-choque com uma parte de baixo que tinha um laço sobre o quadril esquerdo. Eu o encontrei na cômoda junto com camisetas e sarongues, em um daqueles quartos com iluminação indireta. Fiquei diante de um espelho de corpo inteiro sobre o carpete branco, examinando minhas pernas finas, minha cintura estreita e meu peito. O biquíni comprimia meus seios, encostando-os um no outro e criando uma leve semelhança com uma fenda entre eles, e não achei que eles eram perfeitos, como Blake dissera, mas não eram tão horríveis. Decidi ir para a piscina usando apenas o biquíni e deixar as camisetas da Rachel na gaveta.

Prendi a respiração enquanto descia a escada e atravessava o pátio e não expirei até Blake sorrir para mim. Ele me pegou no colo e me jogou na parte funda.

— Idiota — falei, mesmo que não fosse sério. Esfreguei os olhos por causa do cloro enquanto ele mergulhava na piscina, e tudo ainda estava embaçado quando ele me puxou para um canto e coloquei meus braços ao redor do seu pescoço.

— Esse biquíni fica muito melhor em você do que em Rachel — disse ele.

O cabelo dele estava para trás. As luzes sob a água se refletiam em seus olhos, e eu me lembrei de colocar minha bolinha de gude favorita contra o sol.

— Não posso competir com Rachel. Ela é linda.

— *Você* é linda — disse ele.

Linda era muito melhor que *bonita*. Eu sorri, mexendo em seu pingente de flecha.

— Você e Leigh usam o mesmo cordão.

— Minha avó deu um para cada um de nós... para mim, para Leigh e para Del. Mas ele nunca usa.

— Tem falado com Leigh? — perguntei, pensando na carta que enviara a ela no fim de junho. Tinha passado meia hora na Hallmark procurando cartões de pedidos de desculpas. O que escolhi exibia o desenho de um gato com olhos tristes segurando uma margarida com a pata. Naquela noite, passei um tempão na minha mesa escrevendo *Não me dei conta do que estava fazendo* e *Espero que você me perdoe* e *Por favor, me ligue para podermos conversar*. Mas Leigh não ligou nem escreveu, então imaginei que ainda não tinha me perdoado. Na verdade, eu não podia culpá-la. E talvez ela tivesse achado o cartão idiota. Cartões de pedidos de desculpas eram muito bobos.

— Tenho — disse Blake. — Ela me ligou outro dia. Não teve notícias dela?

— Ultimamente, não — falei, de um jeito casual. Olhei para a tatuagem nas costas de Blake e mudei de assunto. — O que é isso exatamente? — perguntei, contornando o círculo, a cruz e as três penas com o indicador.

Flutuávamos na água enquanto ele explicava. Era chamada roda curativa, e era algo sagrado para os nativo-americanos. Supostamente, também dava sorte. Ele a tinha feito com um velho shawnee na Georgia.

— Não fale sobre isso com meu pai — disse Blake. — Ele sabe da tatuagem, mas não ficou feliz quando descobriu, então não toco no assunto. Ele passou a vida fugindo da Georgia... quer esquecer totalmente que temos sangue shawnee.

Aquilo não me surpreendeu. Pensei na Ellis & Hummel, na cobertura e na mãe de Blake, com o pai aristocrático. Imaginei o Sr. Ellis se esforçando para terminar a faculdade e ganhando processos para poder morar no Upper East Side e fingir que nunca comera couve e bolo de beija-flor.

— Mas ele deu um nome nativo-americano ao seu irmão — comentei.

— Ele não queria. Era o nome do pai dele, e esperava-se que fizesse isso. Então ele fez. — Blake colocou a cabeça para trás na piscina para molhar o cabelo. Ele o puxou para trás com os dedos, e eu observei as gotas de água em suas bochechas. — Enfim... só não fale da tatuagem. Jessica tem uma igual... ele também não gostou muito disso.

Eu nunca tinha ouvido falar de Jessica, mas entendi quem ela era quando Blake se desculpou, dizendo que não era certo um cara falar da ex-namorada.

Ele tinha razão. Não era certo. Aquilo fez um desconfortável caroço de ciúme subir do meu estômago até meu rosto. Vi o cabelo louro e um trailer com vasos de flores e Blake dormindo com Jessica durante dois anos.

— O que aconteceu com ela? — perguntei, como se não fizesse ideia.

— Não sei — respondeu ele. — Ela parou de retornar minhas ligações. Cheguei a ir até lá para vê-la, mas ela simplesmente sumiu. Sem dar explicações.

Aquilo era cruel, e ele não merecia.

— Ah — falei. — Sinto muito.

Ele deu de ombros como se não se importasse, mas era um péssimo ator. Então nos beijamos. A água da piscina estava morna, assim como os lábios e a língua de Blake quando tocaram os meus. Ele desamarrou minha parte de cima e a retirou, depois sua boca desceu para meu peito de um jeito que me fez ficar preocupada com os vizinhos. Mas a propriedade do Sr. Ellis era enorme, e duvidei que alguém conseguisse ver a 2 acres de distância.

— Temos de parar agora — disse Blake, repentinamente. — Ou não vou conseguir mais parar.

Eu detestava parar. Aquilo estava me dando nos nervos. Mas recuperei o bom-senso quando minha parte de cima voltou para o lugar e fomos nos secar no pátio. Descansamos nas espreguiçadeiras, e Blake leu o *New York Post* enquanto eu chegava à conclusão de que ele tinha sido inteligente por parar o que estávamos fazendo na piscina. Havia coisas a considerar antes que eu pudesse ter o que ele dava a Jessica.

— Blake — falei.

Ele estava lendo a seção de esportes: YANKEES DERROTAM KANSAS CITY.

— Sim?

— Com quantas garotas você já dormiu?

Pronto. Falei. Eu estava me perguntando aquilo desde o Memorial Day e precisava saber, porque coisas terríveis podiam se esconder nos lugares mais improváveis.

Ele colocou o jornal no colo.

— Não é certo falar sobre essas coisas.

— Precisamos falar. Hoje em dia as pessoas têm de falar sobre essas coisas.

Ele assentiu. E levantou dois dedos.

— Sério? — falei. — Jessica e mais quem?

— Uma mulher mais velha. Foi a primeira vez. — Ele revirou os olhos. — Eu mal sabia quem ela era... Eu a conheci em um bar na cidade para onde Del me arrastou quando eu tinha 16 anos e pareceu que dormir comigo era como ir ao banheiro para ela. Sexo é assim quando as duas pessoas não se gostam... não é nada bom. — Ele se sentou e jogou as pernas pela lateral da espreguiçadeira. — Ouça, Ari, eu não tenho AIDS nem qualquer outra coisa. Posso fazer um exame de sangue para você não precisar se preocupar.

Eu não estava mais preocupada; ele não precisava de um exame de sangue. Balancei a cabeça, mas ele fez questão de dizer que ia ao médico e, então, olhou o relógio e disse que devíamos voltar para a cidade.

Eu subi. O biquíni já estava seco, e fiquei diante do espelho outra vez, analisando meu corpo. A porta estava aberta, e quando vi o reflexo de Blake passar no corredor, eu o chamei. Ele se juntou a mim diante do espelho, e indiquei meu peito.

— Dá para perceber? — perguntei. — Digo... que sou desproporcional?

Ele encostou o punho na minha bochecha.

— Você *não é*. Se disser isso mais uma vez, vai se arrepender.

Eu ri, e nos beijamos outra vez, mesmo que Blake tivesse me alertado de que já eram quase 21 horas e tínhamos uma longa viagem pela frente.

E daí? Mamãe queria que eu chegasse em casa em uma *hora razoável*, e ainda havia bastante tempo antes que terminassem as horas razoáveis. Desviei sua atenção do relógio me deitando na cama e chamando-o com o dedo. De repente, estávamos em uma quarta-feira à tarde novamente, dessa vez sobre um edredom branco de penas, macio como um campo de bolinhas de algodão.

— Ari — disse Blake. Ele estava sobre mim e ainda não tinha vestido a camisa. O peito nu, os músculos de sua barriga e a trilha de pelos que começava no umbigo e desaparecia dentro do short me deixavam toda trêmula, e eu não sabia quanto tempo ia conseguir me preocupar em fazer o *certo*. — Eu amo você.

Ofeguei. Eu queria dizer o mesmo, mas ele não me deu chance. Pediu que eu não dissesse o mesmo até estar pronta e falou que eu não devia dizer até estar falando sério, e eu estava a ponto de mandá-lo calar a boca porque eu *estava* pronta e *era* sério. Mas não consegui dizer uma palavra porque ele me beijou de novo, e suas mãos foram para o laço no meu quadril.

Agora estava desfeito, e fiquei nervosa quando as mãos dele se moveram para a linha do biquíni. Eu as senti descer, e pensei em Idalis flutuando na piscina e Del dizendo "Vá sonhando".

Blake estava se posicionando mais para baixo na cama, e eu sabia o que ele ia fazer. Era algo de que as pessoas, com exceção de Idalis, evitavam falar ou que lhes causava risadinhas, algo supostamente seguro porque não me deixaria grávida, algo que aparentemente contornava todas as regras católicas.

— Não tenha medo, Ari — disse ele. — Não vai doer, prometo.

Então a parte de baixo do meu biquíni foi parar no carpete. Blake ficou entre as minhas pernas, e aquilo definitivamente não doeu. Eu sentia seus lábios, sua língua e seu cabelo grosso roçando contra o interior macio das minhas coxas, e após algum tempo houve uma explosão quente no centro do meu corpo que flutuou para minha cabeça e fez barulhos saírem da minha boca. Eram como os sons que eu ouvia através da parede do quarto de Evelyn e Patrick, mas escondi o rosto no braço para não saírem altos demais.

Mantive os olhos fechados contra o braço, pensando que aquilo era maravilhoso e incrível, como devorar uma caixa inteira de chocolates sozinha. Era doce, delicioso e irresistível. Mas, se alguém descobrisse, eu teria de fingir que jamais faria uma coisa tão pecaminosa.

Dezessete

Um dos quatro banheiros tinha um chuveiro que parecia uma fenda para correspondência na porta da frente de alguém. Era um quadrado de metal com uma abertura retangular, e quase esperei que uma conta de luz saísse ali de dentro.

A água caiu sobre mim em um fluxo forte enquanto eu ouvia os barulhos de Blake no banheiro adjacente. Eu tinha corrido para lá direto do quarto, dizendo que estava cheia de cloro e precisava passar xampu imediatamente, embora fosse uma desculpa tosca.

Eu não conseguia olhar para ele. Não conseguia falar. Estava animada, feliz e envergonhada ao mesmo tempo.

Mas não podia ficar escondida para sempre. Fiquei no chuveiro até minhas mãos se enrugarem, depois me enrolei em uma toalha e percorri o corredor na ponta dos pés. Esbarrei em Blake, que também estava molhado do banho. Uma toalha estava amarrada em volta da sua cintura, e o cordão roçava seu peito nu. Ele era lindo, mas mesmo assim eu não conseguia olhar para ele, mesmo quando ele pressionou a testa contra a minha.

— Você faz uns barulhinhos lindos — disse ele.

Minhas bochechas ficaram coradas. Quase morri.

— Preciso me vestir — falei, mas ele segurou meu cotovelo enquanto eu me afastava.

— Ei — disse suavemente. — O que foi?

Ele estava com cheiro de Irish Spring. Fiquei ali parada.

— Nada — falei.

Ele levantou meu queixo.

— Acha que nós fizemos alguma coisa errada?

Sim. Não. Talvez.

— Não sei.

— Ari — disse ele, rindo. — Não fizemos nada errado. E eu não faria isso com qualquer uma. Não me envolvo com alguém a não ser que veja um futuro.

Um futuro. A ideia de que o que tinha acontecido naquela noite pudesse levar a uma casa em Park Slope, uma rede e filhos com os olhos mais azuis do mundo fez tudo parecer bem.

Relaxei. Sorri. Dancei sozinha no quarto enquanto vestia minhas roupas. No carro, com a capota abaixada e meu cabelo flutuando na brisa, tudo parecia perfeito.

* * *

Achei que estava voltando para casa em uma hora razoável. Não era tão razoável quanto a hora em que eu normalmente chegava, mas não estava nem um pouco tarde. Eu não esperava que minha mãe estivesse de tocaia.

— Onde você estava, Ari? — perguntou ela.

Eu tinha acabado de entrar na sala de estar pela porta da frente e levei um susto com o som de sua voz profunda na escuridão. Ouvi o clique do abajur, e ali estava ela, sentada no sofá, com os braços dobrados sobre o peito e as pernas cruzadas.

Meus olhos nervosos vasculharam a sala. Vi o buraco na poltrona reclinável, um maço fechado de Pall Mall na mesinha de centro.

— Cadê o papai? — perguntei.

— Onde acha que ele está? Tiraram um corpo do East River hoje, e ele teve de ir a Manhattan. — Ela esticou a mão para pegar os cigarros. — Então, onde você estava?

Dei de ombros. E me perguntei se estava resplandecendo e ela ia entender tudo.

— Com Blake — respondi.

Ela desembrulhou o plástico do Pall Mall, pegou um cigarro e jogou o maço sobre a mesa.

— Eu sei disso. Onde exatamente você estava com Blake?

— Nos Hamptons — falei, e minha voz saiu fraca e baixa.

Mamãe acendeu o isqueiro.

— E o que vocês ficaram fazendo lá esse tempo todo?

— Nada — respondi.

Ela tragou o cigarro e deu um tapinha no sofá. Eu me sentei ao lado dela, embora só quisesse subir e pensar em Blake.

— Vocês estão ficando sérios demais — disse ela.

Lá vamos nós, pensei. E fiquei na defensiva.

— Por que você não gosta dele? — indaguei.

— Eu nunca disse que não gostava dele — respondeu ela, calmamente. — Ele é ótimo. É respeitoso. Dá para perceber que foi criado direito. Mas você é minha filha e minha preocupação é com você. Você é nova demais para levar qualquer um a sério.

Nova demais. Sério demais. Tudo demais.

— Ele acha que nós temos um futuro juntos — comentei, e achei que pareci madura e racional, mas mamãe não achou: ela riu como se eu fosse uma idiota.

— Ariadne, ele não faz ideia do que quer. É um menino.

— Não é, não. Ele vai fazer 21 anos em novembro. Você só tinha 23 quando se casou com papai.

— Mas isso foi em 1957. O mundo mudou... As mulheres têm muito mais oportunidades hoje em dia. Você — disse ela, apontando o dedo para mim — tem muito mais oportunidades do que eu tive. Você não sabe a sorte que tem. E é melhor Blake não ficar enchendo sua cabeça com toda essa merda de *futuro*. É só uma manobra para levar você para a cama. — Ela se inclinou à frente, com os olhos fixos nos meus como duas bolas de cristal. — Ele ainda não levou você para a cama, não é?

Eu me perguntei o que ela conseguia ver. Rosas em uma colcha, um edredom branco macio, uma piscina com um escorpião espreitando no fundo.

— Não — falei, e achei que não era mentira, porque ir *para a cama* significava ir até o fim, e Blake e eu só tínhamos ido até certo ponto até então.

Ela se acomodou no sofá e tragou o cigarro.

— Que bom. Fico feliz por ouvir isso. Porque os garotos da idade de Blake são inconstantes, dizem qualquer coisa para transar e depois partem para a próxima vítima. Algumas garotas conseguem lidar com isso, como Evelyn, por exemplo. Ela terminava com um e encontrava outro em um piscar de olhos. Mas você não é como Evelyn, e se esse garoto fizer qualquer coisa para magoá-la, eu corto as bolas dele e o faço engoli-las. — Ela apagou o cigarro no cinzeiro. — E diga a ele para trazer você para casa mais cedo de agora em diante. Entendeu?

Entendi. Entendi que nunca mais ia contar nada sobre Blake para ela e que minha cabeça estava doendo pela primeira vez em meses.

— Vou dormir, mãe. Acho que estou ficando com enxaqueca.

Ela não me deixou ir para a cama. Me levou para a cozinha, onde me observou tomar o remédio. Me deu um copo de leite morno e um beijo na bochecha.

— Boa noite — disse, e quando ela saiu, limpei minha bochecha com um guardanapo e despejei o leite na pia.

Summer me convidou para ir à casa dela na tarde seguinte, o que era surpreendente. Eu não a vira uma única vez desde que as aulas tinham terminado, e ela não respondera aos quatro recados que eu havia deixado com Tina. Mas sentia saudades suficientes para esquecer tudo isso e pedir a papai uma carona de Flatbush até Park Slope.

Ele me deixou lá e acenou para Tina antes de seguir para o trabalho. Passei por ela, que estava agachada no pequeno gramado usando uma viseira e arrancando ervas-daninhas.

— Oi, Ari — disse ela. — Há quanto tempo. Pode entrar... Summer está lá em cima.

Entrei no vestíbulo e dei uma olhada para dentro da biblioteca de Jeff com suas estantes abarrotadas e abajures

Tiffany. Ouvi o Fleetwood Mac e segui o som até o quarto de Summer, onde ela estava sentada em uma cadeira com um dos pés apoiados sobre a escrivaninha. Estava pintando as unhas dos pés e não me viu.

Fiquei parada no vão da porta e observei o quarto. Parecia que tinha sido completamente redecorado desde a última vez que eu estivera ali. Estava muito sofisticado, muito elegante. Havia uma cama com cabeceira decorada de madeira clara entre dois criados-mudos de aparência antiga, um armário combinando e papel de parede marrom-acinzentado salpicado de brilhantes rosas prateadas. O papel de parede combinava com o edredom da cama, que tinha almofadas decorativas redondas e quadradas. Tudo era perfeito, como que saído de um conto de fadas, e desejei poder dormir em um conto de fadas, e não na velha e instável cama de dossel de Evelyn, de quando Lyndon Johnson era presidente.

— Seu quarto está lindo — disse, mesmo que tenha tido de forçar as palavras a saírem da minha boca.

Summer desviou os olhos dos dedos. Ela usava uma saia jeans curta com uma frente única cor-de-rosa e sombra índigo, e estava tão deslumbrante quanto o quarto. Mas me lembrei de que eu tinha Blake e ele me achava *muito mais bonita*. O que significava mais para mim do que um quarto chique.

— Obrigada — disse ela. — Desculpe por não ter ligado nos últimos tempos. Ando ocupada.

Imaginei que ela andava ocupada com Casey, então aceitei a desculpa. O código feminino e tal.

— Não tem problema. Também tenho estado ocupada.

Ela se reclinou na cadeira.

— Terminei com Casey na semana passada.

Surpresa, me sentei no peitoril da janela e observei-a indicar a tatuagem no tornozelo. O *C* tinha sido alterado para virar um *S*, de forma que agora ela tinha as próprias iniciais.

— Fizeram um bom trabalho — falei. — Mas espero que tenham usado uma agulha limpa.

— Claro que usaram, Ari. Fiz a tatuagem em um lugar muito conhecido na Bleecker Street há alguns dias. Fui lá depois que eu e minha mãe servimos em uma reunião na Ellis & Hummel — disse ela, e tentei não reagir. Eu me limitei a assentir e cruzei as pernas enquanto ela se jogava na cama e abraçava um travesseiro contra o peito. — Aliás, acho o pai do seu namorado maravilhoso.

E o pai do meu namorado acha você linda, pensei. Mas não disse nada porque ela estava com uma expressão maliciosa que não precisava de estímulo.

— Esqueça, Summer. Ele é velho.

Ela esfregou uma das pernas lentamente pelo edredom.

— Na verdade, não. Ele tem 47 anos.

— Como *você* sabe? — perguntei.

— Ele me disse. Converso muito com ele... Stan é uma pessoa simpática.

Ela o chamava de Stan. Nem *eu* o chamava de Stan. Ele devia ter lhe dado permissão especial, e imaginei que só fazia isso com garotas que considerava lindas.

— Entendi — comentei, e Summer se virou de barriga para cima e fixou os olhos no ventilador de teto.

— Ari — começou. — Você já está dormindo com Blake?

Olhei pela janela. Tina estava arrastando um saco de fertilizante escada abaixo.

— Por que está perguntando isso?

Ela deu de ombros.

— Só queria saber... o que ele faz e... o que é normal para a maioria dos caras. Digo... terminei com Casey porque ele estava perdendo o respeito por mim. Só queria uma certa posição o tempo todo, não só de vez em quando, e acho que um cara não gosta de verdade de você se ele não quer nem olhar para seu rosto enquanto vocês fazem amor.

A imagem me deixou desconfortável.

— Mas você disse que a posição era estranhamente excitante.

Summer virou de bruços, apoiando o rosto nos pulsos.

— Não se for a única.

— Ah — falei.

— Aposto que Blake olha para seu rosto. Conversei com ele algumas vezes nas festas de Stan e o acho um verdadeiro cavalheiro. Ele sempre segura a porta para mim e nunca fala palavrões. Ele me trata com respeito... como um homem deve tratar uma dama.

— Ele é assim — falei orgulhosamente, e pela primeira vez na vida soube que Summer me invejava e que eu tinha algo que ela queria. Eu me senti vitoriosa, mas tentei não demonstrar. Ela havia se entregado a um cara que nem olhava em seu rosto; não precisava ser magoada outra vez. — Mas aquilo que você perguntou... não sei. Não fomos tão longe.

— Nossa — disse ela. — Depois de todos esses meses? Ele é mesmo um cavalheiro... Casey exigiu sexo depois de uns poucos encontros.

Eu nunca soubera disso, que Casey não era um cavalheiro, que exigia coisas. Agora não sabia o que dizer, mas não importava, porque Summer mudou de assunto. Ela abriu uma gaveta da cômoda, pegou uma carta da Hollister e me disse que sua formatura antecipada tinha sido aprovada e que ia trabalhar em tempo integral com Tina de janeiro até o início da faculdade em setembro. Então Tina chamou Summer lá de baixo, pedindo ajuda com a mangueira enrolada no jardim, e eu fiquei sozinha.

Andei pelo quarto, examinando os lindos pertences de Summer: os entalhes da cabeceira, a antiga caixa de joias com uma bailarina rodopiante sobre a cômoda. Olhei dentro da gaveta que ela deixou aberta. Vi um sutiã preto de renda, um diário de veludo roxo e uma pulseira prateada gravada com as iniciais M.G.

A pulseira de Leigh. A que ela tinha perdido na festa do Winter Garden. Não consegui acreditar. Fiquei furiosa. Leigh estava desesperada por causa daquela pulseira, e Summer a escondera por todo aquele tempo. Eu sabia que às vezes Summer era insensível, mas nunca tinha suspeitado que era completamente desalmada. Eu tinha chegado a defendê-la para Leigh. "Ela não faria algo assim." Peguei a pulseira de dentro da gaveta, envolvendo-a com a mão suada. Minha cabeça estava latejando, e de repente me senti cansada. Um minuto depois, Summer estava de volta, sorrindo, sem fazer a mínima ideia de que fora desmascarada.

— O que é isso? — perguntei, balançando a pulseira diante dela.

— Ah, é — disse ela. — Apareceu na semana passada. Eu ia lhe dizer.

Ela não ia me dizer. Eu tinha certeza de que ela a encontrara havia séculos, na noite da festa do Winter Garden. Mesmo assim, ela estava calma, inventando uma história... algo sobre a pulseira ter ficado enrolada em uma toalha de mesa que Tina não usava há tempos.

— Você está mentindo — falei. — Fez isso porque odeia Leigh.

Ela fechou a gaveta com força.

— Por que eu não deveria odiá-la? Lembra-se do que ela falou quando estávamos naquela boate em Manhattan? "Senão os outros vão achar que você é uma vagabunda." Eu cansei dessas palhaçadas na escola pública. E *você* — disse ela, apontando uma unha postiça para mim —, você me traiu, Ari. Sempre a defendi e sempre fiquei do seu lado quando precisou de mim, mas você não fez o mesmo por mim contra aquela esquisita e a vaca da mãe dela. É inacreditável que elas sejam parentes de Blake, porque não têm nada a ver com ele.

Ela tinha uma certa razão ao falar que me defendia e tudo, mas ignorei essa parte. Fiquei tão irritada pela expressão de adoração nos olhos dela quando falou o nome de Blake que não consegui ser racional.

— Pare de falar nele — falei. — Você não sabe nada sobre ele.

Ela cruzou os braços e soltou uma risada sarcástica.

— Nem você.

— Ele é meu *namorado* — falei. — Eu o *amo*.

Aí ela riu de verdade.

— Ah, por favor. Você não o ama. Você mal o conhece. Nem dormiu com ele ainda. É só um caso de limerância, igual à daquele garoto idiota no sétimo ano que guardava meu cabelo.

Limerância. Era essa a palavra de que eu não conseguia me lembrar. O fato de ela me comparar a um garoto do sétimo ano que escrevia poemas e colecionava fios de cabelo foi demais.

— Bom — falei. — Fico imaginando o que Blake vai dizer quando eu contar o que você fez com a prima dele. Sei que você o admira, mas tenho certeza de que ele não vai sentir o mesmo.

Ela mordeu o lábio, me encarando por um segundo. A preocupação se espalhou por seu rosto, mas rapidamente deu lugar ao desprezo.

— Não sei quem você pensa que é — disse ela. — Está achando que é especial só porque arrumou um cara que é areia demais para seu caminhãozinho. Mas não vai ficar com ele para sempre, Ari. Ele vai perceber.

Ela tinha atingindo um nervo, e doeu.

— Perceber o quê? — perguntei, enquanto uma aura se esgueirava para meu olho.

— Que você é entediante. Que você é sem graça, entediante e *medíocre* em todos os sentidos.

Fiquei sem palavras. Talvez devesse ter ignorado. Mas achei que podia ser verdade, que eu podia ser até pior que medíocre, e lutei para controlar as lágrimas.

— Você não consegue tolerar o fato de que finalmente tenho alguém — falei depois de um instante, com a voz falhando enquanto minha garganta se fechava. — Eu nunca tive um namorado e só tive uma amiga, mas você teve tudo... e isso a fazia acreditar que era melhor que eu.

Ela jogou o cabelo.

— Eu *sou* melhor que você.

Eu não conseguia mais falar. Meus olhos estavam ardendo e meu rosto queimava. Corri para fora, passando por Tina, que regava um arbusto com a mangueira.

— Tchau, Ari — disse ela, mas não respondi.

Andei até minha casa, em Flatbush. Estava exausta quando abri a porta da frente. Senti cheiro de batatas assando, e mamãe saiu da cozinha, secando as mãos em um pano de pratos.

— Você chegou cedo — disse ela.

Achei que ia desmaiar. A imagem da minha mãe estava distorcida, como um reflexo em um espelho de parque de diversões.

— Nunca mais quero saber de Summer, mãe. E não ligue para Jeff para falar disso.

Ela olhou para mim por um instante.

— Está bem, Ariadne — disse ela, finalmente.

O telefone tocou, e era Blake. Ele disse que mal podia esperar para me ver no churrasco do Dia do Trabalho na casa de Patrick e Evelyn na semana seguinte. Depois que desliguei o telefone, coloquei a pulseira de Leigh em um envelope, escrevi seu endereço de Brentwood na frente, joguei o pingente MELHOR AMIGA e a caixa de cedro cheia de materiais de arte no lixo e dormi sobre minhas rosas bordadas.

Dezoito

Na tarde da sexta-feira anterior ao Dia do Trabalho, eu me vesti para o último dia na Creative Colors enquanto papai tomava banho para ir trabalhar e mamãe fazia compras no Pathmark. Eu estava abaixada tentando encontrar dois sapatos de um mesmo par no armário quando o telefone tocou. Havia uma pilha de sapatos ao meu redor, e eu não estava com vontade de atender, mas corri para a cozinha mesmo assim e peguei o fone.

Ouvi uma voz áspera, e aquilo me surpreendeu.

— Oi, Ari — disse Leigh, enquanto eu me apoiava contra a lava-louças, enrolando nervosamente o fio do telefone no dedo. — Só estou ligando porque recebi a pulseira. Chegou pelo correio ontem.

Era só por isso que ela estava ligando. Achei que não deveria esperar nada mais. E imaginei que ela ia esconder a pulseira em um baú ou em uma gaveta e nunca mais olhar para ela até estar pronta. Talvez esperasse muitos anos até estar casada e ter filhos, e um dia a pegaria para mostrar à filha adolescente e dizer algo como: "Isto era de um garoto que eu conheci. Ele foi muito especial para mim, mas já faz muito tempo".

— Que bom — falei. A ponta do meu dedo estava ficando vermelha, então afrouxei o fio. — Fico feliz.

— Quem a encontrou? — perguntou ela.

— Summer — foi tudo que eu disse. Já era o bastante eu e Summer termos encerrado para sempre nossa amizade e o pingente MELHOR AMIGA ter sido levado pelo caminhão de lixo. Embora tivesse ameaçado, decidi não contar a Blake sobre a pulseira. Talvez ele contasse ao pai que Summer era uma ladra mentirosa, e o Sr. Ellis poderia despedir Tina. Pelo bem dela, eu não queria que isso acontecesse. Ela trabalhava muito para manter uma reputação.

— Também recebi seu bilhete — disse Leigh.

Lembrei do meu cartão de pedido de desculpas com o gato idiota e a margarida. Esperei que ela dissesse mais alguma coisa, que tinha me perdoado, mas não disse. E a voz monótona e seca que estava usando me deixou muito constrangida.

— Que bom — repeti. — Então... está gostando da Califórnia?

— Até agora, tudo bem. Alguns vizinhos têm nossa idade e são muito mais legais do que a maioria das pessoas que eu conhecia em Nova York — disse ela, e imaginei que eu fosse um daqueles nova-iorquinos não legais. Então ela começou a falar sobre outro vizinho, um garoto da nossa idade de Vermont que tinha se mudado para lá na mesma semana que ela. — Estamos explorando Los Angeles juntos. Ele é só um amigo.

Pelo jeito de falar de Leigh, achei que ele podia se tornar mais que um amigo. De repente, ela pareceu feliz, e aquilo me deixou feliz, embora ela provavelmente ainda estivesse chateada comigo e tenha terminado a conversa. Fiquei contente por ter devolvido a pulseira para ela.

Minutos depois, saí para um dia ensolarado. Andei até a Creative Colors, passando por garotas que desenhavam quadrados de amarelinha no cimento. Quando cheguei ao trabalho, meus músculos doíam e eu estava cansada, embora tivesse dormido nove horas na noite anterior. Não sabia o que estava acontecendo comigo. Eu me perguntei se estava muito fora de forma ou ficando doente.

— Você vai voltar no ano que vem? — perguntou Adam.

O dia estava terminando. Tivemos uma festa de despedida do verão, com Dunkin' Donuts e Kool-Aid em copos de papel que não consegui beber porque minha garganta estava doendo. Adam me olhava com o rosto bonito cheio de esperança, e isso me deixou triste.

— Claro — respondi, e minha voz falhou.

Ele sorriu.

— O que você vai fazer no Dia do Trabalho, Ari? Encontrar com seu namorado?

Meu namorado. Ele se lembrava. E falou sem gaguejar. Aquilo me fez chegar à conclusão de que meu trabalho com Adam havia realmente lhe feito bem, que talvez toda aquela pintura tivesse reparado seus neurônios ou o que quer que estivesse errado dentro da cabeça dele. Talvez ele estivesse melhor por minha causa. Acreditar nisso me deixou feliz outra vez.

Blake chegou na hora para o churrasco do Dia do Trabalho de Evelyn e Patrick. Ele até levou uma bola de beisebol do Red Sox autografada para Kieran. Quando o sol começou a se pôr, caí no sono no ombro dele enquanto estávamos aninhados em um sofá de vime para o pátio que Evelyn tinha comprado na Sears.

— Ari — disse ele, me sacudindo.

Abri os olhos. Não sabia por quanto tempo tinha dormido, e Blake parecia preocupado. Meu cabelo se grudava ao suor da minha testa, e ele o afastou, perguntando por que eu não tinha comido nada o dia inteiro.

— Não estou com fome — falei. — E minha garganta está doendo.

— Então você precisa ir ao médico.

— Não quero. Abaixadores de língua me dão ânsia de vômito.

— Gata — disse ele, de brincadeira. — E por falar em médicos... tenho uma coisa para mostrar.

Ele me levou até a frente da casa, onde seu carro estava estacionado no meio-fio. Entrou e tirou um pedaço de papel do porta-luvas.

Estava coberto com palavras da aula de educação sexual: *clamídia, gonorreia* e *HIV*, mais algumas outras que minha professora não mencionara. Estavam listadas em uma tabela e cada uma delas exibia uma palavra maravilhosa ao lado: *negativo*.

— Eles enfiaram uma agulha enorme em você? — perguntei, esquadrinhando a tabela, me perguntando qual daquelas doenças nojentas Del tinha contraído sob sua claraboia. Eu detestava agulhas e exames de sangue porque sempre acabava sendo espetada pelo menos cinco vezes. "Veias ruins" era o que as enfermeiras e flebotomistas sempre murmuravam enquanto transformavam meu braço em um queijo suíço.

— Não me incomodo com agulhas. E não estou tentando pressionar você com isso, Ari. Só não quero que se preocupe com nada.

Sorri, dobrei o papel e o recoloquei no porta-luvas.

— Não estou preocupada — falei, e ele se inclinou para me beijar, mas cobri minha boca. — Não, Blake. Você vai ficar doente.

— Não ligo.

Mais tarde, voltamos para o sofá e observamos Kieran e seus amigos escorregarem no Slip'n Slide. Eu não parava de pensar em Del e não consegui evitar sussurrar:

— Qual daquelas doenças seu irmão tem?

Os olhos de Blake se arregalaram.

— De onde você *tirou* isso?

Dei de ombros.

— Um passarinho me contou.

— É... um passarinho ruivo, aposto.

Ele não respondeu minha pergunta. Fiquei observando o quintal, olhando Patrick fazer hambúrgueres e Evelyn fofocar com suas amigas donas de casa, até não aguentar mais e perguntar outra vez.

— Ari — disse Blake. — Não é certo falar sobre isso.

Certo, certo, *certo*, por que tudo tinha de ser tão certo?

— Não vou contar a ninguém. Prometo.

Ele suspirou antes de sussurrar em meu ouvido:
— Sífilis.

Eu ofeguei, me lembrando de tudo que tinha aprendido na escola sobre a sífilis, que podia deixar as pessoas cegas. Não conseguia pensar em nada pior do que ficar cega.

— É grave, não é?

— Só é grave se não for tratada. Enfim... este não é um tópico de conversa educado, então vamos mudar de assunto. A tagarela da minha prima nunca deveria ter contado isso a você. Conversei com ela ontem à noite, falando nisso. Ela disse que você encontrou a pulseira.

— Summer encontrou — falei. — Aliás, eu e Summer não somos mais amigas.

— Sério? Achei que vocês eram amigas há muito tempo.

Uma tristeza inesperada me tomou. *Verdade, fomos amigas por muito tempo*, pensei, *mas ela não é a pessoa que achei que era, e agora você é meu único amigo.*

— Essas coisas acontecem — falei, depois mudei de assunto porque não queria pensar na Summer. Só queria encostar minha cabeça no ombro de Blake e fingir que aquele era meu próprio sofá da Sears no meu quintal em Park Slope e que as crianças risonhas no Slip'n Slide eram nossos filhos.

Eu me sentia estranha na manhã seguinte. Estava tonta e febril, e apesar de minha garganta não estar mais doendo e minha barriga vazia roncar, não me interessei pelos waffles de mirtilo de mamãe nem por sua salada de frutas com chantilly feito em casa.

— Coma alguma coisa, Ariadne — disse mamãe.

Ela estava parada ao lado da mesa da cozinha, usando seu avental *Beije a Cozinheira* e sorrindo. Meu pai estava sentado diante de mim com os olhos no *Newsday* e o garfo indo do waffle até a boca. E eu disse a mamãe que não estava com fome, mas não deveria ter feito isso. Ela pareceu decepcionada, e eu não podia culpá-la. Ela havia acordado de madrugada para fazer aquele café da manhã, *a refeição mais importante do dia*, para meu primeiro dia de aula.

Então ela ficou preocupada.

— Você não está doente, não é? Está muito pálida.

Eu era sempre muito pálida, mas com certeza estava doente. Mesmo assim, eu não queria ir a um médico que me furaria com agulhas e drenaria meu sangue para dentro de tubos de vidro.

— Só estou animada — falei. Não sabia de onde aquela frase tinha saído. Era como se meu corpo estivesse habitado por um espírito inteligente que sabia o que dizer.

— Claro que está — disse mamãe. — Eu também estou animada, digo, é seu último ano do ensino médio, e a faculdade vai começar muito em breve.

Não pensei na faculdade naquela manhã. Peguei o metrô sozinha, me sentindo muito cansada. E pensei em Blake, especialmente quando vi Summer na outra extremidade do corredor quando ia para a sala de orientação.

Ela conversava com um grupo de garotas e estava embaçada. Ela riu, e eu me perguntei se estava rindo de mim, se estava falando com as amigas sobre aquela esquisita da Ari Mitchell, que sofria de um caso grave de limerância e acreditava amar um cara com quem nem tinha dormido ainda.

Mas eu queria dormir com ele. Pensei em Blake o dia inteiro, desde a sala de orientação até cálculo II, enquanto lia meticulosamente os programas de estudos datilografados que tinham acabado de sair da copiadora. Pensei nele no metrô que me levou de volta ao Brooklyn e durante a caminhada da estação até minha casa, que pareceu tão longa que achei que não ia conseguir.

    Depois apaguei na minha cama. Papai estava no trabalho e mamãe, em um conselho de classe que ia durar horas. Quando acordei, a casa estava tão silenciosa que eu conseguia ouvir o freezer fazendo cubos de gelo.

    Fiquei olhando fixamente para o teto, ouvindo o gelo cair em um recipiente de plástico. Não me sentia mais cansada e, sim, mais que cansada, meio aérea e tonta. Eu me levantei, fui ao banheiro, olhei meu reflexo no espelho e a palidez sumira. Estava com as bochechas coradas e provavelmente com febre, mas não me sentia doente. Eu estava razoavelmente bonita, o que me fez decidir me arrumar e ir para Manhattan surpreender Blake na Ellis & Hummel.

    Fiz meus planos atrás da cortina do chuveiro. Lavei o cabelo e observei a água formar gotas em uma barriga que estava estranhamente côncava por falta de comida. Não importava; eu comeria depois, em algum lugar na cidade com Blake, e depois iríamos a um bom hotel ou para a cobertura, se o Sr. Ellis não estivesse em casa. E eu daria a Blake o que ele esperara com tanta paciência, algo que eu podia fazer agora porque os testes dele eram negativos, ele me amava e isso tornava tudo bom.

    Saí de casa uma hora depois. Estava nublado, um vento quente soprava meu cabelo, e Santa Ana parecia imersa em uma paz radiante. Passei por ela, tomei o metrô até Manhattan e cheguei ao Empire State Building às 17 horas, quando enxames de pessoas saíam pelo saguão. O furgão do Bufê da Tina estava estacionado na rua.

    Tina não notou minha presença porque estava ocupada com os réchauds. Mas Summer notou. Olhou para mim como se eu não fosse ninguém, como se ela tivesse esquecido todo o ensino fundamental e meus jantares de aniversário, e fingi que aquilo não me magoava. Eu me virei, tomei o elevador para a Ellis & Hummel e preenchi minha mente com Blake em vez de Summer.

Perguntei por ele na recepção, onde uma recepcionista que mascava chiclete apontou para uma sala de conferências com portas de vidro. Vi Blake lá dentro, parado com o Sr. Ellis e alguns outros homens ao longo de uma grande mesa polida. O Sr. Ellis não parava de bater no ombro de Blake, enforcando-o de brincadeira, como se ele fosse um troféu de primeiro lugar ou um cavalo premiado de corrida que ele quisesse exibir.

Blake me viu. Fez um gesto me chamando para entrar e se afastou do pai. Ficamos perto da porta, dentro da sala de conferências enquanto o Sr. Ellis enchia os copos dos outros homens com bebidas. Eu os ouvi conversando, algo sobre um "clube de cavalheiros", e os outros homens riram quando o Sr. Ellis disse: "Somos todos cavalheiros, não somos?"

— O que você está fazendo aqui? — perguntou Blake.

Ele estava feliz por me ver. Ele cheirava a loção pós-barba. A cor escura de seu terno destacava o azul de seus olhos, e bastou o som de sua voz para me causar um arrepio quente.

— Achei que poderíamos... — comecei a dizer, sem saber como terminar. *Achei que poderíamos passar um tempo juntos. Achei que poderíamos ter um jantar romântico. Achei que poderíamos ir até seu apartamento e fazer sexo apaixonado até o sol nascer.*

Mas eu não disse nada daquilo porque repentinamente o Sr. Ellis estava ao nosso lado, assim como os outros homens, e me apresentou a eles como "a namoradinha do meu garoto".

— Esta é Ari... — começou ele, e olhou para Blake pedindo ajuda.

— Mitchell, papai — disse Blake. — Ari Mitchell.

Eu sabia. Sabia que ele não se lembrava do meu sobrenome. E ser chamada de namoradinha de Blake não fez exatamente bem a minha autoestima. Uma namoradinha, uma quedinha... por que todo mundo tinha de pegar algo que parecia tão grande e transformar em um pedacinho de nada?

— Claro — disse o Sr. Ellis, invocando seu sorriso charmoso. — Perdoe-me, Ari. Estou chegando aos 50, e a memória é a primeira coisa a falhar.

Todos riram. O Sr. Ellis enforcou novamente o filho, esfregou os nós dos dedos contra o couro cabeludo de Blake e lhe disse para não demorar muito. Ele e os outros homens estariam esperando no saguão.

Fiquei muito decepcionada.

— Aonde vocês vão?

Blake parecia desconfortável, e não só por causa do terno.

— Jantar no Delmonico's. E para um bar qualquer depois.

Cruzei os braços.

— Que tipo de bar? — perguntei, imaginando um lugar onde garotas vulgares e desesperadas de fio-dental se esfregariam no colo dele por uma nota de 20 dólares.

— São apenas negócios, Ari. Não tenho interesse por esses lugares. Meu pai sempre leva os clientes lá. Preciso ir. Você entende, não é?

Eu não queria entender. Mas assenti, e Blake me abraçou. Ele disse que eu estava muito quente, que devia ir ao médico e que não podia voltar para casa de metrô sozinha. Pediu à recepcionista para chamar o serviço de carros, e depois pegamos o elevador até o saguão, onde o deixei com o Sr. Ellis e entrei em um carro que me afastou de todos os meus belos planos.

Adormeci na sala de orientação no dia seguinte. Minha professora deu um tapinha em meu ombro. Levantei a cabeça e vi a turma inteira olhando para mim. Fui ver a enfermeira da escola, e ela me perguntou se eu estava usando drogas, o que foi hilário. Eu nunca sequer tinha fumado um cigarro ou ficado bêbada e não teria a mínima ideia de onde encontrar drogas, a não ser que Evelyn tivesse deixado um pouco de maconha no porão com sua calça jeans Jordache.

A enfermeira ligou para mamãe, que me levou ao consultório do meu médico, onde um flebotomista amarrou um tubo de borracha acima do meu cotovelo. Desviei os olhos enquanto a agulha picava meu braço sete vezes para encontrar uma veia. Quando voltei a olhar, ele tinha enchido tantos tubos de sangue que me surpreendi por estar viva.

Eu só me sentia semiviva. Estava exausta, meus músculos doíam, e o médico disse que era impossível ter certeza até o resultado dos exames sair, mas estava quase seguro de que eu estava com mononucleose.

— Você sabe como pegou isso — disse mamãe.

Estávamos no Honda, voltando para Flatbush.

— Como? — perguntei.

— *Como*? De Blake, de que outra forma?

Eu devia saber que ela ia dizer isso. Tinha sentido seus olhos sobre mim quando o médico estava falando, explicando que a mono era comum em adolescentes porque "essa faixa etária normalmente se envolve em comportamentos íntimos".

— Blake não está doente — falei. — Não peguei dele.

— Ele não precisa estar doente, Ariadne. Não ouviu o que o médico disse? Ele explicou que algumas pessoas hospedam o vírus, mas nunca apresentam sintomas. É chamada de doença do beijo. Não ouviu o médico?

Quantas vezes ela ia me perguntar isso? Eu estava de saco cheio do som da sua voz, mas fui obrigada a ouvi-lo novamente mais tarde, quando eu estava na cama e ela ligou para minha escola do telefone na cozinha. Ela disse ao diretor que eu estava com mononucleose e tinha de ficar em casa por oito semanas, e que ela estava muito preocupada porque eu planejava entrar na Parsons School of Design no ano seguinte, então não podia ficar para trás.

Eu não queria ficar para trás. Blake e eu tínhamos um futuro que não podia ser postergado. Fiquei contente quando mamãe entrou no meu quarto e disse que tudo fora resolvido. Ela iria a Manhattan no dia seguinte pegar meus livros. Meus professores anotariam minhas tarefas toda semana e as mandariam por fax para a escola de minha mãe, e eu poderia voltar à Hollister em novembro como se nada tivesse acontecido.

Ela me deixou sozinha depois disso. Descansei na cama, ouvindo os sons do fim do verão lá fora: o caminhão da Good Humor fazendo suas últimas aparições, pessoas soltando fogos que tinham sobrado do Quatro de Julho. Eu estava sentindo o cheiro do churrasco do vizinho quando cheguei à conclusão que ter mononucleose talvez não fosse tão terrível. Minha melhor amiga era passado, Leigh estava na Califórnia, e eu não tinha mais ninguém com quem sentar no refeitório. Agora não ia ter de passar os dois meses seguintes almoçando em uma cabine do banheiro.

Eu realmente estava com mononucleose. O médico ligou alguns dias depois para confirmar o diagnóstico. Mas Blake não estava. Fiz questão de que ele fizesse outro exame de sangue para provar que mamãe estava errada.

Ele foi à minha casa na semana seguinte enquanto ela estava na escola e papai, trabalhando. Ele me surpreendeu, indo até o Brooklyn depois de sua última aula em uma tarde de quinta-feira.

Deixei Blake entrar, ele me seguiu até o andar de cima e se acomodou na cama comigo. Eu estava deitada de lado, com o braço dele ao redor dos meus ombros, e queria adormecer com ele. Mas mamãe chegaria em poucas horas, então isso simplesmente não podia acontecer.

— Eu devia ensinar você a dirigir — disse ele.

— É preciso ter 18 anos para tirar carteira em Nova York — respondi.

— Você vai fazer 18 anos daqui a quatro meses, Ari. Pode conseguir uma licença agora. Posso lhe dar aulas de direção.

Eu não queria fazer aulas de direção. Aulas de direção eram perigosas. Eu podia derrapar em uma rua congelada, e Blake podia bater com o peito contra o painel. Dei de ombros, e ele virou meu rosto na direção do dele, tentando me beijar. Eu me afastei e pressionei minha boca no travesseiro.

— Você não pode, Blake. Estou doente.

Ele riu.

— Não está, não.

— Estou, sim. Não quero que você fique doente... vai perder aulas. Seu pai vai ficar zangado.

— Então deixe-o ficar zangado — disse Blake. — E daí?

E daí? Sorri encostada ao travesseiro, pensando que estava certa algumas semanas antes, quando tinha chegado à conclusão de que dormir com Blake não era um problema. Se ele estava disposto a se arriscar a pegar mono e perder aulas e decepcionar o pai, então era sério quando disse que me amava.

Mas mesmo assim eu não queria que ele ficasse doente, não conseguiria ser responsável por fazê-lo se sentir cansado e dolorido como eu me sentia.

— Você não pode me beijar, Blake — falei, quando ele tentou de novo, embora estivesse morrendo de vontade de beijá-lo. — Tem germes na minha boca.

Ele riu, tirou meu cabelo do caminho e beijou meu pescoço. Percorreu toda a nuca com a língua. Aquilo fez ondas de eletricidade correrem através de mim.

— Você não está com germes aqui, não é?

— Não — respondi. Mas, mesmo se estivesse, não teria conseguido pedir a ele que parasse.

Ele voltou na quinta seguinte, com presentes. Livros e revistas para eu não enlouquecer por ficar presa em casa. Ele foi me visitar todas as quintas e, a cada vez, levava presentes, como caixas de chocolate amargo de uma doceria chique na cidade.

Ficávamos na cama durante horas. Ele colocava os braços em volta de mim e beijava minha nuca, e às vezes eu me perguntava se ia tentar fazer mais do que aquilo. Meus pais não estavam, e eu não teria recusado, embora estivesse doente e fosse contagioso. Eu sabia que a maioria dos garotos veriam uma casa vazia e uma garota disposta como uma oportunidade fácil, mas Blake não via. E aquilo me fazia amá-lo ainda mais.

— Como você está se sentindo? — perguntou ele um dia. Eu estava deitada de lado na cama; ele se aninhou em mim e colocou o braço sobre meus ombros.

— Nada bem — respondi, ouvindo a chuva do começo de outubro tamborilando na janela. — Meu corpo inteiro está dolorido... especialmente as costas. Melhora um pouco quando fico de bruços.

— Então fique de bruços.

Mudei de posição na cama e pressionei o rosto contra o travesseiro, escutando a chuva. Estava ficando mais forte, e parecia que pedras batiam no telhado. Também ouvi Blake se mexendo, e ele montou sobre mim, massageando minhas costas por cima da blusa, pressionando delicadamente os dedos contra minha pele e meus músculos doloridos. Suas coxas apertavam meus quadris e eram quentes, fortes. Achei que poderia derreter nos lençóis.

— Está melhor? — sussurrou ele, em meu ouvido, e sua bochecha roçou a minha.

— Muito melhor — murmurei. Eu estava adormecendo.

Blake tocou meu rosto e falou em um tom de voz mais alto que me tirou do transe.

— Você está muito quente — disse ele, esticando a mão para meu criado-mudo. Ele pegou um frasco de Tylenol e o balançou. — Está vazio, Ari. Tem mais?

Eu pisquei e me virei. As sobrancelhas dele estavam contraídas, como se estivesse preocupado.

— Não sei — falei, me espreguiçando e bocejando, lisonjeada por ele estar preocupado.

Ele foi até o banheiro do outro lado do corredor e o escutei mexendo no armário de remédios. Quando voltou, pegou sua jaqueta de couro, que tinha lançado sobre minha cama mais cedo.

— Aonde você vai? — perguntei, me levantando um pouco na cama.

Agora ele estava ao lado da minha escrivaninha, pegando sua carteira.

— Vou à farmácia comprar Tylenol. Você precisa se livrar dessa febre.

Olhei para fora. Vi água escorrendo pela janela e uma árvore do outro lado da rua. Havia folhas laranja e amarelo-claras arqueadas sob a chuva forte.

— Você não pode sair, Blake. Está caindo um temporal. — Eu não queria que ele fosse a lugar algum, nem mesmo até o fim da rua. Queria que ele se enfiasse embaixo das cobertas comigo e massageasse minhas costas. Então me sentei e fui até o pé da cama, me ajoelhando no colchão. — Fique aqui — falei, sentindo um frio repentino. Olhei para o espelho que ficava sobre minha cômoda; vi uma pele pálida e olheiras. Eu estava com uma aparência repugnante, nos últimos tempos. — Minha mãe pode comprar o Tylenol quando voltar do trabalho.

Ele balançou a cabeça.

— Ela não pode sair de novo com um tempo desses.

Era uma observação respeitosa. Ele tinha mais respeito por mamãe do que eu. Meus dentes começaram a bater. A mononucleose era uma loucura, queimando em um minuto e congelando no seguinte.

— Odeio quando você vai embora — admiti.

Um sorriso se espalhou pelos lábios dele. Era um sorriso indolente e sensual.

— Você odeia quando vou embora? — perguntou ele, como se quisesse ouvir outra vez. Assenti, e ele pegou minha colcha e a enrolou em mim enquanto eu olhava em seus olhos e absorvia seu cheiro: couro, loção pós-barba e pasta de dentes.

Ele me empurrou de volta delicadamente para os travesseiros e beijou meu rosto inteiro. Ele me beijou em todos os lugares: na testa, nas bochechas, na boca, no maxilar, no queixo, no espaço entre meus olhos. Eu estava lisonjeada de novo. Achava que estava feia e pegajosa demais para ser beijada.

— Descanse — disse ele depois. — Volto logo.

Não consegui mais discutir com ele, porque precisava de Tylenol. Os calafrios estavam piores. Coloquei a cabeça no travesseiro e ouvi seus passos na escada, o carro se afastando e a chuva batendo contra minha casa. Era ótimo ser cuidada, especialmente por ele.

Mamãe não estava impressionada com os presentes de Blake. Ela me viu comendo o chocolate e me acusou de postergar deliberadamente minha recuperação. Queria que eu tomasse leite e comesse carne para recuperar minhas forças. Estava especialmente cética em relação ao meu presente favorito, um ursinho de pelúcia todo branco com pelo aveludado. Ela colocou o urso de lado em uma noite enquanto espanava a cômoda e eu preenchia a ficha de inscrição para a Parsons.

— O Blake lhe dá presentes baratos — disse ela. — Especialmente para um garoto rico.

Soltei um som de escárnio.

— Esse urso não é barato, mãe. É da FAO Schwarz. Além do mais, achei que você não ligava para dinheiro.

Touché. Eu a pegara. Ela revirou os olhos e mudou de assunto, dizendo pela décima vez para me inscrever em outras faculdades.

— Você vai entrar na Parsons — disse ela. — Mas é sensato ter opções só por precaução.

Concordei e voltei à inscrição, mas não tinha intenção de tentar ingressar em outras faculdades. Sabia que não precisava de opções porque tinha algo melhor: contatos.

A recuperação da mononucleose pareceu demorar uma eternidade. A verdade era que eu não sabia se *queria* me recuperar, porque era bom fazer minhas tarefas escolares em casa e deitar na cama com os braços de Blake ao meu redor toda quinta. Era Halloween quando o médico disse que eu estava curada, que devia descansar por mais uma semana e depois voltar à rotina.

Minha mãe ficou contente, mas eu não. Tentei pensar em coisas agradáveis, como a festa do 21º aniversário de Blake, que estava marcada para a sexta seguinte no Waldorf Astoria. O Sr. Ellis tinha convidado duzentas pessoas, e o black tie era opcional. Eu me sentia animada, mas mamãe estava preocupada porque a festa ia ser na véspera do SAT.

— É melhor você chegar cedo, Ariadne. Nem pense em me pedir para comprar outro vestido. Você tem no armário um vestido perfeitamente bom que só usou uma vez.

Não pedi outro vestido. Não ia mesmo usá-lo por muito tempo. Eu tinha decidido dar a Blake um presente de aniversário muito especial, algo que estava guardando pelo que parecia uma eternidade.

— Podemos arranjar um quarto aqui hoje? — perguntei.

A festa estava começando. Blake e eu estávamos no salão de recepções do Waldorf entre vários homens de terno e mulheres de vestido. Blake bebericava uma Heineken, e sua testa se enrugou.

— Por quê?

Sussurrei em seu ouvido:

— Porque eu amo você.

Ele entendeu. E sorriu. Eu queria beijá-lo, mas não pude porque o Sr. Ellis apareceu. Ele pegou Blake e o conduziu pelo salão, batendo em seu ombro e desgrenhando seu cabelo, apresentando-o às pessoas como "meu garoto, Blake", enquanto eu ficava sentada sozinha.

Eu os observei se movendo entre a multidão. Alguns minutos depois, vi dois rostos familiares. Eu deveria ter esperado a presença de Tina e Summer: parecia que a lista de convidados do Sr. Ellis incluía toda e qualquer pessoa que Blake conhecia, e todos, com exceção de Rachel e Leigh, tinham aceitado o convite.

— Está se divertindo? — perguntou Del, sentando-se ao meu lado.

Ele estava de terno, usando seu anel de dedinho, e cheirava a tabaco e perfume. Começamos a conversar, e ele me fez sentir da mesma maneira que tinha feito na festa de Natal do ano anterior: agitada e nervosa. Eu tinha de parar de sentir aquilo e de tentar entender de que cor eram os olhos dele, porque Blake era meu namorado, Del não era nem de longe tão bonito, e eu me tornaria sua cunhada um dia.

Mas Del ia jantar na mesa 3, assim como eu. Fui com ele até uma sala com candelabros decorados e arranjos de flores. Ele se sentou à minha esquerda, e Blake, à minha direita. Outras pessoas se juntaram a nós: mulheres acompanhadas por homens que Blake me contou serem sócios de seu pai no escritório. E logo o Sr. Ellis apareceu, e de repente as duas cadeiras de cada um de seus lados foram ocupadas por Tina e Summer.

— Oi, Ari — disse Tina, acenando do outro lado da mesa, com o cabelo escorrido roçando a gola do vestido cinza simples. Eu me perguntei o que Summer tinha dito a ela, que história tinha inventado para explicar por que eu nunca mais telefonara. — Olhe, Summer — disse Tina, sorrindo e apontando para mim como os pais fazem quando levam os filhos ao zoológico. *Olhe, ali tem uma girafa, ali tem um urso, ali tem uma garota medíocre e entediante.* — É Ari. Você viu Ari?

— Vi — disse Summer, desenrolando os talheres em seu guardanapo. Ela resmungou um cumprimento do outro lado da mesa, e eu respondi, só porque estávamos em público e eu precisava ser civilizada.

— Por que *ela* está na mesa? — sussurrei para Blake.

Ele deu de ombros.

— Meu pai cuidou da distribuição dos lugares. Você não se incomoda, não é?

Balancei a cabeça. Fingi não me incomodar. Comi minha salada, embora fosse feita com um tipo de alface mais adequada a coelhos que a humanos.

— Quem é aquela piranha? — sussurrou Del, em meu ouvido.

— Ela não é piranha — respondi, sussurrando. — É uma antiga amiga minha. Ela e a mãe fornecem a comida das festas do seu pai. Na verdade, vocês já se encontraram, na boate na véspera de ano-novo.

— Ah, é. Tinha esquecido. — Ele pegou seu drinque e o terminou. Era o terceiro, mas ele pediu outro ao garçom. — Meu pai adora apresentar Blake a garotas como ela. Existem dois tipos de mulher, é o que ele sempre diz. As boazinhas, com quem você se casa, e as vulgares, que você come. Ele acha que os homens precisam ficar com um monte de garotas vulgares antes de acabarem com uma boazinha.

Senti meu estômago afundar quando me dei conta de que o Sr. Ellis se parecia mais com mamãe do que eu já tinha imaginado. *Os homens precisam ficar com um monte de garotas vulgares antes de acabarem com uma boazinha. Existem muitos outros peixes no mar. Você não deve ficar presa ao primeiro.*

Desejei que Del não tivesse aberto a boca. Agora eu estava preocupada com o Sr. Ellis, que sorria para Summer como se ela fosse a coisa mais adorável do salão. Relembrei o dia anterior ao que descobrira que estava com mono, quando Blake tinha *precisado* ir a uma boate de strip-tease com o pai. Há quanto tempo o Sr. Ellis estava apresentando *garotas vulgares* a Blake? E o que ele achava da filosofia do pai?

Tentei não pensar nisso durante o jantar. Tentei aproveitar o melão enrolado em presunto, o lombo de porco grelhado com maçãs caramelizadas e a abóbora. Blake segurou minha mão por baixo da mesa, e, quando o jantar terminou, dançamos uma música lenta do Spandau Ballet. Meu coração acelerou quando chegou um bolo com as palavras FELIZ 21º ANIVERSÁRIO, porque a festa estava acabando e logo ficaríamos sozinhos.

— Aqui está uma coisa para você, filho — disse o Sr. Ellis, enquanto eu comia meu bolo. Ele se agachou entre mim e Blake e lhe entregou uma caixa embrulhada, que Blake abriu. Havia um relógio de ouro dentro. Blake agradeceu, e o Sr. Ellis lhe deu um tapa na bochecha. — Continue me deixando orgulhoso — disse ele.

Blake mentiu para ele quando a festa terminou. Disse que ia sair com os amigos e que chegaria tarde em casa, e me levou para um quarto com uma cama tamanho queen, cortinas bege e um carpete da mesma cor coberto com fileiras de quadrados marrons.

— Meu presente não é tão bom quanto esse — falei, acariciando seu relógio.

Ele o deixou sobre o criado-mudo.

— Seu presente é muito melhor que esse.

Sorri e comecei a pensar em coisas práticas.

— Não posso tomar anticoncepcional porque tenho enxaqueca — expliquei, porque não consegui pensar em uma forma melhor de mencionar as coisas práticas.

— Desde quando você tem enxaqueca? — perguntou ele.

— Desde sempre. Mas não acontece há algum tempo. Mas ainda sou considerada alguém que sofre de enxaqueca — falei, e ele achou engraçado por algum motivo. Ele riu, e continuei tagarelando. — Então, você tem... sabe...

— Proteção? — completou ele, com outra risada.

Assenti, e ele me disse que andava com proteção na carteira havia meses. Fomos para a cama, onde ele tirou a gravata, desabotoou a camisa e as jogou no chão. Eu ainda estava de vestido, mas não por muito tempo. Logo ele estava ao lado da camisa de Blake, sobre aqueles quadrados enfileirados. Estiquei a mão e desliguei o abajur. A única luz do quarto vinha de trás das cortinas, do prédio do outro lado da rua. Eu ouvia as buzinas dos carros, vozes se alastrando pelo ar até o 12º andar e minha própria respiração.

Havia luz suficiente para ver Blake. Ele se inclinou sobre mim, e os músculos de seus braços e o brilho perolado de seu sorriso me deixaram trêmula. Sua calça se juntou ao restante das roupas no chão, e ele guiou meus dedos para baixo, seguindo a trilha de pelos em sua barriga, onde o senti longo e quente na palma da minha mão, forte, mas suave, como as mãos de Patrick. Então sua boca começou a percorrer meu corpo inteiro, e barulhos saíam da minha boca, barulhinhos ofegantes como os que eu tinha feito nos Hamptons, mas não me deixaram envergonhada dessa vez. Nada me deixou envergonhada. Nada parecia sujo, pecaminoso ou errado, embora eu estivesse a ponto de quebrar uma regra católica muito importante. Fiquei de olhos fechados até ouvir papel se rasgando e um barulho de estalo.

— Não tenha medo — disse Blake.

Senti seu peso sobre mim e fiquei com muito medo.

— Espere — falei. — Você não fez a mesma promessa que fez nos Hamptons.

Vi um sorriso compreensivo à luz fraca.

— Não posso prometer isso.

Ele beijou minha testa antes de me penetrar, e ouvi uma conversa em minha cabeça. Minha voz dizendo que a tatuagem de Summer *devia ter doído*, e a voz dela respondendo: "Assim como sexo na primeira vez que se faz, mas não deixei que isso me impedisse."

Summer estava certa. Mas eu também não ia deixar que aquilo me impedisse, e a parte dolorosa passou rapidamente e se transformou em algo maravilhoso. Blake segurou minhas mãos e as pressionou contra a cama, esfregando o peito contra o meu enquanto se impulsionava lentamente, e eu absorvia cada parte dele e ele tomava cada pedacinho meu.

— Está tudo bem? — sussurrou ele.

Assenti, sentindo no meio do corpo um intenso choque, que subiu para minha cabeça. Imaginei que Blake estivesse sentindo a mesma coisa, porque ele começou a fazer aqueles barulhos de tenista-rebatendo-a-bola e inclinou a cabeça para trás. Então eu soube que estava muito mais do que bem, e não podia imaginar me sentir de nenhuma outra forma.

Dezenove

Eu não tinha planejado cair no sono. Sabia que não ia chegar em casa cedo como mamãe queria, e imaginei que entraria de fininho entre 1 e 2 horas da manhã e ainda teria tempo de descansar um pouco antes do SAT, mas nunca esperava acordar no Waldorf com a cabeça na barriga de Blake. Olhei para seu peito levantando e abaixando, seus lábios levemente entreabertos e o lençol que começava na cintura e terminava a seus pés. Vê-lo me fez ignorar mamãe e o SAT.

Continuei olhando até Blake abrir os olhos. Ele sorriu e tirou meu cabelo do rosto, e pensei que minha mãe estava errada quando dissera que "eles dizem qualquer coisa para transar e depois partem para a próxima vítima". Eu sabia que ele não ia a lugar algum.

Olhei para o relógio digital no criado-mudo. Já passava das 7 horas, e o SAT era às 9h. Entrei em pânico, me enrolei no lençol e escorreguei para a borda da cama.

— O que foi? — perguntou Blake.

— Tenho de fazer o SAT hoje. Vou me atrasar.

— Você não vai se atrasar — disse ele. — Levo você direto para lá.

— Mas preciso ir em casa trocar de roupa... Não posso aparecer lá usando *isso* — falei, pegando meu vestido no carpete. — Preciso tomar um banho e tirar a maquiagem, comer alguma coisa... Não posso ferrar com o SAT. Tenho de entrar na Parsons.

Ele riu, segurando meu braço, e me puxou para si.

— Não se preocupe tanto, Ari. O SAT não é nada de mais. Meu pai vai colocar você na faculdade que você quiser. Você sabe disso.

Mesmo assim, eu queria me sair bem no teste. Uma nota baixa ia me deixar decepcionada e arrasar mamãe. Já até conseguia ouvir todas as coisas críticas e sarcásticas que ela diria se eu me desse mal.

Mas era difícil me desgrudar de Blake. Fiquei na cama com ele por mais um tempo, enrolada em seus braços enquanto ele beijava minha nuca e me fazia sentir que não tinha mais nada com que me preocupar, que eu não era um 4 na escala de 1 a 10 no departamento de aparência, que não ia morrer sozinha e não tinha de lutar por tudo como minha mãe tinha feito.

* * *

Eram 8h30 quando Blake me deixou em casa. Ele queria entrar comigo para confirmar a história de que tínhamos ido dançar na boate de Del e perdido a noção do tempo, para convencer mamãe de que não havíamos feito nada que não fosse *certo*. Mas não deixei porque tive medo das coisas humilhantes que ela podia dizer, coisas como "Você deveria pensar com o cérebro. Use a cabeça, Blake, não o que tem dentro da calça".

Corri para os degraus da entrada enquanto Blake se afastava de carro, e mamãe abriu a porta quando minha chave tocou a fechadura.

— O que está acontecendo aqui? — gritou ela, na minha cara.

Entrei no vestíbulo enquanto ela batia a porta com um barulho ensurdecedor que me fez estremecer. Fiquei ali com o vestido amarrotado, me sentindo como Evelyn no ensino médio, entrando depois de passar uma de suas madrugadas com Deus-sabe-quem fazendo Deus-sabe-o-quê.

— Fomos dançar depois da festa — falei. — Perdemos a noção do tempo.

— Dançar? — perguntou mamãe. — Onde? No banco de trás do carro de Blake?

— Corvettes não têm banco de trás, mãe.

Eu me arrependi dessa frase assim que saiu da minha boca. Pareceu arrogante. Minha mãe me encarou como se eu fosse outra pessoa, como se eu fosse uma grande decepção, pior que Evelyn. Mas o que Blake e eu tínhamos feito não era errado, e eu não podia deixá-la dizer o contrário, então continuei mentindo. Jurei que nada tinha acontecido e que estava muito arrependida por chegar tarde sem telefonar e que aquilo nunca mais aconteceria. Depois me senti muito culpada porque ela acreditou em mim.

— Lave o rosto e escove o cabelo — gritou ela atrás de mim, enquanto eu corria escada acima até meu quarto. Mas não havia tempo para isso. Arranquei o vestido, enfiei uma calça jeans e uma camiseta e saí correndo para o dia frio. Mamãe já tinha ligado o carro.

Fiz o SAT em minha antiga escola, e não na Hollister, porque os moradores do Brooklyn podiam fazer o teste no próprio distrito. Summer fez a mesma coisa. Ela se sentou a uma fileira de distância de mim e seis carteiras à frente, parecendo bem descansada em uma gola alta branca e jeans de marca enquanto eu estava definitivamente nojenta. Ela se virou e olhou para mim uma vez, obviamente horrorizada com meu cabelo desgrenhado e o rímel preto borrado sob meus olhos. Depois voltou a fingir que eu não existia.

Por um instante, desejei poder falar com ela, contar a ela o que tinha acontecido na noite anterior. A noite anterior fora o tipo de situação que uma garota deseja compartilhar com pessoas como irmãs ou melhores amigas. Mas Evelyn e Patrick tinham ido para Boston com os filhos naquele fim de semana para uma reunião da família Cagney; e eu não falaria sobre aquilo com Leigh, embora *tivéssemos* consertado as coisas, porque não seria *certo* debater assuntos relacionados a sexo com o primo dela; e, é claro, eu não podia mais conversar com Summer. Então me concentrei no teste, na parte escrita, nas intermináveis analogias.

Eu estava exausta e minha cabeça doía demais. As palavras da página se misturavam em um borrão: remédio; doença. Lei; anarquia. Extorquir; obter. Plagiar; emprestar. Doutrina; teólogo... o que era mesmo doutrina? Eu vira aquela palavra quando estava fazendo os simulados, mas não conseguia me lembrar direito de nada naquele momento.

Fizemos uma pausa antes da prova de matemática, e observei a parte de trás da cabeça de Summer enquanto inventava minha própria analogia: o *real* está para o *falso* assim como o *amor* está para a *limerância*, e é muita petulância da sua parte dizer que tenho uma *quedinha* por Blake, Summer. Eu o amo, e ele me ama, e agora você não pode dizer que mal o conheço e que nem dormi com ele ainda, porque tudo isso deixou de ser verdade.

Eu queria dormir. Eu queria comer. Eu queria pensar em Blake e na noite anterior. Mas depois da pausa, me sentei e segurei a testa com as mãos, lendo sobre *Susie, que tinha de visitar as cidades B e C em qualquer ordem.* Havia linhas em um diagrama, e eu devia determinar quantas rotas ela podia tomar, *saindo de A e retornando a A, passando tanto por B quanto por C sem usar nenhuma rota duas vezes.*

Eu não poderia me importar menos com Susie e suas rotas.

Summer, por outro lado, parecia saber exatamente como Susie podia passar por B e C sem usar duas vezes a mesma rota. Fixei os olhos nela enquanto ela passava tranquilamente pelas questões, enrolando o cabelo enquanto preenchia as respostas com um lápis. Ela foi a primeira a acabar, então fechou o caderno de provas, recostou-se na carteira e examinou as unhas perfeitamente pintadas.

Eu queria pegar o lápis dela e enfiar em seu coração. Aquilo não era justo. Ela nem sequer estudava. Provavelmente tivera o bom-senso de dormir cedo na noite anterior e de tomar um café da manhã saudável. Minha barriga roncava, o tempo estava acabando, e eu sabia que ia me dar mal no SAT mesmo depois de ter ido bem em tantos simulados, enquanto Summer não tinha feito nenhum.

Quando acabou, encontrei mamãe esperando do lado de fora.

— Espero que você tenha se saído bem — disse ela, em um tom apreensivo enquanto voltávamos para casa. — Acha que foi bem?

Olhei pelo para-brisa, reunindo forças para mentir.

— Acho que foi razoável.

A cabeça de mamãe se virou de repente na minha direção.

— *Foi razoável*? O que *isso* significa?

— Nada — respondi, me sentindo enjoada.

Paramos em um sinal vermelho, e ouvi a aliança de casamento dela batendo contra o volante.

— Bom — disse ela —, se você não tiver conseguido a nota que precisava, pode refazer.

Imaginei que aquilo a fazia se sentir melhor. Eu me limitei a assentir e fiquei quieta. Minha dor de cabeça estava piorando e minha mente turbilhonava com pensamentos sobre a noite anterior. Eu estava preocupada com a prova, mas me lembrava do que Blake comentara de manhã. Disse a mim mesma que o SAT não tinha importância porque o Sr. Ellis ia me colocar em qualquer faculdade que eu quisesse.

O Sr. Ellis não estava em casa no fim de semana seguinte, quando Blake me levou para a cobertura e fomos para seu quarto no segundo andar. Eu nunca tinha estado ali, e era surpreendentemente pequeno, com um tapete velho áspero e vários livros didáticos espalhados pela escrivaninha.

Sua cama ficava encostada à parede, e os cobertores de lã arranhavam minha pele enquanto fazíamos amor pela segunda vez. Passamos a ir para lá sempre que tínhamos chance enquanto as decorações do Dia de Ação de Graças eram retiradas e as luzes de Natal se acendiam. O Sr. Ellis nunca estava em casa. Às vezes fazíamos sexo, e outras vezes Blake repetia o que fizera nos Hamptons, e eu não escondia mais o rosto no braço. Vez por outra, tudo que fazíamos era ficar abraçados na cama durante horas, e aquilo era tão bom quanto todas as outras coisas.

— Tenho pensado — disse ele.

Faltavam dois dias para o Natal, em uma daquelas noites em que só nos beijávamos e conversávamos enrolados nos cobertores de lã. Do lado de fora havia neve no chão e a temperatura estava terrivelmente baixa, e eu adorava ficar naquele quarto que mais parecia um refúgio, onde estávamos seguros, longe do resto do mundo.

Ele me disse que não queria ir para a faculdade de Direito. Passar o verão trabalhando na Ellis & Hummel tinha provado que ele não conseguiria suportar o terno e que o trabalho jurídico o deixava mortalmente entediado. Mas não conseguia encontrar uma maneira de contar ao pai, então ia terminar a faculdade, fazer o exame de admissão dos bombeiros e contar ao Sr. Ellis quando fosse a hora certa.

— As pessoas precisam fazer o que querem — falei. — Tenho percebido isso nos últimos tempos.

Ele sorriu, tirando suas roupas e as minhas. Senti sua boca na pele e a respiração no pescoço.

— Blake — falei depois. — Tudo que conversamos... a casa, os filhos e o futuro... você não se importa de esperar alguns anos, não é? Digo... até eu terminar a faculdade? Porque eu quero essas coisas... mas ainda vou demorar um tempo até estar pronta.

— Eu preferia ter isso agora. Mas, por você... vou esperar. — Então ele disse que tinha um presente de Natal adiantado para mim, vestiu a cueca, atravessou o quarto em direção à escrivaninha e voltou para a cama com o punho fechado. Ele abriu os dedos e me mostrou um grande rubi quadrado em uma corrente de ouro. — Era da minha mãe — disse ele. — Quero que seja seu.

A mãe dele. Percebi que ele me amava mais do que eu imaginava, porque não daria algo tão precioso a qualquer uma.

Blake fechou a corrente ao redor do meu pescoço e se enfiou embaixo dos cobertores comigo, onde logo apagamos. Eu não sabia por quanto tempo tínhamos dormido quando ouvi um pigarrear, abri os olhos e vi o Sr. Ellis parado no vão da porta, com um terno e uma expressão descontente.

Foi muito humilhante. Meu sutiã tinha sido jogado de qualquer jeito no tapete, e Blake estava aninhado atrás de mim, com o braço sobre meus ombros nus. Cutuquei suas costelas para acordá-lo, e o Sr. Ellis disse que queria falar com ele lá embaixo.

Eu me vesti rapidamente depois que eles saíram. Ouvi vozes: um forte sotaque de Nova York e um leve anasalado da Georgia. Não dava para entender uma palavra, então fui, na ponta dos pés, até o corredor para entreouvir, mas mesmo assim não consegui escutar nada além de passos. Corri para o banheiro, fechei a porta e fiquei lá dentro até Blake bater.

— Está tudo bem — disse ele. Estávamos no corredor, e ele viu que meu rosto estava vermelho. — Vou levar você para casa, está bem?

— Eu vou levá-la para casa — interrompeu o Sr. Ellis do pé da escada. — Tenho mesmo algumas coisas para resolver na rua. Tudo bem para você, Blake?

Eu queria que ele dissesse que não estava tudo bem. Eu o encarei, esperando que conseguisse ler minha mente, mas ele não pareceu ter esse poder. Logo depois, eu estava sentada ao lado do Sr. Ellis em um Porsche como o de Del, lutando para agir com dignidade, fingindo que ele não tinha acabado de me pegar nua na cama com o filho.

O rádio estava ligado na 1010 WINS. *Você nos dá 22 minutos, nós lhe damos o mundo.* Os assentos de couro eram aquecidos e um medalhão pendia do espelho retrovisor. DIREITO FORDHAM, dizia, TURMA DE 1964. Eu tocava distraidamente o rubi em meu pescoço com uma das mãos e torcia o cabelo nervosamente com a outra.

O Sr. Ellis viu meu colar. Nossos olhos se encontraram por um segundo, mas ele não disse nada. Enfiei a pedra sob a blusa, pensando que meu presente pertencia a sua pobre falecida esposa, e ele provavelmente não queria que fosse meu.

Mas ele não agiu dessa forma. Ligou o botão do charme e começou uma conversa educada sobre o tempo. Depois começou a contar que tinha passado anos se matando de trabalhar em condições precárias em um escritório em Midtown para pagar seus empréstimos estudantis e obter experiência suficiente para abrir a própria empresa. Fora tudo pelos filhos, disse ele. Pena que Blake era o único a ser grato.

— Meu filho me falou dos seus planos para a faculdade — disse ele, quando estávamos nos aproximando de Flatbush. — Posso ajudá-la com isso. Conheço várias pessoas na Parsons.

Torci para que ele conseguisse dizer a elas meu sobrenome.

— Obrigada, Sr. Ellis.

Ele passou uma das mãos pelo cabelo.

— Você deseja mais alguma coisa, Ari? Digo... posso fazer mais alguma coisa por você?

Estávamos a um quarteirão da minha casa, e ele estacionou perto daquele terreno onde eu e Blake ficávamos no Corvette e nos beijávamos. Ainda estava vazio; os rumores mais recentes eram de que os proprietários tinham esbanjado todo o dinheiro da loteria ou ido para a cadeia por matar um chefão da máfia.

Eu estava confusa. Por que ele tinha parado o carro e do que estava falando? Balancei a cabeça, e ele perguntou se eu tinha certeza, porque havia muitas coisas que ele podia fazer, como pagar minha faculdade e comprar qualquer tipo de carro que eu quisesse.

— Não preciso de nada, Sr. Ellis — respondi.

Ele se virou no banco, e tive uma visão clara de seu rosto. Ele era muito bonito, mais que os dois filhos, mas de repente tive medo dele, do que estava por trás daquele sorriso charmoso e daqueles profundos olhos castanhos. Eram tão escuros que eu não conseguia encontrar as pupilas.

— Sabe, Ari — começou ele. — Blake anda muito estranho nos últimos tempos. As notas estão caindo e ele está distraído... e na semana passada encontrei um formulário de inscrição para uma prova dos bombeiros no quarto dele. Você não sabe nada sobre isso, não é?

Eu queria correr para casa. Mas, em vez disso, balancei a cabeça e o ouvi falar que Blake já tinha agido dessa maneira anteriormente uma vez, quando estava namorando uma garota na Georgia, e tinha até pensado em largar a faculdade e se mudar para lá para se casar com ela e arranjar um emprego burocrático sem futuro. Eu conseguia acreditar naquilo?

Eu conseguia acreditar naquilo. Eu me lembrei da noite na cobertura em que Del e Blake tinham falado sobre Jessica.

Del dissera que Blake ficara com ela durante dois anos, que ela morava em um trailer e o tinha chutado sem um telefonema sequer. Ela provavelmente não tinha um centavo e não conseguira resistir quando o Sr. Ellis perguntara se havia alguma coisa que ele pudesse fazer. Ele provavelmente tinha feito muita coisa para se livrar dela e evitar que estragasse seus planos para seu cavalo de corrida premiado.

Mas eu não era Jessica. Não precisava de nada além de Blake. O Sr. Ellis continuou perguntando o que eu queria, dizendo que estava disposto a comprar absolutamente qualquer coisa para mim e para minha família.

— Minha família tem tudo de que precisa, e eu também — falei.

Ele me encarou por um instante, como se seus olhos pudessem derreter minha força de vontade. Como não funcionou, ele se virou, ligou o carro e seguiu. Não disse mais nenhuma palavra até estarmos diante da minha casa. Meu pai estava em cima de uma escada, apertando as lâmpadas de um cordão de luzes que contornava o telhado, tentando identificar a que tinha feito o restante se apagar.

— Aquele é seu pai? — perguntou o Sr. Ellis. — O detetive?

Assenti e estiquei a mão na direção da porta, mas ele me interrompeu.

— Ari — disse ele. — Tenho certeza de que não quer que ele saiba o que você tem feito. Digo... ficando sozinha no quarto de um rapaz e fazendo coisas que poderiam causar muitos problemas. Você não ia querer que seus pais soubessem, não é? Tenho certeza de que eles a admiram muito... Você não ia querer que nada estragasse isso.

Ele tinha passado do suborno à chantagem, e meu rosto corou novamente porque ele estava olhando através de mim como se pudesse ver tudo que eu e Blake tínhamos feito no quarto. Saí do carro, passei rapidamente por papai e corri para o segundo andar, onde demorei horas para conseguir dormir.

Blake ligou na manhã seguinte como se nada tivesse acontecido. Evidentemente, ele não sabia o que tinha acontecido. O Sr. Ellis não ia mencionar nossa conversa, e eu não o delatei. Talvez destruísse as ilusões de Blake se contasse a verdade nua e crua de que seu pai era uma cobra.

Blake me convidou para voltar à cobertura na véspera de Natal, e Rachel estava parada no vestíbulo quando entrei. Estava linda como sempre, segurando um copo de sidra e despedindo-se de um homem que vestia o casaco. Usava um vestido preto de linha com uma fenda na coxa, e fiquei nervosa quando ela olhou na minha direção. Eu me perguntei se ela me achava tão má quanto Summer por magoar Leigh, e temi que me olhasse de cima de suas botas de camurça de salto alto e apontasse um dedo magro.

Passei rapidamente por ela. Estava quase chegando à sala de estar quando senti alguém tocar meu braço.

— Ari... não vai me cumprimentar, querida? — disse Rachel, com seu leve sotaque do sul, e me virei. Eu dissimulei, fingindo que nem a vira.

— Oi — falei, fechando os punhos e esperando algo horrível acontecer.

— Leigh está aqui — disse Rachel, indicando a sala de estar.

Achei que ela me chamaria de aproveitadora, egoísta e traiçoeira e diria que eu não merecia uma amiga como Leigh. Mas ela simplesmente colocou um dos braços ao meu redor e inclinou a cabeça para perto da minha.

— Acho que vocês duas deveriam resolver as coisas — sussurrou ela. — Você não fez por querer. Uma garota pode perder a cabeça quando gosta de alguém. Deus sabe que já passei por isso. E como falei antes... vocês três podem ser amigos. Não é?

Soltei um suspiro aliviado, assenti e contornei convidados que bebiam vinho na sala de estar até encontrar Leigh. Ela estava parada perto das janelas que iam do chão ao teto, segurando uma caneca vermelha e olhando para Manhattan. Toquei seu ombro e ela se virou.

— Ari — disse ela, com o rosto sério e mais bonito do que nunca. O cabelo estava puxado para trás, e Rachel provavelmente fizera a maquiagem. As cores eram todas perfeitas para ela: batom alaranjado, sombra dourada cintilante. Ela usava um vestido de veludo verde com um cinto prateado.

Eu estava nervosa. Puxei um dos dedos, tentando estalá-lo.

— Feliz Natal — falei, olhando para os minimarshmallows que flutuavam em seu chocolate quente.

Ela se apoiou contra a janela.

— Feliz Natal — disse, com frieza.

Aquilo me decepcionou, mas decidi tentar me desculpar.

— Leigh — comecei. — Você não mereceu o que eu fiz. Sei que pedir desculpas não significa muita coisa, mas é tudo que posso fazer. Gostaria muito de voltar a ser sua amiga.

As luzes da cidade tremeluziam atrás de Leigh enquanto ela tomava um gole na caneca. Achei que estava me ignorando, que Rachel estava errada, que aquilo era inútil. Então me virei, mas ela segurou meu cotovelo.

— Tudo bem, Ari. Eu aceito suas desculpas. Mas nunca mais me trate assim.

— Prometo — falei, estendendo a mão para fechar o acordo. Mas ela me abraçou.

Vi o Sr. Ellis mais tarde. Que falso. Estava cheio de sorrisos e charme e "Feliz Natal, Ari. Que bom que você veio".

Retribuí o sorriso, decidindo ser tão falsa quanto ele e não permitir que ele ou qualquer outra pessoa me afastasse de Blake. Eu não aceitaria subornos e não seria chantageada, mesmo se ele tivesse sido inteligente o bastante para colocar câmeras escondidas por toda a casa dos Hamptons e pelo apartamento. Eu me perguntei se ele tinha evidências obscenas que planejava mostrar aos meus pais se eu não desaparecesse, como uma fita de vídeo minha de topless na piscina, da cabeça de Blake entre minhas coxas ou de nós dois transando naqueles cobertores ásperos.

Aquilo era paranoia, eu disse a mim mesma. Ou talvez fosse uma história de *Days of Our Lives*. Mas, depois da noite anterior, eu não duvidaria de nada que viesse de Stanford Ellis. Ele podia ligar para mamãe e papai e me expor como mentirosa, transformando-me na segunda filha a decepcioná-los, e, mesmo rezando para que isso não acontecesse, eu disse a mim mesma que não importava, porque estava tudo bem quando se amava.

— Quer ver o que eu ganhei de Natal? — perguntou Blake.

Estávamos sentados no sofá com Del, Rachel e Leigh. Leigh me dissera que o cara do seu prédio agora era seu namorado, e seu rosto se iluminava todas as vezes que falava dele, o que me fez pensar que a mudança para a Califórnia tinha sido uma boa ideia.

— Blake ganhou um som estéreo do nosso pai — disse Del. Ele estava bebendo e afundado no sofá com um cigarro na mão. — E sabe o que eu ganhei, Ari? Uma recusa de empréstimo para minha boate. Agora vou ter de ir ao banco e ser roubado com a porra de uma taxa de juros de 10 por cento.

— Olhe a boca — disse Blake. — E não espere que papai pague sua fiança todas as vezes que você se meter em confusão. Não é culpa dele que seu negócio não esteja indo bem. Ele avisou para você não abrir aquele lugar.

— Ele pagaria *sua* fiança — disse Del. — Ele faria qualquer coisa por você.

Blake não respondeu. Provavelmente sabia que era verdade. Pegou minha mão e me levou lá para cima, onde me mostrou um som estéreo caro e pareceu decepcionado com minha falta de entusiasmo.

— O que foi? — perguntou ele.

— Nada — respondi, me aproximando para beijá-lo. Perguntei se ele queria passar o Natal, no dia seguinte, na minha casa, mas ele disse que não podia, que um dos sócios do pai os tinha convidado para jantar e ele não tinha como recusar. — Ah, por favor — choraminguei. — Não pode faltar por mim?

E ele faltou. Apareceu na minha casa na tarde seguinte com presentes para as crianças e um cheesecake da Lindy's para a sobremesa. Eu tinha um presente para Blake. Dei a ele um frasco de sua loção pós-barba preferida. Não era especial nem precioso como o que ele tinha me dado, mas ele pareceu gostar do meu presente de Natal tanto quanto eu valorizei o dele.

— É enorme — disse Evelyn depois do jantar; enquanto eu e ela lavávamos os pratos, mamãe brincava com os meninos, e papai, Patrick e Blake assistiam à TV na sala de estar

Evelyn estava olhando para o rubi que pendia sobre minha blusa e sussurrou em meu ouvido: — *Ele* também é enorme?

Assenti e levei o dedo aos lábios quando ela soltou uma risada maliciosa. Eu tinha contado a ela tudo sobre mim e Blake, sobre o Waldorf e os momentos que passávamos no quarto dele, e ela prometera não contar à mamãe.

Uma hora depois, comemos os biscoitos amanteigados da mamãe na mesa de jantar, e Blake se encaixou como se fosse um membro da família. Aquilo me fez pensar que ele aprenderia a enfrentar o Sr. Ellis da mesma forma que eu estava aprendendo a me defender. Se tinha se recusado a passar o Natal com o pai para ficar comigo e com minha família, definitivamente estava fazendo progresso.

— Adorei meu presente — falei, girando o rubi entre os dedos.

Todos tinham ido para a sala de estar, e Blake e eu estávamos sentados juntos no sofá, onde ele tirou seu casaco de moletom da NYU e me entregou porque eu estava com frio. Tinha o cheiro dele e ia me manter aquecida na cama naquela noite. Eu estava feliz por não ter de escondê-lo sob os cachecóis no armário.

Vinte

O Sr. Ellis teve o segundo ataque cardíaco no jantar de Natal na casa do sócio. Leigh ligou para minha casa para contar a Blake, e eu e ele corremos para o St. Vincent's Hospital em Manhattan.

Leigh, Del e Rachel estavam nos esperando no pronto-socorro. As bochechas de Rachel estavam marcadas pelas lágrimas, e quando Blake a viu enquanto passávamos correndo pelas portas automáticas, a expressão assustada de seu rosto me deixou arrependida de ter desejado no carro que aquele Natal fosse o último de seu pai.

O hospital permitia que entrassem duas pessoas de cada vez no quarto do Sr. Ellis. "Apenas familiares", disse a enfermeira. Eu só queria entrar para ficar com Blake, que eu via através de uma janela na porta. Ele estava sentado em uma cadeira ao lado da cama, e Rachel estava perto dele, acariciando suas costas. Eu gostaria de poder acariciar suas costas. Ele parecia muito triste. Seus olhos estavam fixos no Sr. Ellis, que estava com um tubo no braço e outro no nariz e uma palidez fantasmagórica na pele.

Eu estava no corredor quando Rachel saiu e Del entrou, quando Del saiu e Leigh entrou. A única constante era Blake, que finalmente saiu do quarto quando o médico pediu para falar com todos. Ouvi-o dizer que o Sr. Ellis tinha chegado ao hospital a tempo e teria de permanecer no St. Vincent's por alguns dias, mas que ficaria bem se cuidasse da dieta, parasse de trabalhar tanto e evitasse o estresse.

Rachel soltou um suspiro de alívio. Colocou o braço ao redor de Leigh e elas voltaram para o quarto; fiquei sozinha com Blake e Del. Del olhou para o relógio.

— Esta pobre garota está aqui de pé há horas — disse ele a Blake. — Vou levá-la para casa.

Achei muito atencioso, mas Blake, não. Seu rosto ficou enfurecido, e sua voz estava irritada quando disse a Del que ninguém tinha pedido que ele me levasse em casa. Dez minutos depois, Blake e eu estávamos de volta ao Corvette. Eu não disse uma palavra enquanto íamos de Manhattan para o Brooklyn porque Blake não parecia interessado em conversar.

— Eu devia estar lá. — Foi a primeira coisa que falou.

Estávamos estacionados diante da minha casa, e ele não olhava para mim. Seus olhos estavam fixos no para-brisa,

através do qual eu via pilhas de neve na calçada e pessoas embriagadas saindo de festas de Natal.
— Seu pai vai ficar bom, Blake. O médico disse. Você não poderia ter feito nada se estivesse lá.
— Mas eu estaria lá, Ari.
Ele não falou que me culpava. Não era preciso. Não ganhei um beijo de boa-noite, e aquilo dizia tudo.

Blake não quis saudar 1987 comigo. Ligou alguns dias depois do Natal e disse que seu pai tinha voltado do hospital e não seria bom deixá-lo sozinho na véspera de ano-novo. Também disse que Rachel estava ajudando, mas que ela e Leigh estavam loucas para ir ao Times Square e Del ia trabalhar na boate, então o único que tinha restado para bancar o enfermeiro era ele.
— Você entende, não é? — perguntou ele, e fingi que sim. Eu disse a mim mesma que aquilo não importava, que o Sr. Ellis ia se recuperar logo e Blake e eu poderíamos recomeçar de onde tínhamos parado naqueles cobertores ásperos.
Então fui com mamãe e papai passar a véspera de ano-novo no Queens, onde meu pensamento positivo se evaporou. Sentei no sofá deprimida enquanto Kieran brincava com seus carrinhos no porão com Evelyn, e papai e Patrick jogavam pôquer na sala de jantar. Minha mãe se sentou ao meu lado. Ela abriu um maço de Pall Mall, ligou a televisão e assistiu a *A felicidade não se compra* enquanto eu olhava para o nada e acariciava meu colar.
— Esse não é um presente barato — falei.
Mamãe pegou o controle remoto e abaixou o volume.
— O quê?

— Eu disse que este não é um presente barato. Você acusou Blake de me dar presentes baratos, e este é um presente caro.

— Claro que é — disse mamãe. Ela colocou o braço em volta de mim, retirou minha mão do cordão e apertou meus dedos com os dela. — É um presente lindo. E tenho certeza de que Blake teria passado esta noite com você se o pai dele não estivesse doente. Mas ele tem a vida dele para cuidar e você tem a sua. Acredite, no réveillon do ano que vem você estará na faculdade e vai rir ao se lembrar desta noite.

Por um minuto, achei que ela entendia, que ia me dizer que tudo ficaria bem com Blake e que eu não tinha nada com que me preocupar... mas, em vez disso, ela o desprezou como alguém de quem eu mal me lembraria em 12 meses.

E por que ela precisava falar da faculdade? Eu sabia que não tinha exatamente arrasado no SAT e não havia me inscrito em nenhum outro lugar além da Parsons. Se o Sr. Ellis podia me ajudar a entrar, provavelmente podia me impedir de entrar. Nossa conversa no carro deixara muito claro que ele não me daria nada de graça. Naquele momento, entendi o que mamãe tinha contra contatos.

Leigh ligou no dia de ano-novo e me convidou para ir à cobertura, o que foi estranho. Não era a cobertura dela, e Blake deveria ter feito o convite. Perguntei onde ele estava e o que estava fazendo, e houve uma pausa antes de ela responder.

— Ele foi a uma delicatessen do outro lado da cidade para comprar canja com macarrão — disse ela. — Tio Stan anda muito exigente com sua canja com macarrão.

O tom dela era sarcástico, e imaginei Blake tremendo de frio do lado de fora da Katz's ou da Carnegie Deli e tentando não derramar um recipiente de sopa escaldante enquanto corria para casa. Aquilo me deixou ainda mais zangada com o Sr. Ellis, mas meu humor não ficou tão terrível porque imaginei que Blake pedira a Leigh para ligar e que tudo estava bem.

Arrumei o cabelo e a maquiagem e fui para Manhattan em um carro que Leigh mandou para o Brooklyn. Ele me deixou no prédio de Blake, onde tomei o elevador para o último andar. Meu coração afundou quando cheguei à cobertura e ele não estava lá.

— Ele vai voltar logo — disse Leigh. — Ele precisou pegar umas transcrições de depoimentos... Tio Stan não consegue parar de trabalhar apesar das recomendações do médico.

Ela me disse que o Sr. Ellis estava descansando lá em cima e que Rachel estava dormindo no quarto de hóspedes porque ficara em uma boate até as 6 horas da manhã. Ela me levou para a sala de estar, onde Del estava sentado no sofá fumando um cigarro e assistindo a um jogo de futebol americano. Leigh se sentou ao lado dele, então me sentei ao lado dela e olhei para a televisão, achando que aquela cobertura não parecia a mesma. Parecia vazia, chata e séria sem Blake.

Ele chegou em casa uma hora depois, e corri para o vestíbulo. Havia uma pilha de documentos encadernados com espiral em suas mãos e uma fina camada de neve sobre seu casaco, que eu espanei.

— Olhe — falei, levantando o dedo indicador para mostrar a ele um floco de neve. — Dizem que não existem dois iguais. Não é incrível?

Ele não disse nada, apenas deu um meio-sorriso, como se não fosse incrível e ele sentisse pena de mim por achar que era.

— Imagino que Leigh tenha convidado você — disse ele, o que me causou um calafrio, porque eu tinha convencido a mim mesma de que ele me queria ali.

— Claro que convidei — disse Leigh, atrás de mim. — Achei que você tinha se esquecido de fazer isso. Qualquer cara quer passar o primeiro dia do ano com a namorada, a não ser que tenha feito uma resolução de ano-novo de se tornar um idiota completo.

Então Blake não me queria ali. E Leigh definitivamente tinha me perdoado: ela estava cuidando de mim mesmo depois que eu a deixara de lado. Voltamos para o sofá, onde Del e Leigh prestavam atenção ao jogo, e Blake não prestava atenção em mim.

— Vamos lá para cima — falei, em seu ouvido, porque tinha certeza de que ele estava de mau humor por servir de empregado a manhã inteira e eu podia animá-lo.

— Lá para cima? — indagou ele. — Mas minha família inteira está aqui. Não seria certo.

Certo, certo, certo, eu não me *importava* com o que era certo. E duvidava que alguém fosse perceber. Rachel ainda estava dormindo, a porta do quarto do Sr. Ellis estava fechada, e Leigh e Del estavam discutindo se um pênalti sobre os Jets fora merecido. Fiquei chateada e insisti até Blake me levar para o quarto dele, onde ele agiu normalmente outra vez. Ele me beijou, e eu retribuí o beijo, e logo ele estava em cima de mim na cama, e eu comecei a abrir seu cinto porque precisava tanto dele que não conseguia mais aguentar.

— Não — disse ele.

— Não tem problema — sussurrei. — Não vamos fazer barulho. Ninguém vai perceber.

Ele balançou a cabeça, se sentou e esfregou as têmporas como se estivesse com uma das minhas enxaquecas. Eu me sentei ao seu lado e perguntei o que estava acontecendo, porque ele andava muito estranho nos últimos tempos.

— É o seguinte — disse ele. — Acho que devemos dar um tempo.

Ele não olhava para mim. Estava tocando o joelho, arranhando uma mancha de alvejante na calça jeans como se arranhar fosse adiantar alguma coisa. O que ele disse foi como mil picadas de abelha por todo o meu corpo. Depois, falou algo sobre sair da lista dos melhores alunos no semestre anterior e sobre a faculdade de Direito, e quando o lembrei de que ele não queria ir para a faculdade de Direito, ele retrucou que o pai precisava dele e não podia decepcioná-lo, especialmente agora que ele estava doente e o estresse poderia piorar seu estado.

Eu queria que o estado do Sr. Ellis *ficasse* pior. Desejava que ele tivesse outro ataque cardíaco e não conseguisse chegar ao St. Vincent a tempo, e não me importava se era pecado querer aquilo, porque ele estava estragando tudo.

— Desculpe — disse Blake, olhando para mim com o rosto cansado. — Eu só queria contar depois das festas. Simplesmente não tenho certeza do que vou fazer, então o melhor para mim é ficar sozinho por um tempo para resolver as coisas. E não posso continuar mentindo para meu pai.

— Eu minto — falei. — Minto para minha mãe o tempo todo. Eu disse tantas mentiras a ela sobre nós que nem consigo mais me lembrar. E você não deveria querer tanto agradar seu pai... ele não é tão perfeito quanto você pensa.

Houve um relance de raiva nos olhos dele, e ele quebrou novamente sua regra *Cuidado com o que diz perto de uma dama.*

— Que diabos significa isso?

Significa que ele me ameaçou, pensei. *Significa que ele tentou me subornar e fez a mesma coisa com Jessica. Ela não desapareceu por conta própria, sabia? Stanford Ellis foi o responsável por aquilo, para poder ficar com você só para ele.* Mas eu não disse nada porque mal conseguia falar. Blake nunca tinha levantado a voz para mim, e seu tom provocou lágrimas e uma aura nos meus olhos.

— Nada — respondi, e minha voz falhou.

Ele percebeu, e isso o abrandou. Ele estendeu a mão e passou os nós dos dedos pela minha bochecha, e segurei seu pulso para manter sua mão onde estava.

— Não fique triste — disse ele. — Não quero magoar você, Ari. Vamos ver o que acontece, está bem?

Assenti, tentando não chorar, querendo que ele colocasse os braços em volta de mim para eu poder enterrar o rosto em seu peito, mas ele não o fez. Ele me levou lá para baixo, onde Leigh e Del estavam vestindo os casacos. Disseram que Leigh queria voltar para o hotel e Del tinha trabalho a fazer na boate, e um carro os esperava lá fora.

— Levem a Ari com vocês — disse Blake. — Ela precisa ir para casa.

Ficou muito mais difícil segurar as lágrimas, mas de algum jeito eu consegui. Entrei no elevador com Leigh e Del enquanto Blake ficou parado no vestíbulo com o rosto impassível como o de um soldado. Ele não me deu um beijo de despedida. As portas se fecharam e ele desapareceu.

Lá embaixo, no saguão, o porteiro nos abriu a porta para um dia horrível. A neve tinha se transformado em chuva, e nosso motorista devia estar gripado, porque não parava de fungar e tossir. Sua tosse era tão profunda que eu a sentia no meu peito.

— Você está bem? — perguntou Leigh, com sua voz rouca. Ela estava sentada entre mim e Del, e achei que ela tinha perguntado porque eu não dissera uma única palavra nos últimos 15 minutos. Ela não sabia que era porque eu tinha medo de ter um ataque de choro se me atrevesse a abrir a boca. Assenti, e ela continuou me olhando, analisando meu rosto com os olhos esverdeados, e falou que Blake estava estranho desde o Natal. — A cabeça dele está muito confusa, Ari — disse ela em voz baixa, para Del não escutar.

— Ele vai superar.

Assenti outra vez, torcendo para que ela estivesse certa. O sedan estacionou no hotel, e quando ela saiu, disse que voltaria a Nova York com Rachel no mês seguinte. Del avisou ao motorista que a próxima parada era a West 23rd, e saímos novamente, passando por ruas escorregadias, por montanhas de neve suja e cinzenta que eu gostaria que derretessem porque eram deprimentes e horríveis.

— Eu não sou contagioso, sabia? — disse Del.

A princípio, achei que ele estava se referindo à sífilis. Mas claro que não estava. Ele tinha se curado e nem imaginava que eu sabia disso. Só estava dizendo que eu estava do outro lado do carro. Eu ainda estava com medo de falar, então forcei um sorriso e escorreguei alguns centímetros pelo banco na direção dele. Ele perguntou se eu me incomodaria se ele fumasse um cigarro. Balancei a cabeça, e ele abriu a janela e soprou a fumaça na chuva. Ambos ficamos quietos, e eu não parava de olhar para suas mãos porque elas tinham saído exatamente do mesmo molde que as de Blake.

Quando chegamos à Cielo, Del jogou o cigarro na sarjeta. Inclinou-se por sobre o banco para colocar a mão na curva das minhas costas e beijar minha bochecha, me desejando um feliz ano-novo. Uma rajada fria de vento soprou em meu rosto quando ele abriu a porta do carro e tive a desanimadora sensação de que aquele não seria um ano feliz.

Vinte e um

Janeiro foi horrível. Voltei para a Hollister, onde não tinha ninguém com quem conversar nem sentar durante o almoço. Quase todo dia eu jogava os sanduíches feitos em casa e os cupcakes da Hostess de mamãe no lixo porque a visão da comida era enjoativa. Eu sabia que fazer aquilo era vergonhoso, especialmente porque havia gente passando fome na Etiópia, mas não conseguia evitar.

Eu ficava pensando nos etíopes, sob o inclemente sol africano com moscas entrando nos olhos e nas narinas. Não era justo eles terem de sofrer tanto. Mas, enfim, nada era justo. Eu imaginava que, comparados aos deles, meus problemas eram banais. Pessoas que não tinham o que comer não perdiam o sono por causa de um namorado que não ligava mais.

O silêncio de Blake me levou a começar a fazer barganhas na minha cabeça, do tipo: *Ele vai ligar se eu usar o colar da mãe dele todos os dias* e *Se eu tirar A na prova de cálculo II, ele vai me mandar um cartão de aniversário dizendo que não consegue viver sem mim*. Mas nada funcionava, e o carteiro trouxe apenas minhas temidas notas do SAT na manhã em que fiz 18 anos.

Mamãe rasgou o envelope antes que eu conseguisse me aproximar dele. Ela estava no vestíbulo enquanto eu descia a escada e ficou parada no tapete, de pantufas e avental, com uma expressão chocada. Eu queria recuar na ponta dos pés e fingir que não a vira, mas ela me flagrou antes que eu conseguisse me mover. Sua expressão se transformou em raiva, seus olhos se estreitaram e sua boca se contraiu, e eu sabia que ia levar uma bronca.

— *Muito bem*, Ariadne — disse ela, empurrando o relatório de notas na minha cara. Olhei, e meus resultados eram tão baixos e tão patéticos que quase chorei. — Não acredito que uma garota inteligente como *você* — continuou mamãe, com sua voz áspera — pôde se sair *tão* mal em um teste *tão* importante para o qual passou *meses* estudando. Estamos falando do seu *futuro*.

Eu sabia que ela ia dizer coisas duras. Eu me virei e comecei a subir a escada, mas ela me seguiu.

— É isso que acontece — disse ela — quando você toma decisões idiotas... quando fica em Manhattan pouco antes de uma prova e dança em uma boate a noite inteira com uma droga de um *garoto*.

Eu não estava dançando, pensei. *Estava dormindo com uma* droga *de um garoto, e parece que ele não me quer mais.* Eu funguei, tentando segurar as lágrimas, e fui para meu quarto. Mamãe me seguiu o caminho todo.

— O que você tem a dizer? — perguntou ela, quando chegamos à minha porta. — Não tem nada a dizer?

Eu me virei para encará-la. Uma lágrima caiu do meu olho, e eu a sequei.

— O que você quer, mãe? Desculpe. Eu sei que estraguei tudo.

Outra lágrima rolou por minha bochecha, e eu a sequei com a manga. Tive a impressão de que ela se lembrara de que eu era sensível, porque seu rosto se amenizou, assim como a voz. Ela parou de falar como uma professora.

— Tudo bem — disse ela. — Tudo bem. Hoje é seu aniversário... eu não deveria estar gritando com você.

Eu não me importava com o aniversário. Só queria voltar para a cama.

Mas mamãe continuou falando.

— Acho que não é *tão* ruim — disse ela, como se estivesse tentando convencer a si mesma. — Você pode simplesmente refazer o teste, só isso. Vai estudar mais um pouco e ter uma boa noite de sono... e vou cuidar para que coma bem no café da manhã. Você vai se sair muito melhor da próxima vez. Não é, Ariadne?

A ideia de refazer aquele teste terrível me deixou com vontade de me jogar escada abaixo. Mas mamãe parecia esperançosa e estava tentando ser encorajadora, então não consegui lhe dizer a verdade.

— É, mãe — falei, entrando no quarto. Fechei a porta atrás de mim, deixando-a sozinha no corredor.

Naquela noite, Patrick e Evelyn foram até o Brooklyn com os meninos. Minha mãe não falou mais no SAT. Fingiu que estava tudo bem. Preparou o jantar e pediu um bolo na doceria, e Kieran me deu um porta-retratos feito de tampinhas de garrafa. Todos disseram que eu estava bonita, e havia grandes sorrisos falsos em seus rostos, do mesmo tipo que as pessoas usam quando estão tentando alegrar alguém com uma doença terminal.

A intenção deles era boa, então eu participei da atuação. Forcei o bolo a descer pela minha garganta e joguei um jogo de tabuleiro com Kieran. Ele tinha levado o jogo em uma mochila cheia de outras coisas, como massinha e um Etch A Sketch. Ele tirou uma bola de beisebol autografada do Red Sox que Blake lhe dera, e minha cabeça começou a latejar. Pedi licença e fingi que ia subir para tomar meus remédios de enxaqueca, quando na verdade estava planejando ficar deitada com a cara enfiada no travesseiro até o dia seguinte.

Patrick saiu do banheiro quando cheguei ao último degrau. O cabelo caía sobre sua testa, e ele estava bonito, mas não tanto quanto Blake.

— Você está bem? — perguntou ele, e assenti de uma maneira pouco convincente. Então ele voltou à performance *Vamos animar Ari*, me lembrando de que agora eu tinha 18 anos e podia tirar a carteira de motorista, o que me fez sentir pior.

— Blake se ofereceu para me ensinar a dirigir — falei. Minha voz falhou na última palavra, e Patrick percebeu.

— Eu ensino você a dirigir — disse ele.

Ele era um cara muito legal. Mas eu não conseguia pensar em dirigir. Tudo que queria era vegetar no meu quarto, o que fiz por uma hora antes que mamãe e Evelyn entrassem de fininho e rodeassem minha cama.

Parecia que de repente elas eram um time, uma dupla mais improvável que o par Nancy Mitchell/Patrick Cagney. Aquilo me fez imaginar se elas tinham conversas secretas sobre o que era melhor para mim. E não me dei ao trabalho de tirar o rosto do travesseiro quando mamãe fez sugestões agradáveis. Ela disse que nós três devíamos fazer compras no fim de semana seguinte, talvez na cidade, e que seria um "dia das garotas".

Pensei que eu devia estar muito mal mesmo para minha mãe estar propondo fazer compras em Manhattan. Aquilo não me pareceu divertido, nada mais parecia, então me limitei a resmungar uma desculpa no travesseiro. Foi quando mamãe mencionou Blake.

— É isso que a está chateando ultimamente? — perguntou ela. — É tudo porque Blake terminou com você?

Aí eu olhei para ela.

— Ele não terminou comigo. Só estamos dando um tempo.

Era o que eu vinha dizendo a mim mesma. Na minha cabeça, a prova era que ele não tinha pedido de volta o colar da mãe. Mencionei isso como evidência, mas não convenci ninguém.

— Ari — disse Evelyn. Ela pegou um elástico de cabelo no meu criado-mudo e usou-o para fazer um coque. — Você precisa sair dessa. Não deixe aquele escroto chatear você.

— Ele não é escroto — insisti. — Achei que você gostasse dele. Você disse que ele era bonito. *Arrebatador*, você disse.

Ela apoiou a mão no meu ombro.

— Qualquer cara que não tratar minha irmã direito é um escroto. E quer saber? Homens são iguais a ônibus. Se um passa, é só esperar pelo próximo e entrar. Então, se

Blake quer ser um babaca, por mim ele pode apodrecer no inferno. Você não precisa dele.

    Eu sabia que ela estava tentando me deixar melhor, mas não funcionou. Mamãe estava certa, Evelyn sairia de uma dessas em um piscar de olhos. E mamãe também estava certa sobre mim. Eu não era como minha irmã e não queria entrar em outro ônibus.

Nunca imaginei que perderia o interesse pelo desenho, mas foi exatamente o que aconteceu. Nem uma vez desde o dia de ano-novo passou pela minha cabeça entrar no estúdio.
    Eu teria sorte de conseguir um C+ em artes naquele semestre. Teria sorte se tirasse C+ em qualquer matéria, porque tinha parado de me esforçar para conseguir boas notas. De que elas importavam, afinal? Todo mundo sabia que a segunda metade do último ano não fazia diferença. As cartas de aceitação das faculdades já estavam praticamente no correio.
    Eu até refiz o SAT como minha mãe queria. Fui dormir cedo na noite anterior, comi waffles de mirtilos no café da manhã e me forcei a tentar, só porque ela enlouqueceria se eu não o fizesse. Mas minha mente estava enevoada, então eu não conseguia me lembrar de definições e fórmulas, e havia mais daquelas impossíveis questões de lógica que me faziam escolher a resposta C todas as vezes. "Quando estiver em dúvida, marque C", era o que todo mundo na escola sempre dizia, mas era um mau conselho. Quando minhas notas chegaram, foram apenas um pouco melhores que na última vez.
    Eu estava começando a me perguntar se mamãe e meus professores estavam errados em relação a mim. Talvez eu

não fosse tão inteligente, talvez não fosse uma boa aluna e talvez tivesse conseguido de alguma maneira forjar toda a minha carreira acadêmica. A expressão de mamãe quando viu os resultados me fez imaginar que ela estava se perguntando a mesma coisa.

As cartas de aceitação das universidades deviam chegar no fim de fevereiro, e eu torcia por um milagre. Esperei que o Sr. Ellis tivesse falado bem de mim na Parsons. Ou talvez tivesse falado mal ou não tivesse dito nada, e eu entrasse só com meus 12 anos de boas notas. Ou talvez eu não entrasse e não pudesse culpar ninguém além de mim mesma.

Tirei toda aquela confusão enjoativa da cabeça em uma fria tarde de terça-feira, perto do meio de fevereiro, sentada na biblioteca da Hollister fingindo estudar. Não conseguia estudar de verdade; soma e subtração básicas tinham se tornado impossíveis, e não havia sentido em tentar lembrar fatos históricos e todas aquelas bobagens inúteis. As informações simplesmente entravam e saíam do meu cérebro como se ele fosse uma peneira.

Eu também não podia ir para casa. Lá era onde mamãe andava na ponta dos pés perto de mim como se eu fosse um suflê a ponto de murchar. Ela estava se esforçando tanto para melhorar meu ânimo que era exaustivo assistir.

Infelizmente, a biblioteca fechava às 16 horas nas terças. Como eu ainda estava ali às 16h15, uma bibliotecária com sapatos confortáveis me lembrou disso de um jeito pouco amistoso. Recolhi meus livros e saí. Fiquei perto dos portões de ferro, tentando pensar em um lugar para ir. Não podia voltar para o Brooklyn e não queria ir para o Queens, mas a cobertura de Blake não era muito longe. Talvez eu pudesse passar a pé pelo prédio dele. Talvez ele estivesse voltando da NYU, e nos cruzássemos na calçada, e ele me dissesse que tinha sentido saudades e que devíamos ir lá para cima e fazer amor no seu quarto como fazíamos antes.

Essa ideia pareceu genial até eu chegar ao Upper East Side e ver o furgão da Tina parado no meio-fio. Summer tinha se formado mais cedo, segundo seus planos, e presumi que começara a trabalhar com a mãe. Provavelmente, ela estava na cobertura flertando com Blake; e com o Sr. Ellis, se ele estivesse melhor.

Summer era bem-vinda na cobertura, e eu não. Mesmo que ela fosse apenas uma funcionária, imaginá-la lá em cima me fez ter vontade de gritar, chorar ou ambos, embora eu não pudesse fazer nenhum dos dois. Só fiquei olhando para o prédio e para o furgão até ouvir a porta de um carro bater e sentir um tapinha no ombro. Senti o cheiro de cigarros, me virei e vi Del atrás de mim.

— O que está fazendo aqui? — perguntou ele. — Você e Blake voltaram?

Então ele realmente tinha terminado comigo. Não estávamos apenas dando um tempo, e eu era uma idiota.

— Não — respondi, e a palavra saiu tão fraca que Del entendeu o que estava acontecendo e pareceu se arrepender por ter aberto a boca. — Preciso ir — falei. — Tenho de ir para casa.

— Como você vai para lá? — perguntou ele.

— Não sei — respondi, porque eu não sabia. Minha mente andava muito lenta nos últimos tempos.

Um cachecol pendia dos meus ombros, e ele o enrolou levemente ao redor do meu pescoço.

— Você precisa saber essas coisas, Ari. Está congelante aqui.

Ele se ofereceu para me levar em casa. Entrei no Porsche e Del tentou puxar conversa enquanto íamos para o

Brooklyn. Tudo que ele conseguiu foram respostas monossilábicas, porque eu não tinha forças para nada além disso.

— Você precisa saber de uma coisa — disse ele, quando estávamos a poucos quarteirões da minha casa. — Blake está saindo com aquela sua amiga. A loura.

Eu quis morrer. Olhei pelo para-brisa enquanto Del continuava, contando que o Sr. Ellis achava que Blake precisava de mais experiência e Summer era o tipo certo de garota para lhe proporcionar isso.

Paramos diante da minha casa, e Del se virou para mim. Fixei os olhos na cicatriz de seu lábio enquanto ele falava.

— Talvez eu não devesse ter contado — disse ele, provavelmente porque meu queixo estava tremendo. — Mas você não se importa, não é? Digo, uma garota como você... provavelmente já tem outro namorado.

Balancei a cabeça. Ele mudou o assunto para Leigh e Rachel, que estavam chegando no JFK naquele fim de semana. Disse que todos iam à Cielo no Dia dos Namorados, e eu deveria aparecer. E Blake devia ir também, mas eu iria mesmo assim, não é?

Assenti depois que ele me deu um pequeno quadrado vermelho. Era um papel impresso com o nome da boate e ESPECIAL DE DIA DOS NAMORADOS. DRINQUES PELA METADE DO PREÇO PARA TODAS AS MULHERES. SEXTA-FEIRA, 14 DE FEVEREIRO.

Ele sorriu, se inclinou na minha direção, tocou minhas costas e beijou minha bochecha. Por um tempo, eu tinha pensado que os beijos de Del não significavam nada, mas naquele momento não tive tanta certeza.

* * *

Quando Summer fora eleita a Garota Mais Bonita do sétimo ano, eu pensara que isso era a pior coisa que poderia acontecer. Mas eu só tinha 12 anos e não fazia ideia de todas as coisas ruins que poderiam acontecer. Aquilo fora só um arranhão comparado à punhalada que eu tentava curar desde que Del me contara sobre ela e Blake.

Não conseguia parar de pensar nos dois juntos. Eu os via no Corvette, na cobertura e nos Hamptons, o dia inteiro e nos meus sonhos. Imaginava Summer entrando sorrateiramente com Blake em seu quarto de conto de fadas e achei que ele devia gostar mais de lá que da minha colcha barata da JCPenney. Pensei especialmente neles no Dia dos Namorados enquanto estava sentada no meu quarto com o cabelo molhado e minha paleta de sombras profissional com 88 cores.

Alguns dias antes, eu tinha tomado uma decisão. Não ia mais ter a aparência de uma aluna da Hollister, com o cabelo simples e pérolas de patricinha, porque ser simples e patricinha não tinha me levado a lugar algum. Garotas simples e patricinhas desperdiçavam a juventude e eram chutadas pelos namorados, enquanto garotas vistosas e sensuais se divertiam em Manhattan, onde distribuíam *experiência*. Decidi que ia ser outra pessoa, alguém glamourosa e sofisticada, alguém que não era sem graça, entediante e medíocre, alguém que não tinha medo de fazer coisas pecaminosas.

Delineei meus olhos com preto e esfumacei com cinza, escolhi um batom da cor de uma cereja madura. Minhas roupas estavam esperando na cama: um bustiê acetinado que eu tinha encontrado em uma daquelas lojas descoladas onde mulheres que usam saltos de 12 cm normalmente fazem compras. Também comprara uma calça de couro apertada, saltos agulha e brincos pendentes que roçavam em meus ombros.

Meu cabelo pendia liso e escuro ao redor do rosto. Eu não podia deixá-lo assim, aquilo não passava de uma *frescura de patricinha*, então peguei uma tesoura e cortei uma franja comprida que roçava em meu olho esquerdo. Coloquei rolinhos no resto do cabelo e borrifei tudo com Aqua Net depois que os retirei; e quando coloquei o bustiê, a calça de couro e o colar de rubi, quase não me reconheci. Eu parecia o que eu era: uma garota cujos pais estavam no terceiro casamento de um primo de segundo grau em Yonkers, achando que a filha ia passar a noite com seus livros de cálculo.

E daí que eu tinha mentido? Ser boazinha não tinha me levado a lugar algum. Tinha passado a vida inteira sendo boa, estudando, servindo de babá e tentando não magoar ninguém. Estava cheia de ser boazinha.

Eu não tinha exatamente um plano para aquela noite. Tudo que sabia era que Blake podia estar lá e que Del definitivamente estaria, e não tinha certeza de qual dos dois eu queria ver.

A princípio, só vi Leigh, que estava usando um chapéu de tweed e um casaco combinando e me esperava no frio. Havia um leão de chácara ao lado dela que me entregou cinco cupons de drinque pela metade do preço.

— Você está disfarçada? — perguntou ela, olhando para mim de cima a baixo.

— Não — respondi. — Estou renovada e melhorada.

Sua testa se franziu.

— Por quê? Você estava ótima como era antes.

— Não exatamente — falei, e comecei a andar na direção da porta.

A boate era exatamente como eu me lembrava: ar enfumaçado e luzes piscando, música tão alta que eu tinha de ler os lábios de Leigh. Ela tirou o chapéu e indicou os cupons na minha mão.

— Não vão ser úteis para nós... pode entregá-los para minha mãe, se quiser.

— Não quero — falei, porque queria tentar beber e esquecer tudo.

Leigh segurou meu braço e falou no meu ouvido.

— Ari — disse ela. — Não gostei da maneira como Blake tratou você, e espero que isso de *renovada e melhorada* não seja por ele. Você não precisa disso.

Aquela era a última coisa que eu queria ouvir. Leigh estava sendo prática, como mamãe, e eu não estava com um humor prático. Ignorei-a e fui até o bar. Foi facílimo conseguir o primeiro drinque, e o segundo, e o terceiro, porque o bartender estava tão ocupado olhando para meu peito que não se deu ao trabalho de pedir a identidade. Provavelmente estava escuro demais para notar que eu não era exatamente proporcional.

Eu me sentia como se estivesse levitando. A pista piscava em amarelo, vermelho e azul enquanto eu, Rachel e Leigh dançávamos, mas depois de algum tempo me cansei e Rachel ficou toda maternal.

— Quanto você bebeu, querida? — perguntou ela.

Dei de ombros. Eu tinha pedido uma cerveja e um cooler de vinho e dois White Russians, que bebera rapidamente porque tinham um gosto tão inofensivo quanto o de leite achocolatado. Rachel balançou a cabeça, sacudiu o dedo e me disse para buscar um copo grande de água. Sentei na pele falsa de zebra no bar, bebendo Evian e olhando os bartenders fazerem malabarismos com as garrafas.

Eu estava ali havia meia hora quando vi Blake do outro lado do bar. Ele usava uma roupa diferente das habituais, mais parecida com as de Del, com um blazer escuro e uma camisa com alguns botões abertos, e conversava com duas garotas. Nenhuma das duas era Summer, mas eram muito mais bonitas que eu. Olhei em volta para todas as garotas bonitas da boate. Havia muitas, aglomerando-se como um milhão de formigas em um pedaço de doce descartado. Eu nem conseguia contá-las. Por que Blake ia me querer se podia escolher qualquer uma delas?

Foi muito deprimente. Fiquei sentada no banco observando-o, mas passei despercebida. Ele se afastou alguns minutos depois, e eu o segui pela boate. Ele entrou no banheiro masculino, e esperei do lado de fora, achando que aquela era minha chance e eu tinha de aproveitá-la.

Blake não me reconheceu quando saiu. Ele passou direto e não virou a cabeça até eu chamá-lo.

— Ari? — disse ele, como se eu estivesse usando uma fantasia de Halloween.

Ele me olhou de cima a baixo, e eu sorri para ele.

— Oi — falei, enquanto meu coração martelava.

— O que é isso? — perguntou ele, apontando para minhas roupas e meus saltos agulha.

— Não sei — falei em tom sedutor, levantando um ombro nu. — Não gostou?

Ele deu de ombros.

— Não sei.

Eu queria conversar com ele. Não sabia o que ia dizer. Mas estava barulhento demais para me ouvir pensar, então fiz um gesto na direção do banheiro masculino. Estava vazio, e nos trancamos em uma cabine.

Pressionei as costas contra a divisória entre nossa cabine e a outra. Blake ficou diante de mim, apoiado na parede.

— Você andou bebendo, não é? — perguntou ele. — Dá para sentir o cheiro.

Dei de ombros e tentei flertar outra vez.

— Talvez um pouco.

— Você não bebe — comentou ele, me olhando dos saltos ao cabelo. — Esta não é você.

— Que bom. Não quero ser eu. — Baixei os olhos para os ladrilhos sob meus pés. Eram de cerâmica, de alta qualidade. Eu tinha certeza de que Del tinha gastado muito dinheiro naquele banheiro, mas ninguém respeitava. As pessoas simplesmente rabiscavam as paredes e deixavam rolos de papel higiênico vazios pelo chão. — Enfim, achei que você ia gostar da minha roupa. É o tipo de coisa que Summer usa. Pelo que eu soube, vocês são amigos íntimos, agora.

Ele suspirou.

— Não somos. Eu não me importo com Summer.

— Então, por que dormiu com ela? — perguntei. — Pensei que você fosse um cavalheiro. Pensei que não dormisse com garotas de quem não gostava. Você me disse que assim não era bom.

— Não quero falar sobre isso. Ela foi um erro — respondeu ele, e era aquela rejeição que eu desejava. Simplesmente fiquei ali em um silêncio total até ele abrir a boca outra vez. — Sinto sua falta, Ari. Penso em você constantemente.

— Mentiroso — falei. — Você não gosta mais de mim.

— Eu gosto demais de você. Esse é o problema.

Aquilo não era um problema. Não podia ser um problema. Uma onda de esperança me inundou, e eu o perdoei por tudo enquanto me lançava em seus braços do outro lado da cabine, onde ele me beijou e eu retribuí o beijo.

Ouvi a porta do banheiro se abrir, vozes masculinas sobre o som da pia aberta. Estavam falando de dinheiro em voz baixa: provavelmente eu estava entreouvindo uma venda de drogas, mas não importava. Não importava que eu e Blake estivéssemos em um banheiro imundo, nos beijando ao lado de um vaso sanitário. A única coisa importante era que estávamos nos beijando.

Era reconfortante e familiar: seu cheiro, seu gosto, sua língua na minha pele. Sua mão entrou no meu bustiê, eu prendi uma das pernas ao redor de sua cintura, e ele disse:

— Não podemos fazer isso. Não tenho nada aqui.

Eu sabia que ele estava falando de proteção e comecei a pensar coisas insanas, desesperadas, como Evelyn dizendo que Patrick a amava mais quando ela estava carregando seu bebê, e achei que Blake poderia me amar de novo se eu carregasse o dele. "Os homens são estranhos com essas coisas." Fiquei onde estava e movi minha mão para tocá-lo sobre a calça.

— Pare com isso — disse ele. — Não podemos.

Eu me ajoelhei e abri seu cinto.

— Podemos fazer isso?

Nem parecia que era eu que estava falando. Parecia outra garota acostumada a usar roupas vulgares e se ajoelhar para provocar os homens. Blake segurou meus braços e me afastou.

— Não, Ari.

— Por quê? Eu quero.

— Pare com isso — repetiu ele, rispidamente, dessa vez. Ele me levantou e arrumou meu bustiê, que estava caindo. Tentei beijá-lo, mas ele não deixou, e aquilo não fazia sentido, porque ele sentia minha falta e pensava em mim constantemente. Continuei tentando até ele segurar meus pulsos e me obrigar a parar. — Olhe onde estamos, Ari. Essa não é você. Você é uma boa garota.

— Não quero ser uma boa garota — falei, deslizando a mão para a virilha dele.

Ele deu um passo para trás.

— Não fale assim.

Nada do que eu fazia estava certo.

— Como quer que eu fale? Faço qualquer coisa que você quiser.

Blake tirou o blazer e o colocou sobre meus ombros.

— Quero que você vá para casa — disse ele. — E não tire isso. Você não deve andar por aí com essa roupa. As pessoas vão ter uma impressão errada.

Comecei a chorar. Suavemente a princípio, e depois com mais intensidade, até mal conseguir enxergar através das lágrimas e surtar. Gritei para Blake que não conseguia mais pensar direito, que não me importava com a escola nem com a vida e que nunca amaria ninguém além dele e só queria morrer.

— Não diga isso — disse ele. — Eu não valho isso.

Mas eu achava que valia. Fiquei repetindo aquilo sem parar até a palma da sua mão estalar contra minha bochecha. Era o tipo de tapa que as pessoas usam para acordar alguém de um desmaio ou interromper um ataque histérico.

— Desculpe — disse ele. — Só se acalme. Por favor. Não aguento ver você assim.

Ele não aguentava me ver assim? Era culpa dele eu *estar* assim. Minha bochecha estava ardendo, e, de repente, senti raiva. Funguei, limpei o nariz e lutei para me recompor.

— Summer roubou a pulseira da sua prima, sabia? — Eu tinha parado de chorar e agora estava ali com o peito ofegante e as mãos nos quadris. — Ela a escondeu por meses, mesmo sabendo o quanto significava para Leigh. E, se quiser saber por que Jessica fugiu, pergunte ao seu pai. Foi ele que a fez chutar você. Ele a subornou. Ele provavelmente também tentou chantageá-la... foi isso que ele fez comigo, mas eu não caí.

Eu estava muito orgulhosa de mim mesma por dizer aquilo, mas não fiquei orgulhosa quando vi como Blake estava me olhando. Era como se não acreditasse em mim, como se eu não passasse de uma mentirosa patética. Aquilo me deixou ainda mais furiosa e arranquei o colar da mãe dele, joguei-o aos seus pés e saí correndo do banheiro em direção ao ar enfumaçado.

Cinco minutos depois, eu estava sozinha, chorando entre as mãos nos degraus que levavam ao apartamento de Del. Desejava não ter ido até ali. Desejava não ter jogado o cordão em Blake. Desejava nunca ter nascido.

Minha cabeça estava estourando, e o barulho da boate piorava a dor. A ideia de tomar as pílulas para enxaqueca antes de sair de casa naquela noite nem tinha me passado pela cabeça. Ouvi o tilintar de chaves e me virei para o corrimão, torcendo para que a pessoa que estivesse vindo simplesmente seguisse em frente. Então apareceram pés diante de mim, e ouvi uma voz profunda.

— O que aconteceu?

Levantei os olhos e vi Del.

— Nada. Estou com dor de cabeça. Preciso ir embora.

Ele se agachou e tocou meu braço. Olhei para sua mão e era igual à de Blake, com exceção do anel no dedinho, e isso me fez chorar de novo.

— Não está chorando por causa do meu irmão, não é? — perguntou ele. — Ele é só um garoto idiota.

— Não é, não — argumentei.

Del se sentou ao meu lado, olhando as lágrimas correndo por meu rosto. Em seguida, massageou minhas têmporas doloridas com as pontas dos dedos. Aquilo me surpreendeu e causou uma sensação agradável. Foi melhor ainda quando ele me envolveu com ambos os braços e eu apoiei a cabeça contra seu ombro forte e a camisa acetinada com cheiro de cigarro.

— Está tudo bem — disse ele. — Não chore. Blake não merece você.

O rímel estava escorrendo pelas minhas bochechas, e eu não conseguia parar de chorar, mas Del não me fez sentir ridícula. Ele me abraçou como Patrick abraçava Evelyn, do jeito que eu queria, e esperei que ele não me soltasse, porque não havia nada mais mantendo minha sanidade.

Quando me dei conta, estávamos subindo os degraus para o apartamento dele, onde vi sua claraboia e a lua minguante. Del jogou as chaves em uma mesa e nos sentamos sobre os lençóis desgrenhados. Eu estava fungando e tremendo, e ele secou meu rosto com as mãos, o que foi quase tão bom quando os beijos de Blake no meu pescoço.

— Você gosta de mim, não é? — perguntou ele. — Você sempre gostou de mim.

Assenti, pensando que os olhos dele estavam muito verdes naquela noite.

— Também sempre gostei de você — disse ele, traçando o contorno do meu maxilar com o dedo.

Aquilo me enfraqueceu. Eu sentia falta de ser tocada, especialmente por alguém que talvez não me impedisse de tocá-lo também. Ouvi minha respiração, senti meu coração disparado outra vez. Del não era Blake, mas era o mais próximo que eu podia conseguir, e comecei a pensar em outras coisas insanas.

— Mesmo? — falei.

Ele assentiu, e eu pisquei, porque ainda havia lágrimas nos meus olhos. O quarto escuro parecia turvo e embaçado, mesmo assim vi o rosto dele se aproximando do meu. Ele parou quando nossas bocas estavam quase se tocando, como se esperasse que eu recuasse, mas não recuei. Eu o deixei me beijar e senti sua cicatriz. Era como um pedaço grosso de barbante contra meu lábio. Logo ele se deitou sobre mim, o blazer de Blake estava no chão, e meu bustiê, abaixado até as costelas. Fiquei de olhos fechados e não o impedi de fazer nada, mesmo quando ele tirou minha calça e a jogou longe.

Ela caiu sobre o piso de madeira com um baque, e aquilo me despertou. A música no andar de baixo parecia mais alta, minha visão estava clara, e os olhos de Del de alguma forma tinham ficado cinzentos. Ouvi seu cinto se abrir e tive medo.

Del não me disse para não ter medo. Não beijou minha testa.

— Del — comecei a dizer, mas minha voz estava tão fraca que ele não me ouviu e já era tarde. Eu deixara aquilo ir longe demais... tínhamos ido até o fim. E eu não estava mais gostando. Sentia que era errado. Sentia que não era nada. Agora Del parecia horrível: a marca no lábio, o nariz curvado para baixo.

Eu estava a ponto de afastá-lo, mas não precisei. Tudo tinha acontecido tão rápido que ele já tinha acabado. Ele caiu sobre mim, depois rolou para o lado e olhou através da claraboia enquanto tentava recuperar o fôlego. Observei o quarto, a mobília de apartamento de solteiro e o espelho na cabeceira. Tudo aquilo parecia extravagante e nojento. O que eu estava fazendo ali? Deveria ter ficado em casa estudando cálculo. Nunca deveria ter dito que não queria ser uma boa garota. Nada era pior do que não ser uma boa garota.

Eu estava ficando enjoada. Estava com enxaqueca, e o que acabara de fazer me dava vontade de me jogar pela janela, de voar através do vidro em direção àqueles anjos assustadores no prédio do outro lado da viela. Queria fingir que aquilo não tinha acontecido. Queria apagar aquele ato como meu infeliz primeiro beijo.

Puxei meu bustiê e vesti a calça, mas não peguei o blazer de Blake.

— Jamais conte isso ao seu irmão — falei, parada diante de Del. — Jamais conte a ninguém.

Ele olhou para mim da cama, e senti pena dele porque minha voz estava fria e ele pareceu magoado. Então me lembrei de Leigh e Idalis e da parada de *perras* que entrava e saía dali. Eu me lembrei de Evelyn ficando encrencada, dos panfletos de DSTs e de Leigh dizendo "Del pode acabar pegando AIDS se não tomar cuidado".

— Você usou alguma coisa? — perguntei. Foi muito grosseiro, mas eu precisava saber.

Ele estava se vestindo. Fechou o zíper da calça e abotoou a camisa.

— Não — respondeu ele. — Achei que você tomava pílula ou algo do tipo.

Corri escada abaixo, pensando que ele tinha me enchido com alguma coisa tóxica que podia destruir minha vida e acabar em uma morte horrível. Eu tinha sido tão cuidadosa antes, era sempre tão cuidadosa, mas aquele único momento podia me arruinar para sempre.

Del estava atrás de mim, me chamando enquanto eu descia. Eu o ignorei e atravessei correndo a porta da frente para a noite gelada, tropeçando nos meus sapatos bregas.

Olhei em volta procurando um táxi, mas vi Blake, Rachel e Leigh na calçada.

Provavelmente estavam esperando um daqueles brilhantes sedans que os levaria para casa. Eu não queria que me vissem, mas eles olharam na minha direção ao ouvirem a voz de Del. Ele estava ali, perguntando o que tinha acontecido como se não fizesse a menor ideia. Blake olhou para ele e para mim, com os cabelos desgrenhados e o rosto sujo de rímel, e foi para cima de Del.

— O que você fez com ela? — exigiu saber.

— Nada — disse Del. — Cuide da sua vida.

O rosto de Blake estava vermelho, e ele gritava e dizia palavrões. Ele empurrou o irmão, que cambaleou para trás. Del se endireitou e deu um soco bem na cara de Blake. O sangue jorrou do nariz de Blake, e Del gritou com ele:

— Você já esperava isso. Só a largou por causa do papai. Não teve coragem de escolhê-la em vez dele.

Fez-se um silêncio. Leigh e Rachel me olhavam da calçada. Blake não respondeu, e achei que ele estava surpreso por Del não ser tão idiota quanto todos imaginavam.

Vinte e dois

Entrei em um táxi, escapando à comoção, e através da janela vi Rachel procurar algo nos bolsos do casaco e depois segurar um lenço contra o rosto de Blake. Uma grande parte de mim queria saltar do carro e ajudá-lo, mas o restante de mim achava que Del estava certo. Blake já esperava isso.

Quando cheguei em casa, Santa Ana me perfurou com um olhar de reprovação. Meus pais ainda não tinham chegado, a casa e o jardim da frente estavam escuros, e atravessei o gramado com os olhos apertados. *Não me olhe assim*, pensei. *Nem todo mundo pode ser perfeito como sua filha.*

Passei apressada por Santa Ana, me tranquei em casa e tive ânsia de vômito no vaso sanitário. Meus pais chegaram, e logo mamãe estava batendo na porta do banheiro. Queria saber se eu estava doente. Tem um monte de gente com intoxicação alimentar, sabia?, dizia ela.

As batidas eram como um martelo esmigalhando meu crânio. Ela não tinha ideia do quanto eu estava doente, de que eu era um ser humano doentio. Eu estava doente por ir para a cama com Del e era doente por praticamente implorar para fazer sexo oral em Blake em um banheiro público e agora podia ter enjoo matinal, sífilis ou um vírus incurável que podia me colocar em um caixão que mamãe e papai iam comprar com o dinheiro do tio Eddie. "Pelo menos a coitada da Ariadne pôde usar o dinheiro para alguma coisa", imaginei mamãe dizendo.

Pensar nisso me fez vomitar. Mamãe batia na porta enquanto meu jantar meio digerido misturado com vinho, cerveja e Kahlúa se despejava da minha boca. Segurei o vaso sanitário, desejando que ela fosse embora. Ela não parava de me dizer para destrancar a porta, mas eu não podia. Eu não podia deixá-la me ver até me livrar daquela roupa.

Ela finalmente desistiu, e eu tirei a roupa, enterrando a calcinha na lata de lixo sob lenços de papel amassados e fio dental usado. Entrei no chuveiro, onde esfreguei cada centímetro do meu corpo sob a água escaldante, que esperei que me esterilizasse. Queria que tudo desaparecesse: a maquiagem, o Aqua Net, o cheiro de cigarros no meu cabelo.

Deixei minha boca se encher de água e cuspi no ralo várias vezes, tentando purgar os milhões de germes microscópicos que Del provavelmente me passara.

* * *

Uma hora depois, eu percorria o corredor em direção ao meu quarto usando um roupão e segurando as roupas em uma bola. Eu me lembrei de rumores que ouvira sobre evitar uma gravidez com coisas como refrigerante ou vinagre e considerei experimentar ambos, mas mudei de ideia rapidamente. Aqueles eram mitos ignorantes; alguém que tinha feito aulas de educação sexual deveria ser mais sensata.

— Ariadne — disse mamãe. — Você está bem? Ficou lá dentro por muito tempo.

Ela saiu do nada com um sanduíche de atum com cheiro forte, e eu suprimi uma ânsia de vômito.

— Estou ótima — falei. — Mas me deixe em paz só uma vez, está bem?

Ela pareceu perplexa. Não me importei nem um pouco. Eu me afastei, fechei a porta do meu quarto e me joguei na cama, onde observei os números do meu relógio se modificarem e encarei o urso de pelúcia na cômoda.

Blake. Pensei nele e no ano anterior. Pensei na época em que as cores tinham se tornado extremamente vivas e o ar tinha um cheiro maravilhoso, quando eu tinha esquecido como era ficar triste. Agora eu me lembrava, e achava que Blake não era melhor do que um vendedor de heroína de rua. Ele tinha me viciado nele e depois cortara meu suprimento. Eu já ouvira dizer que viciados faziam qualquer coisa, se degradavam de todas as formas para conseguir mais uma dose, e agora eu entendia que aquilo podia acontecer, porque estava acontecendo comigo.

Desejei que aquela noite tivesse sido apenas um pesadelo. Desejei que Blake tivesse mais força de vontade. Desejei que ele tivesse me escolhido em vez do pai, mas ele não o fizera, e agora tudo que eu tinha era um bicho de pelúcia e um moletom da NYU. O moletom estava enfiado dentro do meu criado-mudo, então eu o peguei e me enrolei nele. Foi a única coisa que me fez dormir.

Leigh ligou ao meio-dia. Minha mãe entrou e balançou meu ombro para me acordar.
— Não quero falar com ela — respondi, porque a noite anterior não teria acontecido se não fosse por Leigh. Era culpa dela eu ter conhecido Blake e Del. Claro, eu poderia ter sido uma boa amiga em vez de correr atrás de seus primos. Além disso, estava quebrando minha promessa. Na véspera de Natal, eu lhe dissera que nunca mais a trataria mal. Talvez agora eu estivesse tendo o que merecia, mas não conseguia tolerar mais nenhuma culpa. A que eu sentia já era muito pesada para carregar sozinha.

Mamãe simplesmente presumiu que eu estava doente demais para falar ao telefone. Ela se afastou, e eu a ouvi dizer a Leigh que eu estava gripada ou com alguma outra doença. Eu permiti porque era conveniente: pessoas doentes podem ficar na cama o dia inteiro, e eu queria ficar na cama o dia inteiro. Um minuto depois, mamãe desligou o telefone e gritou da cozinha dizendo que Leigh ia me ligar na próxima vez que estivesse em Nova York. Eu não me importava se ela nunca mais me ligasse.

Voltei a dormir e fiquei na cama a maior parte do dia e a maior parte da semana seguinte, fingindo uma gripe para poder faltar à aula. Não queria tirar o moletom da NYU, não tomei banho e só saí de casa uma vez. Fui à biblioteca, onde me escondi entre as estantes e estremeci enquanto folheava um dicionário médico, temendo que a DST de Del não estivesse realmente curada.

Se não tratada, a sífilis pode causar danos ao cérebro, ao sistema nervoso, ao coração e a outros órgãos, li. *Os sinais e sintomas do estágio avançado da sífilis incluem paralisia, dormência, cegueira gradual e demência. Esses danos podem ser graves o suficiente para causar a morte.*

A cegueira me assustou mais do que todo o resto, incluindo a morte. Imaginei não enxergar absolutamente nada e depender de mamãe para me vestir e escovar o cabelo, pois ela não faria nada direito. Eu ficaria velha, e meu cabelo se tornaria grisalho, e ela raramente o pintaria, e eu provavelmente acabaria cambaleando pelo Brooklyn usando óculos escuros, batendo na calçada com uma bengala como uma bruxa velha enrugada, que assustaria as crianças do bairro.

Cheguei à conclusão de que precisava fazer um teste de gravidez e um exame de sangue imediatamente, mesmo que tivesse de ser furada cinquenta vezes para encontrar uma veia.

— Você tem conselho de classe amanhã? — perguntei a mamãe naquela noite.

Ela assentiu de seu lugar no sofá, onde estava fumando um Pall Mall e tentando escrever um livro baseado em alguma ideia que tinha lhe ocorrido enquanto ela estava esfregando a pia da cozinha. Ela sorriu para o caderno. Tinha comprado um caderno espiral com uma capa rosa-choque, como uma estudante com grandes expectativas para o novo ano letivo.

— Seria ótimo se este romance desse certo. Mas provavelmente não vou terminá-lo.

— Provavelmente não — comentei, porque sabia que as chances eram de que nada desse certo. O sorriso de mamãe murchou, mas era verdade, então não me senti mal.

Ela deixou o caderno de lado.

— Você vai tomar banho algum dia? Seu cabelo está oleoso. E não sei por que cortou essa franja... está sempre caindo nos seus olhos. E você não tira esse moletom há séculos.

Mamãe estava certa sobre o moletom. Eu estava virando Leigh. Mas era muito mais fácil para ela, porque M.G. não a tinha abandonado de propósito.

— E daí? — perguntei. — Ninguém se importa com minha aparência.

— Eu me importo — disse mamãe.

Aquilo parecia irrelevante. Sendo assim, não troquei de roupa nem tomei nenhuma atitude em relação ao meu cabelo no dia seguinte. Eu tinha uma consulta na clínica às 15 horas. Quando cheguei lá, dei meu nome a uma mulher com pele cor de café e trancinhas afro. Ela folheou um livro e me perguntou se eu tinha certeza de que não marcara a consulta em outro lugar.

— Tenho — falei. — Eu liguei para cá.

Ela chegou à conclusão de que eu tinha ligado para lá, mas, quando pedira uma consulta na sexta-feira, ela tinha pensado que eu estava falando na sexta seguinte. Fui colocada na rua para viver outra semana de paranoia.

Naquela noite, eu me sentei à mesa da cozinha com mamãe e papai. Meu prato estava cheio de purê de batatas mole nadando em molho marrom grosso e bolo de carne coberto com uma crosta de ketchup que me lembrava sangue coagulado. Mamãe parecia achar que eu não tinha comida bastante, então colocou três colheradas de cebolas fritas no meu prato e encheu meu copo de leite.

— Coma tudo — disse ela. — Você está magra demais, Ariadne. Tem de recuperar um pouco do peso. Precisa de suas forças para a escola.

Mantive os olhos na comida, fiz trilhas no purê com o garfo e me perguntei se a inanição poderia causar um aborto espontâneo. Um aborto espontâneo seria melhor que os estribos, os instrumentos e o que mais os médicos usassem para consertar um grande erro.

— Não vou voltar para a escola — falei.

— Claro que vai. Você não está mais doente.

Era o que *ela* pensava. Ignorei-a e escondi um pedaço de bolo de carne sob o guardanapo quando ninguém estava prestando atenção. Papai não estava olhando porque estava ocupado lendo o jornal. Mamãe o acusava de ser mal-educado. Dizia que a hora do jantar era quando as pessoas deviam conversar umas com as outras.

Ele fez uma pausa momentânea, procurando algo para falar.

— Encontrei uma pessoa hoje — disse ele.

— Quem? — perguntou mamãe.

— Summer Simon. Tive de ir ver uma testemunha potencial no Empire State Building, e Summer estava saindo quando eu entrei.

Conversar na hora do jantar era algo superestimado. A menção daquele nome e do Empire State Building me deixou enjoada, então fui para meu quarto. Estava na escada quando senti a mão de mamãe no meu cotovelo.

— Me solte — explodi.

— O que está acontecendo com você? — perguntou ela, em sua severa voz de professora. — Por que está agindo assim?

Não contei nada. Ela havia me alertado, e eu não aguentaria ouvir "Eu avisei".

Mais tarde, quando mamãe e papai estavam assistindo à TV lá embaixo, tomei um banho de espuma porque estava nervosa e inquieta e não consegui pensar em mais nada para fazer. A TV não me interessava, os deveres de casa não me interessavam e desenhar era ridículo. Não passava de um hobby inútil que eu não podia usar para nada, eu nunca me tornaria uma artista, e a ideia de ensinar repentinamente tinha perdido o brilho.

Tentei não pensar em nada enquanto estava na banheira, coberta de bolhas até o pescoço. Fechei os olhos, ouvindo o barulho da água e as risadas enlatadas da sitcom vindo lá de baixo. Então bateram na porta, e mamãe entrou, embora eu não tivesse lhe dado permissão.

— O que você está fazendo? — indaguei. — Estou nua.

— Ah, por favor. Não dá para ver nada. — Ela se sentou na tampa do vaso sanitário, e seu tom estava muito mais simpático do que o que ela usara na escada. — O que está acontecendo, Ariadne? Você tem andado muito estranha.

Vá embora, pensei, fechando novamente os olhos.

— Não está acontecendo nada, mãe. Estou bem.

Ela não acreditou em mim. Eu a ouvi dizer que eu estava mal-humorada e irritável e que não desenhava mais. Ela mencionou Summer, e desejei escorrer pelo ralo e ir para o esgoto com o resto da sujeira. Afinal, esse era o lugar de alguém que transava com o irmão do namorado.

— O que exatamente aconteceu entre vocês duas? — perguntou ela.

— Nada — repeti.

Ela ficou quieta por um instante, e ouvi sua pantufa batendo nos ladrilhos.

— Teve alguma coisa a ver com Blake?

Meus olhos se abriram de repente.

— Claro que não. Não teve nada a ver com ele. Absolutamente nada.

Eu deveria ter parado no "É claro que não". Eu tinha protestado demais, e ela não acreditara em uma palavra.

— Quer saber? — disse ela. — Eu deveria ligar para aquele menino e dizer a ele o que penso da maneira escrota como ele a tratou.

— Não se atreva — falei, mas ela não prestou a mínima atenção.

— Quem aquele merdinha pensa que é? Só porque o pai dele é um advogado importante e ele mora na porra do Upper East Side não significa que pode deixar minha filha triste e sair impune. Olhe para o que ele fez com você, pelo amor de Deus... Você está estranha há semanas e está piorando. Devo mesmo ir à cidade e dar uma bronca nele em pessoa.

— Não se atreva! — gritei dessa vez, e pareci tão psicótica quando no banheiro masculino da Cielo. — Não se atreva a ligar para ele nem chegar perto dele. Se disser uma palavra para Blake... juro que me mato.

Eu definitivamente estava me transformando em Leigh. Minha mãe me encarou. Ela me encarou como se conseguisse ver tudo que eu me esforçara tanto para esconder.

— O que está havendo? — disse ela. — O que aconteceu? Algo deve ter acontecido para fazer você agir assim.

— Nada aconteceu — falei, com os dentes cerrados. — Vá embora.

Ela não se moveu.

— Ariadne, seu relacionamento com Blake era mais sério do que você me contou? Não consigo imaginar que você estaria tão perturbada se tudo que vocês dois tivessem feito fosse ficar de mãos dadas. Digo... ele fez... você deixava...

Ele fez? Eu deixava? Aquilo dava uma impressão horrível. Obscena. Suja, baixa e sórdida. Ela continuou perguntando, minha cabeça latejava, e eu não me importava mais se ela soubesse.

— Sim, mãe — falei, alto e com sarcasmo. — Ele fez. Eu deixava. Eu o deixava fazer o que quisesse sempre que quisesse, e você estava certa, ele mentiu e me largou, e espero que você esteja feliz agora.

Espero que você esteja feliz agora. Eu disse isso quatro vezes, cada uma mais alta e aguda enquanto ela implorava que eu me acalmasse. Peguei uma toalha, me enrolei, saí da banheira e corri pelo corredor, deixando pegadas molhadas no carpete. Bati a porta do quarto com tanta força que as paredes balançaram e meu urso caiu da cômoda. Eu o deixei no chão enquanto ouvia mamãe e papai no corredor. Ela dizia que eu estava histérica e que não sabia o que fazer, e papai falava que eu tinha gritado alto o bastante para o bairro inteiro ouvir, e que ele nunca tinha esperado algo assim de alguém como eu.

Mais tarde ouvi meus pais sussurrando e mamãe falando ao telefone com Evelyn, que certamente tinha quebrado a promessa de não contar nada a ela. Imaginei que Evelyn tinha de contar tudo agora, já que eu estava enlouquecendo e tal. Naquele momento achei que as coisas não podiam ficar piores, mas ficaram no dia seguinte, quando nosso carteiro entregou um envelope reveladoramente fino da Parsons School of Design. Fui rejeitada e tive de admitir para mamãe que não tinha me inscrito em nenhum outro lugar.

Eu sabia que ela queria gritar e dizer que estava decepcionada e que eu fora idiota por confiar em contatos, mas não disse nada. Imaginei que ela achava que uma flor delicada cujas pétalas mal estavam se segurando não conseguiria suportar um vento forte. Então falou da Hollister, dizendo que eu podia faltar a mais uma semana de aulas e devia passar uns dias no Queens, porque uma mudança de ares me faria bem.

Eu não achava. O Queens era tão ruim quando o Brooklyn, e eu não conseguia parar de pensar que todo o meu estudo e meus desenhos não tinham dado em absolutamente nada, que tudo aquilo fora um colossal desperdício de vida. E eu estava ficando ainda pior que Evelyn, porque pelo menos ela era casada. O casamento era um lugar respeitável para se esconder de seus fracassos, um lugar onde ela podia organizar brincadeiras infantis e ser admirada por seus lindos filhos. Eu não tinha para onde ir e nada a fazer, e aquilo me levou a querer engolir todo o meu frasco de pílulas para enxaqueca, o que considerei fazer na manhã seguinte enquanto estava no banheiro analisando o rótulo. ACETAMINOFENO, estava escrito. BUTALBITAL.

Butalbital parecia bastante mortífero. Mas não tive coragem, e o fato de, além de tudo, eu ainda ser covarde me fez sentir ódio de mim mesma. Decidi tentar outra vez mais tarde e tomei duas pílulas como deveria, depois fiquei em silêncio no Honda da mamãe enquanto ela me levava para o Queens. Eu me perguntei se fora assim que minha irmã tinha se sentido ao sair de casa com a barriga de grávida e o telefone modelo Princesa.

Logo estávamos na casa de Evelyn, e ela desceu correndo os degraus da entrada com os cachos castanho-avermelhados flutuando atrás dela. Ela me abraçou nas escadas enquanto mamãe ia embora, e prolonguei o abraço um pouco mais que o habitual. Era um alívio estar com alguém que sabia como era ser o objeto da decepção de mamãe.

Evelyn montou a cama portátil no quarto de Shane e arrumou duas dúzias de cookies da Mrs. Fields em um prato de papel depois do almoço. Ela, Patrick, os meninos e eu estávamos sentados ao redor da mesa da cozinha quando ela empurrou o prato para mim.

— Não, obrigada — falei.

— Você adora esses cookies, Ari. Comprei especialmente para você.

— Não, obrigada — repeti, e me senti péssima porque não parava de decepcionar a todos.

Ela suspirou, voltando a atenção para Shane em sua cadeirinha alta, e lhe fez cócegas. Ela riu quando ele riu, e ela não parava de dizer "amo você amo você amo você".

Eu os observei. A cena lembrava minha casa imaginária em Park Slope, meu marido imaginário e meus filhos imaginários, e saber que tudo aquilo nunca passaria de fantasia me deixou com lágrimas nos olhos.

Patrick percebeu.

— Venha — disse ele. — Levante-se. Vou lhe dar uma aula de direção.

Eu não queria uma aula de direção, mas não tinha escolha. Ele puxou minha cadeira da mesa enquanto eu ainda estava sentada, segurou meu braço e me disse para colocar o casaco. Saí com ele e o segui até a picape, embora só quisesse dormir até o próximo milênio.

Eu me sentei no banco do motorista e me senti desconfortável e confusa ali.

— Não tenho nem licença para aprender — argumentei. — É contra a lei dirigir sem uma licença de aprendiz.

Patrick torceu o nariz.

— Quem se importa? Não vão nos parar. Agora coloque a droga da chave na ignição e vamos.

— Não consigo — falei, e vi lágrimas caindo na minha calça jeans. Eu não queria chorar, então tentei evitar, fungando e limpando o nariz, mas nada adiantou.

Ele me entregou um lenço de seu porta-luvas.

— Quer saber, Ari? A maioria dos caras são uns idiotas.

Achei que ele estava falando de Blake. Eu me perguntei se mamãe e Evelyn tinham contado tudo a ele. Eu nem conseguia imaginar o que Patrick pensaria de mim se descobrisse o que tinha acontecido com Del. E não o culparia se ficasse decepcionado, porque eu não tinha seguido seu conselho de continuar sendo uma boa garota.

— *Você* não é — falei.

Ele sorriu, colocou os óculos escuros e me disse novamente para ligar o carro. Tive minha primeira aula de direção e não poderia querer um professor melhor. Uma hora depois, voltamos para casa, onde sentei no sofá, e ninguém me pediu para fazer nada, nem mesmo ajudar com os meninos ou colocar a mesa do jantar.

Todos nós subimos cedo naquela noite, e Patrick fez amor com Evelyn às 21 horas. Eu os ouvi da cama portátil no quarto de Shane. Mas não queria escutar. E não senti ciúme. Dobrei um travesseiro sobre os ouvidos para bloquear o barulho e tudo que senti foi solidão.

Passei mais quatro noites no Queens. Patrick me levou para casa na manhã de uma sexta-feira em que ventava muito. Ele estava indo embora quando notei uma Mercedes prateada estacionada no meio-fio, o que me deu vontade de agarrar a traseira da picape de Patrick e passar o dia em seu carro de bombeiro.

Mas ele já tinha se afastado bastante. Eu estava cansada demais para correr, então simplesmente me sentei nos degraus da entrada com o queixo apoiado na mão até a porta se abrir e eu sentir o cheiro de charuto. Levantei os olhos, vi Jeff Simon e me perguntei se ele estava a ponto de me algemar e me arrastar contra minha vontade para o New York Presbyterian, onde eu conheceria os outros malucos. "Você é irmã de Evelyn Cagney?", perguntariam pessoas com camisas de força. "Você não parece nem um pouco com ela, mas é obviamente tão lelé quanto. Parece que você duas herdaram o gene da maluquice."

— Como você está? — perguntou ele.

Voltei meus olhos para uma folha marrom que rodopiava através de nosso gramado morto, pensando que era muita audácia de Jeff perguntar sobre meu bem-estar quando era parcialmente culpa da filha dele eu não estar nem um pouco bem.

— Não sou uma das suas pacientes, Dr. Simon... mesmo que minha mãe queira que eu me torne.

Eu o chamei de Dr. Simon para parecer grosseira e distante. Funcionou. Ele olhou para mim por um instante, coçou a cabeça e suspirou.

— Não se faça de difícil — disse ele. — Me diga como está se sentindo.

Eu cedi.

— Nada bem — respondi, e ele sugeriu que eu "conversasse com alguém," o que era uma sugestão péssima. Eu não queria conversar e não queria uma receita de pílulas como as que Evelyn tomava. Mas disse que ia pensar no assunto para ele me deixar em paz.

— Falei com Nancy que adiar a faculdade até o ano que vem é o melhor para você — disse ele. — Na minha opinião profissional, você precisa de um tempo, Ari. Não concorda?

Eu concordava. Assenti.

— Obrigada — falei.

Jeff entrou no carro e foi embora; fui para dentro de casa, onde encontrei mamãe sentada no sofá com um cigarro.

— Como você está, Ariadne? — perguntou ela, com delicadeza. Estava agindo como se eu fosse explodir em mil pedacinhos se ela não tivesse cuidado.

— Bem — falei monotonamente, e fui em direção às escadas.

— Se precisar do seu remédio — disse ela, depois que passei —, ele está comigo.

Eu me virei, e ela sorria como se pudesse me enganar, como se nenhuma de nós duas tivesse a mínima suspeita de que butalbital demais podia ser fatal nem de que ela roubara minhas pílulas enquanto eu estava no Queens. Provavelmente era algo que Jeff tinha aconselhado.

Vinte e três

Detestei março. Março foi quando fiquei preocupada porque minha *visita mensal* não aparecia. Ainda não tinha aparecido na tarde de sexta-feira da minha consulta na clínica.

Uma enfermeira jovem não parava de dizer: "Desculpe, sou nova nisso", enquanto usava meu braço esquerdo como almofada para alfinetes. Eu queria dizer que não era culpa dela e que eu tinha veias ruins, mas estava cansada demais para me dar ao trabalho. Ela conseguiu na sexta tentativa e me entregou um copinho de plástico.

— Faça xixi aqui — disse ela, e achei que poderia ter sido mais profissional. Uma enfermeira deveria usar uma terminologia melhor que a das amigas desmioladas de Evelyn. — O banheiro fica no final do corredor. Traga de volta a amostra quando terminar.

Atravessei a sala de espera cheia de adolescentes grávidas, indo em direção a um banheiro do tamanho de um armário de vassouras. Na parede havia uma daquelas lúgubres barras de segurança para idosos, e eu estava com tanto medo de cegueira, bolhas e de minha menstruação atrasada que não consegui encher o copinho. Pensei em coisas como cachoeiras e dias chuvosos, e aquilo funcionou até alguém bater na porta.

— Só um minuto — falei, e me senti pressionada e suada, e o minuto se transformou em muito mais tempo. Quando finalmente consegui minha amostra, me perguntei como levá-la de volta pelo corredor sem ninguém perceber, mas não tive muito tempo para pensar porque começaram a bater novamente. Tampei o copinho, enfiei na bolsa e rezei para não derramar.

— Já não era sem tempo — disse uma garota, quando eu saí. Ela tinha minha idade e estava visivelmente grávida sob uma camiseta impressa com as palavras TOQUE NA MINHA BARRIGA E PERCA A MÃO. Havia um bebê em seus braços, e ela parecia querer me estrangular. — Você me deixou esperando por 15 minutos. Ninguém aqui prende o banheiro por 15 minutos.

Não respondi. Simplesmente me afastei porque não conhecia as regras e meu lugar não era ali, com garotas de cara feia, provavelmente destinadas a uma vida de cupons de alimentação e olhos roxos provocados por homens imprestáveis.

— Quando devo ligar para pegar os resultados? — perguntei à enfermeira, depois de entregar minha amostra.

— Não podemos passá-los por telefone — disse ela. — Você terá de conversar com a médica pessoalmente.

— Por quê? — perguntei, mas eu sabia. Era porque a clínica não queria se responsabilizar pelo que as pessoas podiam fazer enquanto estivessem sozinhas se o resultado fosse positivo. Elas podiam ter ideias malucas na cabeça, do tipo tomar um frasco inteiro de pílulas para enxaqueca.

— É nossa política, você pode marcar uma consulta na recepção.

Fui para a recepção, onde descobri que, não, as coisas não seriam melhores ali. Nada era fácil, nem mesmo marcar a consulta. A recepcionista folheou o livro e me disse para voltar em três semanas, o que teria tido o mesmo efeito se fossem três anos.

Eu não podia fazer nada a respeito, então simplesmente assenti. Atravessei a sala de espera, onde se ouviam frases como "o pai do meu filho" e "minha pensão alimentar atrasada". Elas ficaram na minha cabeça mesmo depois que saí para a tarde sombria, ouvindo o mórbido som dos sinos de igreja que lembrava um funeral. Ignorei-o e segui em frente, me sentindo entorpecida e tentando entender como chegara até ali.

Em uma manhã de segunda-feira, percebi que a neve do gramado estava derretendo e que a grama crescia em amontoados esparsos ao redor dos pés de Santa Ana. O começo da primavera era horrível. Eu não tolerava sua aparência, então decidi manter as cortinas do meu quarto permanentemente fechadas. Depois peguei meus livros enquanto a mamãe sorria para mim do vão da porta e usava sua voz delicada.

— Quer uma carona hoje, Ariadne? — perguntou ela.

Ela fazia aquela pergunta todos os dias desde que eu tinha voltado para a Hollister, e balancei a cabeça como sempre. Não achava justo obrigá-la a dirigir até Manhattan. Eu já dava trabalho demais.

Saí de casa e olhei direto em frente. Não queria vê-la parada na janela da sala de estar segurando a cortina e me observando percorrer a rua. Ela estava tão preocupada com meu futuro como ficara com o de Evelyn, e aquilo me dava vontade de chorar.

Então não olhei para trás. Segui em frente, embora minha caminhada até a estação do metrô parecesse ter sido acrescida de vários quilômetros e o percurso até Manhattan fosse interminável e claustrofóbico. O carro do metrô estava quente, e vi um panfleto de *Sexo Seguro* em um assento vazio. Saber que ainda tinha de esperar mais dez dias pelos resultados dos exames me deixou em pânico. Tudo pareceu pequeno e apertado, e tive de sair em uma estação que não era a minha para conseguir respirar.

Aquilo me atrasou para a escola. Um monitor espinhento me parou na porta da frente; considerei me engalfinhar e ameaçar quebrar seu pescoço, porque ele era mais baixo que eu e ainda *estava* no segundo ano. Mas ele provavelmente me acusaria de agressão, e aquilo poderia dar a mamãe uma razão legítima para me internar no New York Presbyterian, então simplesmente o deixei preencher seu papelzinho idiota de atraso, o que me levou à diretora.

Eu nunca tinha visto aquela mulher. Nunca levara uma advertência ou violara o código de vestuário, então não houvera razão para vê-la.

— Espero que você tenha uma boa explicação para esse atraso — disse ela.

Ela era muito mais jovem do que eu esperava e estava usando a voz de professora de mamãe, o que me irritou. Eu destoava tanto da sala da diretora quanto da clínica. Por que tudo estava de cabeça para baixo? Algumas escolhas erradas tinham me transformado em algo que eu nunca quisera ser. Eu tinha vontade de esfregar minha fita de segundo lugar e meus antigos boletins na cara dela e dizer "Está vendo? Na verdade, eu sou esta aqui".

— O metrô enguiçou — falei, e as palavras saíram facilmente da minha boca porque eu estava acostumada a mentir. — Fiquei presa dentro do túnel por uma hora.

Ela me olhou com ceticismo e me dispensou como se eu fosse uma causa completamente perdida. Aquilo me deixou ainda mais mal-humorada, e não consegui prestar atenção às aulas porque estava de saco cheio de tudo. As coisas ficaram piores mais tarde, quando eu estava no banheiro e ouvi algumas garotas tagarelando sobre o baile de formatura e que tipo de flores queriam usar presas ao pulso. Elas também falavam de ir para a faculdade no outono, para a Nova Inglaterra e para campi no Meio Oeste com antigos prédios de pedra e jogos de futebol americano, onde elas planejavam se sentar nas arquibancadas enroladas em cobertores de lã.

Eu não queria lembrar de cobertores de lã. Não queria ouvir sobre o baile de formatura, flores e tudo o mais que estava perdendo. Aquelas eram coisas que só aconteciam uma vez na vida, coisas tão especiais e passageiras quanto o cometa Halley. Quem as perdia não tinha como recuperá-las.

Voltei para casa de metrô mais tarde, me sentindo irritável, entediada e pensando em Blake. Normalmente eu ficava triste quando ele se infiltrava em minha mente, mas dessa vez me sentia zangada por causa de tudo que ele tinha feito, do que eu tinha feito e do grande desastre em que tudo se transformara. Desloquei minha raiva para o Sr. Ellis, porque aquela confusão era culpa dele. Eu não teria tido nenhum problema se não fosse por ele. Se ele não tivesse se metido nos assuntos de Blake, eu estaria feliz e despreocupada como aquelas garotas no banheiro, cujo maior problema era se decidir entre lírios e rosas.

As três semanas finalmente terminaram. Eu estava sentada no consultório da médica na clínica, suando e roendo as unhas, embora nunca tivesse roído as unhas. A médica entrou, e eu a observei se sentar à mesa e folhear uma pasta cheia de tabelas e notas. Eu não suportava o suspense. Estava a ponto de me jogar por cima da mesa e olhar a pasta por conta própria.

— Você não está grávida — disse ela.

Não acreditei.

— Mas estou atrasada. Minha menstruação está semanas atrasada.

— O estresse interfere no seu organismo... pode fazer você pular um mês. — Seus olhos se levantaram sobre as lentes bifocais. — Seus exames também deram negativo para HIV e todo o resto.

— Negativo? — perguntei, com um sorriso que parecia estranho, porque eu não sorria havia muito tempo.

— Isso mesmo. Mas é bom voltar em três meses para fazer outro exame de sangue, porque o HIV e outras DSTs não aparecem imediatamente.

— Ah — falei, enquanto meu sorriso desaparecia.

Ela olhou para a pasta.

— Eu não me preocuparia demais, Srta. Mitchell. Pelo que vejo aqui, você teve apenas dois parceiros sexuais... e um deles usou proteção todas as vezes. Assim, embora a AIDS não seja impossível, é improvável.

Improvável era bom. *Dois parceiros sexuais*, não. Pensar em Del me fez contorcer as mãos, e a médica ficou desconfiada.

— O segundo homem — disse ela. — A relação foi consensual, não foi?

Até certo ponto, desejei poder dizer que não, que Del tinha me forçado segurando um canivete contra minha garganta, mas ele não fizera isso. Sua única arma fora me oferecer um ombro para chorar.

Assenti para a médica, que começou a me oferecer diafragmas e esponjas, e quase ri porque ela parecia achar que eu precisava daquelas coisas. Ela não sabia que eu não conseguia deixar ninguém além de Blake me tocar, e ele nunca mais ia me tocar.

— Não, obrigada — falei, e saí da clínica, soltando um imenso suspiro de alívio.

Março estava quase no fim, a neve tinha desaparecido e os narcisos saíam da terra ao redor de uma árvore pela qual passei no caminho para casa. Eram lindos e esperançosos, e os sinos da igreja tocando a 1,5 km de distância não lembraram um funeral. Era o mais próximo do normal que eu me sentia desde o Natal.

Em casa, sentei-me na cama, abri o livro de cálculo e tentei arduamente me lembrar do método de integração por partes, porque não conseguir terminar o ensino médio seria quase tão ruim quanto tudo que tinha acontecido recentemente. Eu não queria acabar trabalhando no Pathmark ou sendo trancada em um quarto acolchoado no New York Presbyterian, então precisava tentar me curar sozinha.

As engrenagens enferrujadas do meu cérebro estavam girando lentamente quando desviei os olhos do livro e vi meu urso de pelúcia. Estava com a cara no carpete, exatamente onde tinha caído depois que eu batera a porta em fevereiro. Eu o peguei e tirei a poeira de suas orelhas. Senti raiva de Blake novamente, e achei que devia tirá-lo dali, talvez escondê-lo em uma daquelas caixas no porão, mas não consegui. Ele me lembrava de coisas como beijos suaves na nuca e do fato de alguém já ter me amado. Coloquei-o sobre a cômoda porque ainda achava que ele devia ficar ali.

Em junho, decidi não participar da minha cerimônia de formatura. Usar um vestido idiota e andar diante de espectadores desconhecidos seria demais; eu não precisava passar por tudo isso para obter o diploma. A Hollister podia simplesmente mandá-lo pelo correio. Aquilo foi outra decepção para mamãe, mesmo que ela não tenha dito nada.

— Você ainda quer uma festa, não é? — perguntou ela.

Eu não queria. Mas ela tinha sido tão gentil e paciente nos últimos meses que não consegui privá-la de tudo.

— Uma festa pequena — respondi. — Só a família.

Aquilo bastava para ela. Então, em um dia ensolarado no fim do mês, ela preparou um grande jantar e comprou um bolo de chocolate com glacê rosa formando as palavras: PARABÉNS, ARIADNE, TURMA DE 1987.

Fiquei diante da geladeira aberta e olhei para o bolo. Mamãe estava se vestindo lá em cima, papai estava comprando cerveja no Pathmark, e eu me sentia péssima. Eu não merecia uma festa. Não tinha entrado na faculdade e estava deprimida havia meses, e mamãe devia estar morta de preocupação porque ainda guardava minhas pílulas para enxaqueca. Ela entrou na cozinha, usando um alegre vestido florido e brincos de pérola, e achei que eu ia chorar, mas não chorei. Já tinha chorado tudo que podia.

— Desculpe — falei, com os olhos fixos no bolo.
— Pelo quê? — perguntou ela.

Dei de ombros.

— Por tudo.
— Ariadne — disse ela. — Podemos consertar tudo. Você pode se inscrever novamente para a Parsons. Não está encrencada e não pegou nenhuma doença. Não é?

Ela parecia um pouco preocupada.

— É — respondi, mesmo que só tivesse certeza sobre a parte da gravidez.

— Então está tudo bem. Você passou por um momento difícil, só isso. É apenas um obstáculo no seu caminho. Algum dia, isso não vai fazer diferença.

Eu não conseguia imaginar esse dia.

— Então me desculpe por não ser o que você queria.

Ela segurou meus ombros e falou com um tom sério.

— Você é *exatamente* o que eu queria — disse ela, com os olhos firmemente fixos nos meus, e fiquei muito surpresa. Mamãe não me considerava uma decepção... e acabei descobrindo que não tinha chorado tudo que podia.

— Acho que estou ficando com dor de cabeça — falei, pegando um lenço para secar os olhos.

Ela saiu da cozinha e voltou com minhas pílulas para enxaqueca.

— Aqui — disse ela, colocando o frasco na minha mão.
— Você pode guardá-las agora, não é?

— Sim — respondi. — Posso. Você não precisa mais se preocupar, mãe.

— Eu sempre me preocupo — disse ela, e entendi que estava falando de coisas corriqueiras, como temer que eu fosse assaltada no metrô. A possibilidade de sua filha tomar uma overdose de butalbital não era algo com que tivesse de se preocupar mais.

Dias depois, recebi uma ligação de Julian da Creative Colors. Ele disse que adoraria que eu voltasse naquele verão, assim como Adam, que nunca tinha parado de perguntar se me veria novamente.

A ideia de trabalhar era cansativa, mas eu não podia deixar Adam continuar se perguntando se ia me ver de novo. Prometi a Julian que iria na semana seguinte e trabalharia até setembro.

Desliguei o telefone e disse à mamãe que ia dar um passeio, embora não fosse verdade. Estava indo à clínica fazer outro exame de sangue para ter certeza de que não tinha pegado nada de Del.

A enfermeira estava melhorando em achar veias: ela só me furou duas vezes. Voltei uma semana depois, e a médica me mostrou uma tabela: uma lista de doenças com a palavra *negativo* escrita ao lado de cada uma. Foi um alívio, mas a tabela era igual à que Blake tinha me mostrado no ano anterior. Pensar nele me fez afundar na cadeira.

— O que foi? — perguntou a médica, enquanto estávamos sentadas em seu consultório. — São boas notícias.

Olhei para os diplomas na parede atrás dela.

— Eu sei. Só estou pensando em uma pessoa.

Ela se inclinou para a frente por sobre a mesa.

— Em quem você está pensando?

Desviei os olhos para um aparador do outro lado da sala. Estava coberto de fotos emolduradas de pessoas que pareciam ser filhos e netos.

— No meu ex-namorado — respondi, voltando-me para ela. Dizer isso me fez afundar ainda mais.

— Bom — disse ela. — Você passou por uma situação difícil... esperar para descobrir se estava grávida, se preocupar com os resultados dos exames. Teve alguém com quem conversar?

Balancei a cabeça.

— Não posso fazer isso. Não quero que ninguém saiba.

A médica assentiu e pegou algo em uma gaveta da mesa. Então me entregou um cartão de visitas com o nome de uma psiquiatra e disse que eu devia marcar uma consulta, mas eu não queria. Não ia conseguir deitar em um divã nem me sentar em uma cadeira e falar sobre Blake por horas. Em minha opinião, era melhor não falar sobre ele nunca.

Adam queria que eu desenhasse as mesmas coisas de sempre, mas eu não me importava. Meus desenhos o faziam abrir grandes sorrisos que formavam suas profundas covinhas, o que me deixava feliz e triste ao mesmo tempo. Ficava feliz por dar a ele um pouco de alegria, e triste porque ele estava ainda mais bonito que no ano anterior. Estava se tornando um homem lindo com um cérebro que nunca o acompanharia.

— Você é uma boa artista, Branca de Neve — disse ele, no começo de julho.

Dei um sorriso desanimado.

— Não sou uma artista, Adam.

— Claro que é — disse ele, levantando um dos meus desenhos pela borda como prova.

Talvez seu cérebro não estivesse tão danificado. Talvez ele soubesse mais do que eu. E o rosto dele era o primeiro que me interessava em muito tempo. Naquela noite, fui para meu estúdio e me sentei ao cavalete. Meus lápis estavam empoeirados e meu papel, desbotado por ficar perto da janela por tanto tempo, mas não importava. Eu ainda sabia desenhar. Talvez eu fosse mesmo uma artista, porque, antes que eu me desse conta, o rosto de Adam olhava para mim do bloco de desenho.

— Oh — ofegou mamãe, do vão da porta. — Você voltou a desenhar.

Eu não conseguia sentir o mesmo entusiasmo. Ainda não tinha forças para isso. Só assenti, e ela recuou, dizendo que tinha de polir uns talheres, e ouvi seus passos se afastando.

— Mãe — falei.

Ela enfiou a cabeça pela porta.

— Sim, Ariadne?

— Não vá polir talheres. Vá trabalhar no seu livro.

Ela revirou os olhos.

— Para quê? Nunca vou terminar. Não sou uma escritora de verdade.

— Claro que é — falei, do mesmo jeito que Adam falara para mim, e com a mesma sinceridade. Se eu podia me interessar novamente pelo desenho, qualquer coisa era possível.

Alguns dias depois, fomos passar o Quatro de Julho no Queens. Papai dirigia o Honda da mamãe, e eu estava sentada atrás, com o cabelo embaraçando ao vento porque todas as janelas estavam abertas.

— Vocês precisam consertar o ar-condicionado — falei para o banco da frente.

— Pode deixar — disse mamãe. — Vamos consertar quando você começar a dirigir.

Do que ela estava falando? Eu só tinha dirigido uma vez, em fevereiro, quando Patrick tinha me dado a primeira aula. Então ela disse que Patrick tinha se oferecido para me dar mais aulas e me levar ao Departamento de Trânsito para tirar a carteira. Também falou que logo ia comprar um carro novo e que eu podia ficar com aquele. Eu não ia gostar?

— Sim — falei. — Eu não teria de ir andando para todo lado.

— E vai ser útil mais tarde, quando você começar a faculdade.

A cabeça de papai se virou em direção a ela.

— Nancy — disse ele, em um tom severo, como se eu andasse de muletas e ela estivesse me pressionando para correr.

Aquilo a calou. Olhei para o cabelo grisalho de papai, vi seus dedos no volante, a aliança que ele nunca tirava. Minha mão estava ao meu lado e se moveu em direção a ele, em direção a seu ombro, que eu queria apertar. Mas não o fiz porque não nos tocávamos muito e, se o fazíamos, era de um jeito constrangido. Eu me limitei a segurar o encosto do seu banco, torcendo que ele me sentisse através do couro.

Na casa de Patrick e Evelyn, entramos em um quintal cheio de bombeiros de folga, donas de casa do Queens e crianças que brincavam de pega-pega na grama. Patrick passou o dia escravizado ao lado da churrasqueira, então não falei com ele até a festa estar mais vazia. O sol tinha começado a se pôr quando ele se jogou ao meu lado no sofá da Sears e senti algo bater no meu tornozelo. Kieran veio correndo para pegar a bola que rolava pelo pátio, pegou-a e segurou-a diante do meu rosto.

— Lembra disso? — perguntou. Eu lembrava: era a bola de beisebol do Red Sox de Blake. — Seu namorado me deu. Cadê ele?

Kieran era novo demais para ter tato. Me contorci no meu lugar, e Patrick me salvou.

— Não faça perguntas intrometidas — disse ele. — E guarde essa droga antes que eu dê um jeito de você não vê-la nunca mais.

Kieran estava acostumado com o jeito duro de falar do pai. Ele correu para dentro de casa, e senti uma dor de cabeça se formando. Esfreguei as têmporas, e Patrick se levantou, enfiou a mão no bolso e jogou seu chaveiro no meu colo.

— Não quero dirigir agora — falei.

— Eu perguntei o que você queria? Você vai fazer 19 anos daqui a seis meses e ainda não tem carteira. Isso é tosco pra danar.

Tosco pra danar. Eu ri um pouco e engoli dois Tylenol no banheiro antes de sair com Patrick em sua picape, onde tive minha segunda aula de direção. Houve mais aulas depois daquela, durante o restante de julho e em agosto, e quase no final do verão ele disse que eu estava pronta para ir ao Departamento de Trânsito.

Eu não sabia se estava pronta mesmo, mas fiz uma tentativa e acabei conseguindo uma carteira de motorista do estado de Nova York. Passei no teste de primeira, e aquilo me causou uma sensação familiar: a sensação de orgulho que eu tinha com uma letra A escrita nas provas da escola. Não me sentia assim havia meses, e não percebera a falta que sentia.

Tive essa sensação novamente no meu último dia na Creative Colors. Adam estava triste porque eu ia embora, então dei a ele seu retrato, e isso o animou. Julian olhou para meu desenho por sobre o ombro de Adam, e me senti muito pequena, temendo que Julian fosse uma daquelas pessoas críticas que tinham assombrado minha imaginação durante anos. Mas eu estava enganada.

— É muito bom, Ari — disse ele.

— É? — falei.

Ele riu e me deu um convite para seu casamento, que aconteceria em outubro em um daqueles iates alugados que navegavam pelo porto de Nova York.

Mais tarde, naquela noite, eu estava desenhando no meu estúdio quando decidi refazer o SAT. Talvez conseguisse me sair bem o bastante para entrar na Parsons dessa vez. Mas, se isso não acontecesse, havia outras faculdades em Manhattan, e agora eu teria o bom-senso de preencher mais de uma inscrição.

Minha decisão deixou mamãe feliz. Quando lhe contei, ela fez um barulho agudo e passou horas escrevendo em seu caderno rosa-choque. E aquilo *me* deixou muito feliz.

Na manhã seguinte, encurralei papai enquanto ele tomava o café da manhã e mamãe estava no banho. Lembrei a ele que mamãe estava trabalhando em seu livro e que já tinha terminado seis capítulos, e era impossível escrever tudo à mão.

— Vamos comprar uma máquina de escrever — falei. — Uma elétrica. Você pode sair do trabalho mais cedo hoje e compramos juntos.

Que ideia era aquela? Papai nunca saía do trabalho mais cedo. Mas ele concordou que a máquina de escrever era uma boa ideia, tirou dinheiro da carteira e eu comprei uma

Smith Corona naquela tarde. Mamãe ficou extasiada, e eu agi como se tivesse sido ideia do papai. Então ela o beijou e datilografou até meia-noite.

Mamãe me deu seu carro na noite anterior ao Dia do Trabalho, depois que ela e papai tinham ido a uma concessionária no Bronx para comprar um Honda novo em folha. Era de uma cor chamada Névoa do Deserto. Meu pai conseguira um bom preço porque o vendedor era ex-marido da mulher do seu parceiro ou coisa do tipo.

No dia seguinte, nós o levamos até a casa de Patrick e Evelyn, quando ela contou a mim e a mamãe que tinha se inscrito para um curso de secretariado na Queensborough Community College.

— É só por um semestre — disse ela. — Para aprender a me virar em um escritório e todas aquelas bobagens. Posso tentar conseguir um emprego quando Shane entrar para o maternal. Patrick acha uma boa ideia.

Eu também achava. Assim como mamãe, que se comportou como se Evelyn tivesse conseguido uma bolsa integral em Yale.

— Isso é fantástico, Evelyn — falei.

— Mas o problema é o seguinte — começou ela, e aquilo me preocupou, embora não houvesse motivo para preocupação. Ela disse apenas que as aulas eram às segundas e quartas e que ela precisava de uma babá. Eu não me importaria de tomar conta das crianças, não é?

— Bom, não tenho mais nada para fazer — falei, com uma risada inesperada, e aquilo não pareceu tão trágico.

Vinte e quatro

Estávamos na metade de setembro, a época do ano em que o outono se sobrepõe ao verão e o ar fica com cheiro de fluido para isqueiro porque todo mundo quer usar a churrasqueira até não poder mais. Papai estava ocupado descobrindo quem tinha estuprado e matado uma garota no Battery Park, mamãe intimidava um novo grupo de alunos do sexto ano, e Evelyn estava aprendendo a datilografar.

Eu estava orgulhosa de Evelyn. De manhã cedo, nas segundas e quartas, eu dirigia meu Honda até o Queens, onde a encontrava esperando na porta da frente segurando os livros didáticos contra o peito. Ela ia embora em sua minivan, e eu levava Kieran para a escola e passava o restante do dia cuidando de Shane e estudando para o SAT.

Em uma dessas manhãs de quarta-feira, preenchi minha segunda inscrição para a Parsons e minha primeira para três outras faculdades de Manhattan. Mais tarde, coloquei Shane em sua cadeirinha de carro e parei no correio para enviar os quatro envelopes antes de pegar Kieran na escola.

Naquela noite, voltei para o Brooklyn e encontrei a casa vazia. Papai estava trabalhando, mamãe estava em um conselho de classe, e a luz vermelha de nossa secretária eletrônica piscava. Apertei o botão e ouvi a voz rouca de uma garota dizendo que eu devia ligar para ela no Waldorf. Quarto 163.

A noite estava quente, mas senti um calafrio nervoso. Eu não queria pensar no Waldorf, em Leigh nem em ninguém relacionado a ela. Tinha medo que fazer isso me puxasse para o profundo buraco escuro do qual fora tão difícil escapar.

— Eu gostaria de tomar sorvete — disse mamãe, depois do jantar.

Eu e ela estávamos sentadas à mesa da cozinha. Ela lambeu os lábios e sugeriu um Flying Saucer da Carvel ou um pote de Jamoca Almond Fudge, da Baskin Robbins, mas eu não queria comer sorvete e fiquei inventando desculpas porque não podia contar a verdade à mamãe. Não podia contar a ela que a voz de Leigh tinha abalado meu frágil equilíbrio, e agora eu não conseguia tirar da cabeça que era muito mais fácil me recuperar da mononucleose do que de Blake Ellis.

— Vamos lá — disse mamãe. — A comida é um dos prazeres simples da vida.

Talvez ela estivesse certa. Talvez algo simples como Jamoca Almond Fudge ajudasse. Então sorri e me levantei da mesa. Foi quando o telefone tocou, e era Evelyn, que queria contar a mamãe que Kieran tinha vencido o concurso de soletração do segundo ano e que ela havia tirado B+ na prova de datilografia, e eu não queria que mamãe tivesse de interromper a conversa.

— Vou até a Baskin Robbins — sussurrei. — Volto logo.

Ela assentiu, e eu saí. O ar morno tinha sido levado embora por uma brisa fria que agitava as árvores, e um monte de garotas do ensino fundamental com tranças e rabos de cavalo andavam de bicicleta em círculos pela rua. Nossa vizinha estava parada na entrada de sua garagem conversando com outra mulher, de rolinhos no cabelo, que passava o tempo todo protegendo os olhos do sol. Ambas acenaram quando eu passei a caminho da Baskin Robbins, onde comprei um pote grande e não o individual.

Deixei as janelas abertas enquanto dirigia para casa, desfrutando o ar frio e o som das crianças rindo nas esquinas. Estava quase chegando quando uma bicicleta me cortou. Enfiei o pé no freio, ouvi os pneus cantarem, e ninguém mais estava rindo.

Eu nunca havia estado em um hospital. Claro que já tinha *entrado* em um hospital, mas nunca havia *ficado* em um hospital, onde eu era a paciente e os médicos me faziam perguntas como "Qual é seu nome todo?" e "Quem é o presidente dos Estados Unidos?". "Ariadne Mitchell" e "Ronald Reagan" foi o que respondi, e todos pareceram impressionados, embora as perguntas fossem muito bobas. Por um instante, me perguntei se finalmente enlouquecera e estava no New York Presbyterian, mas não parecia, porque eu não estava de camisa de força. Era apenas um quarto normal com uma televisão, uma cama e um cheiro forte de Lysol. Eu estava na cama com um lençol até a cintura e estava ligada a uma máquina que media meus batimentos cardíacos e não parava de bipar. Eu também estava usando uma bata que não me lembrava de ter vestido.

— Onde estão minhas roupas? — perguntei a mamãe, que estava parada ao meu lado.

— Eles as tiraram — respondeu ela. — Você estava inconsciente.

O fato de estranhos terem removido minhas roupas era mais perturbador do que descobrir que tinha ficado inconsciente. Tentei me lembrar de qual sutiã estava usando naquele dia. Esperava que fosse um decente, que não tivesse elásticos arrebentados e buracos, mas não conseguia me lembrar de nada, minha cabeça estava doendo muito. Mamãe continuou falando, dizendo que eu tinha pisado no freio com tanta força para não atropelar uma garota de bicicleta, que batera com a testa contra o volante.

— Ela está bem? — perguntei.

— Está ótima — disse mamãe. — É uma idiota, mas está ótima. Quem anda de bicicleta no meio da merda da rua?

Descobri que eu não estava exatamente bem, que tinha um grande galo e uma contusão roxo-acinzentada que crescia e escurecia na minha testa, e que podia ter uma concussão, mas o médico não sabia ainda, então eu ia passar a noite em observação no hospital.

Eu não achava que estava com uma concussão nem a enfermeira matrona que apareceu para me ver depois que mamãe foi embora. E eu começava a me sentir melhor. Minha cabeça não estava doendo tanto quando o jornal das 22 horas começou, e eu estava me acomodando nos travesseiros para assistir à matéria sobre a garota morta no Battery Park quando ouvi a porta se abrir.

Achei que era a enfermeira. Mas, quando virei a cabeça, vi cabelos longos e ruivos e olhos com manchinhas douradas.

— Uau, você se machucou mesmo — disse Leigh.

Fiquei nervosa outra vez. A sensação persistiu enquanto eu a ouvia falar. Ela disse que não sabia se eu tinha recebido a mensagem, por isso foi até minha casa, mas não tinha ninguém lá, e minha vizinha de porta disse que eu tinha sofrido um acidente de carro e estava no Kings County Hospital. Desejei que a vizinha tivesse ficado de boca fechada, porque agora Leigh estava sentada na cama vazia ao lado da minha. Ela sorria e me contava sobre a UCLA, e eu não conseguia sorrir nem responder. A flecha pendia de seu pescoço e trazia memórias que me deixaram muito quieta.

E eu me sentia culpada. Não tinha ligado para ela depois do Dia dos Namorados. Eu a culpava por ter me apresentado a Blake e a Del, embora ela não tivesse culpa alguma, e mesmo assim ali estava ela, agindo como se eu não merecesse o prêmio de Pior Amiga de Todos os Tempos. Mas talvez estivesse com pena de mim porque sabia como era perder alguém que se ama.

— Tio Stan fez uma ponte de safena tripla — disse ela. — Ele não está muito bem.

Que bom, pensei. Eu também não estava muito bem por causa dele.

— Ah — comentei, e não disse mais nada, embora Leigh parecesse esperar por algo mais, algo simpático ou encorajador. Mas eu simplesmente não consegui dar isso a ela.

Ela enrolou o cabelo ao redor do dedo.

— Fico feliz que você esteja bem. Acidentes como esse podem se transformar em algo muito pior, eu que o diga.

Ela estava falando de M.G. Eu queria perguntar se ela ainda pensava nele, se ainda sentia a falta dele, e quanto tempo levava para esquecer completamente alguém, mas não consegui fazer nada disso.

— Também fico feliz por você estar bem. — Foi o que me limitei a dizer.

Ela assentiu.

— Ouça, Ari... Blake está no carro.

Meu coração parou. Eu me perguntei se isso tinha se registrado na máquina.

— Por quê? — perguntei.

— Contei a ele que você tinha sofrido um acidente, e ele quis ver se você estava bem. — Ela tocava o pingente, e eu não conseguia tirar os olhos dele. — Não sei se é só isso... mas ele quer ver você. Quer vê-lo?

Por que ela não podia me fazer uma daquelas perguntas fáceis, como "Quem é o presidente dos Estados Unidos?". Aquela tinha sido moleza de responder. Essa era muito confusa. Parte de mim queria ver Blake mais do que qualquer outra pessoa no mundo, e outra parte não queria vê-lo nunca mais porque ele tinha me traído, eu o tinha traído, e ele nunca trairia o pai, especialmente enquanto ele estava doente. Era inútil.

— Não — falei. Não foi fácil dizer essa palavra, mas achei que era a melhor palavra.

— Tem certeza? — perguntou Leigh.

— Não — repeti.

Ela se levantou da cama.

— Eu entendo. Bom... tenho certeza de que você está cansada. Vou embora para deixá-la relaxar. Cuide-se, OK?

Ela foi em direção à porta, e eu estiquei a mão e peguei a dela para impedi-la. Segurei sua mão por um instante, lamentando por nunca ter sido a amiga que ela merecia. Ela pareceu entender isso também.

— Se cuide, Leigh — falei.

Ela sorriu.

— Melhoras, Ari.

Leigh saiu sem prometer me ligar na próxima vez que estivesse em Nova York. Acho que nós duas sabíamos que eu precisava cortar todos os laços com a família Ellis, se quisesse esquecê-los.

Alguns minutos depois, a enfermeira entrou e me perguntou como eu estava. Quando tentei falar, minha voz falhou e uma lágrima rolou pela minha bochecha.

— O que foi? — perguntou ela.

Limpei o rosto.

— Uma pessoa veio me ver, mas eu decidi não vê-la.

Ela assentiu.

— Temos conselheiros de saúde mental aqui. Acha que gostaria de falar com alguém?

Eu nem sabia por que estava falando com ela. Não falava sobre Blake com ninguém, embora estivesse começando a achar que guardar tudo dentro de mim não era uma ideia tão inteligente. "Não reprima suas emoções", fora o conselho do médico que diagnosticara minha enxaqueca muito tempo antes. Eu deveria ter escutado.

— Hoje não — falei. — Mas logo vou estar pronta.

Eu não tivera uma concussão e não falei com um conselheiro no hospital. Mas marquei uma consulta com a psiquiatra da clínica. Fui até lá na sexta-feira seguinte com uma contusão na testa e falei com uma mulher de uns quarenta e poucos anos chamada Dra. Pavelka. Ela usava óculos de gatinho e batom da cor do Pepto-Bismol. Tinha um tranquilizador sotaque eslavo e um sofá confortável em um consultório com plantas no peitoril da janela. Gostei dela imediatamente. Gostei dela o bastante para lhe contar coisas que nunca tinha contado a ninguém, como o fato de ter deixado as cortinas fechadas para não ver o rosto de Santa Ana e a grama de primavera aparecendo através da neve lamacenta.

Ela mordia a ponta do lápis, sentada em uma cadeira enorme.

— Desde quando se sente assim? — perguntou ela.

— Desde... — comecei, tentando encontrar uma resposta no teto de estuque; olhei para ela novamente, para o cabelo louro-avermelhado preso no topo da cabeça com dois palitinhos. — Desde o fim do jardim de infância. Eu me sentia muito bem no jardim de infância.

— Entendo. E essa estátua... essa santa... acha que fala com você?

— Ah, não — respondi rapidamente, me perguntando se ela achava que eu era esquizofrênica e ouvia vozes saindo do gesso. — Não, ela só...

Parei de falar porque não conseguia escolher as palavras. Precisava de alguma que não me fizesse parecer insana de verdade. A Dra. Pavelka continuava mordendo o lápis, e eu esperava que homens de uniforme branco entrassem e me levassem embora.

— Difícil explicar — disse ela. — Talvez demore tempo para entender. Certo?

— Certo — respondi, feliz por ela não me considerar uma lunática balbuciante.

Ela prendeu o lápis atrás da orelha e cruzou as pernas.

— Suas enxaquecas, Ari... não existe causa física? Sua médica disse que são causadas por estresse.

Relaxei nas almofadas do sofá.

— Estresse — concordei. — Barulhos altos, nervosismo... e guardar tudo para mim mesma.

A Dra. Pavelka descruzou as pernas.

— Volte na sexta que vem — disse ela. — Tenho a sensação de que você deveria ter vindo há muito tempo. Temos muito para conversar, não?

Voltei na sexta-feira seguinte. Ela não me internou em uma ala psiquiátrica nem me prescreveu remédios. Tudo que fazíamos era conversar, e tínhamos muito que falar. Debatemos Blake, meus pais e Evelyn, e a Dra. Pavelka não se chocava com coisa alguma. Ela agia como se ficar deprimida não fosse diferente de pegar mono. Não pareceu nem um pouco enojada quando contei sobre Del e disse que antigamente tinha uma queda pelo meu cunhado.

— Não é estranho? — perguntei. — Digo... o que eu sentia por Patrick?

— É normal — explicou ela.

Ela me fazia sentir-me normal. Eu a vi na tarde da sexta seguinte, e na outra, e logo as folhas das árvores do lado de fora do consultório passaram de verdes a marrons.

— Ainda penso em Blake — disse a ela, em um dia frio de outubro.

— Quanto? — perguntou ela. — Em escala de 1 a 10.

Dei de ombros.

— Talvez 6.

— Claro — disse ela. — Ele foi seu primeiro namorado. Primeiro amor. Não é fácil esquecer tão rápido. Mas você tem de lembrar, Ari... você tem um futuro pela frente. O passado acabou.

Ela se levantou porque nossa sessão tinha terminado. Eu fiquei onde estava, pensando que o passado acabara, que eu não podia voltar atrás e aquilo era muito triste. Mas pensei que voltar ao passado poderia ser como visitar o ensino fundamental, onde as carteiras eram pequenas e não dava para acreditar que você já coubera nelas, e você sabia que seu lugar não era mais ali.

Andei até em casa depois, com a mente no casamento de Julian e no fato de não ter nada para vestir. Naquela noite, enquanto mamãe datilografava em sua máquina de escrever na cozinha, fiquei no meu quarto verificando minhas roupas e tentando encontrar algo apropriado para um cruzeiro de casamento ao redor de Manhattan. Achei um vestido preto, o que eu tinha usado na festa de Natal do Sr. Ellis, o que acabara no chão depois do aniversário de 21 anos de Blake. Peguei-o, toquei-o e olhei para ele, e mamãe apareceu ao meu lado.

— Vou comprar um vestido novo para você — disse ela, retirando-o delicadamente das minhas mãos. — Algo que esteja na moda.

Aquele vestido ainda estava na moda. Um pretinho básico está sempre na moda. Mas mamãe não entendia dessas coisas, então não a corrigi. Além do mais, achei que ela talvez tivesse razão. Aquele vestido estava totalmente passado.

Fomos à Loehmann's na manhã seguinte e compramos um conjunto de saia e blusa roxo que combinava com a contusão que ainda não tinha desaparecido completamente da minha testa. Já estava fraca, apenas algumas marquinhas sobre minha sobrancelha esquerda, mas Julian percebeu. Ele viu depois da cerimônia, quando estava oficialmente casado e eu estava parada sozinha, encostada no parapeito do iate olhando para o contorno dos prédios de Manhattan contra o céu do outro lado da água.

— Você foi assaltada ou o quê? — indagou ele.

Eu ri e lhe contei sobre o acidente. Era uma linda noite de outono com céu limpo e uma brisa fresca, e Julian queria saber o que eu tinha feito desde o verão. Falei que não tinha feito muita coisa além de planejar começar a faculdade no ano seguinte, e ele me perguntou onde eu queria estudar.

— Espero que na Parsons. Tenho de refazer o SAT no mês que vem. Fui muito mal na última vez.

Ele riu.

— O SAT parece importante agora, mas não vai fazer diferença mais para a frente, especialmente para alguém com seu talento. Sabe, mostrei seu retrato de Adam a um amigo meu, um cara que tem uma agência de publicidade em Manhattan, e ele ficou impressionado. Ele disse que talvez tenha uma vaga de meio-período na próxima primavera se você estiver interessada.

— Uma vaga — falei, me imaginando atendendo telefones ou enchendo envelopes. — Que tipo de vaga?

— De artista, Ari — disse ele, como se eu fosse uma completa desmiolada. — Está interessada?

Tempos antes, eu teria dito que não estava interessada, em uma época em que ser uma artista parecia grande e assustador, como algo que me dissolveria no ar. Mas naquele momento não falei que não estava interessada, porque muitas coisas grandes e assustadoras tinham me acontecido nos últimos tempos e eu ainda estava ali.

— O que você acha? — perguntou Evelyn.

Era véspera de ano-novo, e eu estava atrás dela enquanto ela se examinava no espelho de corpo inteiro do seu quarto. Acabara de vestir um vestido de festa bordado com contas e com cintura império e analisava seu reflexo nervosamente de diferentes ângulos. Ela estudava o bordado na saia, os sapatos plataforma. Tínhamos comprado tudo juntas em uma daquelas lojinhas que vendiam roupas vintage por preços acessíveis, e eu sabia que ela ia roubar o show na festa a que ela e Patrick iam naquela noite. Estava sendo oferecida em um salão em Long Island por um vizinho que recentemente tinha herdado dinheiro e queria saudar 1988 em grande estilo.

— Acho que está lindo — falei. — E pare de se contorcer.

Ela sorriu.

— Você vai ficar bem com as crianças? Eles não estão conseguindo melhorar desse resfriado.

Arrumei seu cabelo em volta do rosto e retribuí o sorriso. Os meninos estavam doentes desde o Natal, tossindo, espirrando e tendo febres baixas, mas eu não queria que Evelyn se preocupasse. Ela e Patrick mereciam uma noite despreocupada e cheia de coquetéis de camarão e champanhe.

— Vamos ficar ótimos — falei, entregando-lhe a clutch prateada que uma vendedora nos contara ter sido feita em 1928. — Divirtam-se.

Ela pegou a bolsa com uma das mãos e ajeitou o rímel no espelho com a outra.

— Ligue para mamãe se tiver algum problema — disse ela, e assenti, embora não tivesse a intenção de ligar. Ela e papai estavam dando a própria festa de ano-novo em casa, com eggnog batizado com conhaque e um monte de gente do departamento de polícia de Nova York com os cônjuges, e também mereciam se divertir.

Empurrei Evelyn em direção à sala de estar, onde Patrick estava sentado no sofá com Kieran ao lado e Shane no colo. Ele acariciava as costas de Shane e segurava um lenço para

Kieran assoar o nariz. Estava usando um elegante terno preto e uma gravata azul acetinada.

— Você não está nada mal — disse eu a ele.

Ele puxou a gola.

— Estou sufocando com esta coisa.

Aquele comentário me lembrou de outra pessoa que teria preferido uma camiseta com jeans a um terno sofisticado. Lembrei que não tinha ninguém para beijar à meia-noite.

Peguei os meninos com Patrick para me distrair. A Dra. Pavelka tinha dito para me distrair sempre que sentisse a menor pontada de depressão. "Não fique remoendo", dissera ela. Shane segurou meu pescoço e tossiu no meu moletom enquanto Kieran usou minha manga para enxugar o nariz, e nós três ficamos no vestíbulo olhando Patrick e Evelyn vestirem seus casacos.

Patrick abriu a porta e a segurou para Evelyn. Havia uma guirlanda de Natal na porta e ouvi os sininhos tocarem. Também senti o ar frio e a bochecha macia de Evelyn encostar na minha quando ela se inclinou para dizer boa-noite.

— Obrigada por cuidar dos meninos — disse ela.

Isso era algo que ela dizia muito mais do que antes.

— Aproveitem a festa — respondi.

Quando eles foram embora, olhei Kieran brincando com seu novo trenzinho depois que Shane dormiu. Kieran finalmente caiu no sono no sofá, e levei-o para seu quarto com lençóis dos Jets que meu pai tinha lhe dado de Natal. Ri comigo mesma quando fechei a porta, achando que Patrick ia incinerá-los quando Evelyn não estivesse por perto.

Então me joguei no sofá com o controle remoto, mas não fiquei ali por muito tempo. Ouvi Shane tossindo no quarto, corri para cima e lhe dei uma dose de remédio.

— Está melhor? — perguntei, tirando o cabelo úmido de sua testa quente.

— Quero ver televisão — disse ele.

Sentamos juntos no sofá, e eu estava passando pelo *Daily News* quando a campainha tocou. Peguei Shane no colo, andei até o vestíbulo e abri a porta. Ouvi sinos e vi uma garota mignon com cabelo louro liso cortado na altura do queixo. Ela vestia um casaco cor de creme e luvas combinando e cheirava a L'Air du Temps.

— Oi Ari — disse Summer. — Feliz ano novo.

Ela estava muito diferente. Suas roupas não eram muito chamativas. Tinha perdido 15 cm de cabelo. Não havia brilho labial cintilante nem sombra índigo. A maquiagem era discreta, com exceção do batom vermelho fosco, e ela estava mais linda do que nunca. Lembrava as fotografias que eu vira de mulheres dos anos 1920, as que usavam o tipo de bolsa que Evelyn levara para a festa daquela noite.

— Oi. — Saiu da minha boca, em uma voz fraca que mal consegui ouvir. Eu não via Summer desde o ano anterior e não esperava vê-la outra vez.

— Passei na casa dos seus pais — disse ela. — Sua mãe me disse que você estava aqui. Ela está dando uma festa.

— Eu sei — falei, com a voz mais alta. Desejei que mamãe não tivesse revelado minha localização, mas não podia me zangar com ela. Embora mamãe suspeitasse de muitas coisas, eu nunca tinha contado a ninguém além da Dra. Pavelka sobre o que acontecera entre mim e Summer. Pareceria horrível demais fora do consultório dela.

Summer desviou os olhos de mim para Shane.

— Nossa, você está enorme — disse. Ela esticou a mão para acariciar sua bochecha, mas eu o afastei.

— Deixe-o em paz — falei.

O sorriso dela desapareceu, e seu braço pendeu ao lado do corpo como se ela soubesse que merecia. Aquilo me deixou com pena dela, embora pena fosse a última coisa que eu queria sentir. *Está com um novo visual, Summer?*, pensei. *Está renovada e melhorada? Tentei fazer isso uma vez e não deu certo.*

— Bom — disse ela, com a respiração se transformando em vapor quando atingia o ar. — Posso entrar, Ari? Quero dizer... quero conversar com você.

Pensei em bater a porta. Pensei em chutá-la escada abaixo. Mas uma pequena e incômoda parte de mim se lembrou do velório do tio Eddie, de uma festa de 16 anos e de uma caixa de materiais de arte, e o resto de mim estava curioso, então a deixei entrar.

Ela olhou a sala de estar, a árvore de Natal piscando, a pilha desorganizada de presentes abertos no chão. A casa não tinha mudado nada desde a última vez em que ela estivera ali, e me perguntei se ela ia torcer o nariz todo importante da UCLA para tudo, mas não torceu. Apenas tirou as luvas e se sentou no sofá.

Eu me sentei diante dela na nova poltrona reclinável xadrez que tinha sido presente de Natal de Patrick para si mesmo. Ele disse que planejava ver muitos jogos do Red Sox naquela temporada. Shane começou a brincar com um carrinho de bombeiros de brinquedo no chão da cozinha enquanto eu olhava inexpressivamente para Summer.

— Achei que você estava na Califórnia — falei, cruzando os braços sobre o peito.

Ela desabotoou o casaco.

— Vim visitar meus pais durante as festas.

Que festa?, pensei. *Chanucá ou Natal? Já escolheu uma religião, Summer? Decida-se.*

— Ah — falei.

Ela parecia nervosa, e eu não fazia a mínima questão de tranquilizá-la. Simplesmente fiquei observando-a se inclinar para a frente e pegar um Hershey's Kiss de uma tigela na mesinha de centro.

— Ari — disse ela, abrindo a embalagem de alumínio. — Você ainda vê o Blake?

Blake. Pareceu ecoar contra todas as paredes da casa. Eu nunca dizia o nome dele fora do consultório da Dra. Pavelka, e foi perturbador ouvi-lo naquele momento, especialmente vindo de Summer.

— Não — falei, segurando com força a cadeira de Patrick, apavorada com a pergunta que eu estava para fazer. — E você?

— Eu? — indagou ela, com os olhos arregalados e o chocolate derretendo na palma da mão. — Não. Eu não o vejo há muito tempo, nem quero. Minha mãe não trabalha mais para a Ellis & Hummel, ela pegou um trabalho maior na primavera passada, então não tem tempo para eles. Ela está expandindo a empresa... agora tem alguns funcionários.

— Ah — falei outra vez, afrouxando a pressão na cadeira. — Que... bom para sua mãe.

Summer assentiu, abandonando o chocolate sobre a mesa.

— Ari — disse ela. — Eu estava errada sobre tudo. Achei que Blake era um cara legal, mas não era. Ele não era nem um pouco legal.

— Blake era um cara legal — falei, do mesmo jeito e pela mesma razão que tinha protestado quando Patrick dissera que Summer não era uma "boa garota" e quando Del a chamara de "piranha". — Só não era um cara forte.

— É — concordou ela. — Você está certa. O pai realmente mandava nele. Sinceramente, acho que Stan gostava mais de mim do que Blake. De qualquer maneira, Blake tinha uma ideia errada sobre mim. Foi tudo um grande erro.

Onde eu já tinha ouvido aquilo? E muitas pessoas tinham a ideia errada sobre Summer. Tive a agradável sensação de saber que tanto ela quanto Blake se arrependiam do que tinham feito, mas também senti pena dela outra vez. Eu sabia que o Sr. Ellis a usara, que Blake a usara, que ela procurava um cara que olhasse em seus olhos quando faziam amor, e duvidei que Blake fizesse isso, mesmo que estivesse bem em cima dela.

— Sim — falei. — Foi um erro.

Ela assentiu de novo, se levantou e espanou pedacinhos de alumínio do casaco.

— Ari — disse ela. — Eu não sou melhor do que você. E não a acho medíocre.

Imaginei que ela considerava aquilo um pedido de desculpas. Aceitei uma fração minúscula dele e abri um meio-sorriso. Ela mudou rapidamente de assunto como se meu silêncio servisse de perdão. Começou a falar do novo namorado e tirou uma carteira da bolsa.

— Este é ele — disse ela, e dentro da carteira vi a foto de um homem atraente. Ele estava sob uma palmeira com os braços ao redor de Summer. A foto era perfeita como todas as que ficavam em carteiras: fotos de casais felizes. Imaginei que o novo visual fosse para ele, para a Califórnia, para um recomeço. — Ele é um pouco mais velho... se formou na UCLA há cinco anos e agora está fazendo MBA. Acho bom sair com caras mais velhos, eles são mais maduros e nos tratam melhor.

Dava para ver que o cara da foto tratava Summer melhor que Casey, melhor que Blake havia tratado, melhor que qualquer um daqueles nomes no seu diário, e fiquei surpreendentemente satisfeita. Também tive a sensação de que ela não estava mais buscando *experiência*.

— Que ótimo, Summer — falei. — Mesmo.

Ela sorriu, e fomos para o vestíbulo, onde abri a porta e senti o cheiro de madeira queimando.

— Adeus — disse ela.

Ela desceu a escada, e ouvi seus saltos batendo na calçada enquanto ela percorria o quarteirão. Shane saiu correndo da cozinha, eu o peguei no colo, e nós dois observamos o casaco claro de Summer desaparecer na escuridão.

— Tchau — disse Shane, acenando com a mãozinha.

Tchau, pensei, praticamente certa de que nunca mais a veria. Mas, se visse, se nos esbarrássemos um dia, eu sabia que íamos sorrir e dizer coisas educadas como "Como você está?" e "Mande um beijo para seus pais", e secretamente nos lembraríamos de que um dia tínhamos significado algo uma para a outra. E, mesmo que isso nunca acontecesse, se nunca mais nos falássemos, eu estava feliz por termos conversado naquela noite.

Vinte e cinco

A Parsons me aceitou. Em fevereiro, o carteiro entregou um envelope grosso, e depois eu tive de levar um portfólio do meu trabalho até a cidade e fazer uma entrevista na faculdade, e logo eles mandaram outra carta que abri enquanto mamãe olhava por cima do meu ombro. "Cara Ariadne", li. "Seja bem-vinda à Parsons School of Design, Turma de 1992."

Ela ficou extática, e eu também, e ambas ficamos igualmente felizes quando me encontrei com o amigo de Julian em maio. Ele me ofereceu um emprego de meio período em sua agência em Midtown, onde eu trabalhava como ilustradora iniciante para artistas experientes e diretores de arte, e nenhum deles jamais disse que eu não tinha talento. Às vezes as pessoas do escritório me mostravam seu trabalho e perguntavam: "O que você acha disso, Ari?", e a ideia de que alguém se importava com o que eu achava me fazia sentir ainda mais importante do que ganhar um colar de rubi de Natal. Tudo aquilo fez mamãe mudar de ideia sobre o valor dos contatos, desde que não houvesse compromisso.

Continuei trabalhando ao longo do primeiro ano de faculdade, e o verão não demorou a chegar. Passava três dias por semana na cidade e dois na Creative Colors, e descobri que Adam ainda gostava de desenhos de lagos e montanhas.

— Você ainda tem aquele mesmo namorado? — perguntou ele, na tarde de uma sexta-feira de agosto.

Eu estava colorindo o lago com um lápis cobalto e balancei a cabeça.

— Ah — disse ele. — Tudo bem. Você vai encontrar outro quando estiver pronta.

Eu ri porque ele estava certo.

No dia seguinte, meus pais e eu fomos a um piquenique de bombeiros de toda a cidade em um parque em Manhattan com Evelyn, Patrick e os meninos. Estava um dia quente e ensolarado, e sentamos em cadeiras dobráveis ao redor de uma mesa cheia de comida. Eu estava bebendo um copo de limonada quando Kieran veio correndo pela grama, ofegando e dizendo que tinha de me contar uma coisa.

— Vi seu ex-namorado, tia Ari.

— Shhh — disse Evelyn, agarrando o braço dele e o empurrando em uma cadeira. Minha mãe também o silenciou, e Patrick ficou com os olhos fixos no hambúrguer. Eu sabia que eles tinham boa intenção, como sempre, mas não precisavam mais me proteger. Eu não queria nada com Blake. Só precisava vê-lo uma última vez para nunca mais precisar vê-lo.

— Onde? — perguntei.

— Provavelmente era só alguém parecido com ele — disse mamãe, acendendo um Pall Mall. — Termine o almoço, Ariadne.

— Onde? — perguntei outra vez, encarando Kieran.

— Ele está na pista de corrida — respondeu papai.

Todos nós olhamos para ele. Ele estava sentado à cabeceira da mesa e baixou os olhos para o prato como se não tivesse acabado de fazer a melhor coisa de todos os tempos.

Eu me levantei da cadeira e me atrevi a abraçá-lo.

— Obrigada, pai — falei, e ele até retribuiu o abraço. Não durou muito, só alguns segundos, mas já era alguma coisa.

Eu me afastei e atravessei o parque, onde vi Blake. Ele estava correndo em uma pista, usando short preto e camiseta cinza. Fiquei à margem do asfalto e o chamei quando ele passou.

Ele parou de correr. Ele se virou e andou na minha direção, e vi seu lindo rosto. O tempo tinha amadurecido seus traços; ele parecia mais um homem do que um menino.

— Ari — disse ele, com um sorriso que eu não esperava. Eu não sabia se ele ia querer me ver, sobretudo depois que eu me recusara a vê-lo no Kings County Hospital. Mas eu não estava pronta naquela época. Agora estava. — Como você está?

— Bem — respondi, nervosa e sem saber o que dizer em seguida.

Seus olhos percorreram meu rosto.

— Você está bonita.

— Estou? — indaguei, e ele riu como se eu não tivesse mudado nada, mas estava errado. Ele perguntou se eu estava na Parsons, e eu respondi que sim. Também contei sobre meu emprego, e nada o surpreendeu.

— Eu sempre soube que você podia se tornar uma artista — disse ele.

Eu sorri porque era verdade. Ele sempre acreditara em mim.

— O que você tem feito? — perguntei, esperando que ele me dissesse que planejava se tornar bombeiro e estava correndo para conseguir passar na parte física da prova de admissão do FDNY.

Ele levantou um dos ombros e puxou a barra da camiseta. Estava úmida e colada ao seu peito.

— Estou fazendo Direito.

Meu coração afundou, embora eu não estivesse chocada.

— Mas você queria ser bombeiro.

Blake fez uma pausa momentânea, olhando para uma pedra na pista. Ele a chutou para a grama antes de olhar para mim outra vez.

— Você se lembra disso?

Claro que eu me lembrava. Como ele achava que eu esqueceria? Mas muito tempo tinha se passado, eu *estava* começando a me esquecer de algumas coisas, coisas como que tipo de chocolate ele tinha me dado quando eu estava com mono.

— Era muito importante para você — comentei.

Ele assentiu lentamente e esfregou a nuca.

— É... ainda penso nisso às vezes. Mas as coisas tomaram um rumo diferente.

— Sem dúvida — falei, fazendo de tudo para manter a voz livre de sarcasmo. Fiquei sem saber se tinha conseguido.

— Bom... imagino que seu pai esteja contente por você estar na faculdade de Direito.

Ele passou a mão pelo cabelo, que ficou arrepiado exatamente como antes.

— Meu pai morreu há algum tempo, Ari. Ele nunca seguia os conselhos do médico... ainda comia o que queria e se matava de trabalhar, mesmo depois da cirurgia. Tia Rachel sofreu muito, mas vai acabar melhorando. Dizem que o tempo cura tudo.

Ele estava certo. E eu não sentia o mesmo que tinha sentido quando Leigh me contara que o Sr. Ellis não estava bem. Eu não sentia mais ódio. Queria dizer alguma coisa para fazer Blake se sentir melhor, mas não consegui pensar em nada.

— Sinto muito. — Foi tudo que me veio à mente.

Blake deu de ombros como se não estivesse triste, mas eu sabia que estava. Ele ainda era um mau ator. Então ele se aproximou, tocando minha mão que pendia ao lado do meu corpo.

— Eu também — disse ele.

Eu sabia que ele não estava se referindo ao Sr. Ellis. Sabia que aquele era o dia sobre o qual minha mãe tinha falado, o dia em que tudo que acontecera não teria mais importância. Olhei nos olhos de Blake, me lembrando da bolinha de gude perdida e pensando que, embora ela tivesse desaparecido para sempre, ainda poderia haver outra igual por aí. Talvez houvesse outro cara que ia beijar minha testa, um cara igualmente doce, mas forte o bastante para me escolher acima de qualquer outra pessoa.

Assenti. Ele apertou meus dedos, recuou e mudou de assunto.

— Del vendeu a boate e se mudou para a Califórnia. Ele abriu outro lugar em Los Angeles. Você sabe que eu e Del nunca nos demos bem... mas ele está indo bem, e estou feliz por ele.

— Que ótimo — falei, e percebi que Blake não fazia ideia do que tinha acontecido no loft no Dia dos Namorados. Del mantivera segredo, como eu pedira; ele não era tão cachorro, afinal de contas. — Mas você está sozinho em Nova York, não é? — perguntei, pensando que seus parentes mais próximos estavam mortos ou morando na Califórnia.

— Estou estudando em LA — disse ele, puxando a camisa outra vez. UNIVERSITY OF SOUTHERN CALIFORNIA estava impresso no tecido em letras vermelhas. Eu nem tinha percebido.

— Ah — falei, surpresa. — Está gostando da Califórnia? Digo... a faculdade de direito é legal?

Ele suspirou.

— É o que eu esperava. Assim como a Califórnia. Mas tia Rachel me queria por perto... Acho que devo ficar perto da minha família por enquanto. E meu pai sempre planejou que eu me tornasse advogado.

Olhei para minhas sandálias e para ele outra vez.

— Seu pai se foi, Blake.

Ele me encarou por um instante.

— Então você acha que não devo fazer o que ele queria?

— Acho que deve fazer o que *você* quer. Ele não está aqui.

Uma expressão magoada passou pelo rosto de Blake. Ele a suprimiu rapidamente e falou com uma voz determinada.

— Eu sei que não... e isso torna seguir os planos dele ainda mais importante. Seus sócios estão dirigindo a Ellis & Hummel. Mantive um apartamento aqui na cidade e volto mais ou menos uma vez por mês para ir ao escritório. Vou começar a trabalhar lá permanentemente depois que me formar. Um dia vou comandar tudo.

Eu me lembrei do dia de ano-novo na cobertura, quando ele tinha terminado comigo. Eu me lembrei dele parado diante do elevador enquanto eu ia embora, com uma expressão corajosa e obediente, como a de um soldado. Ele estava com a mesma aparência naquele momento, e percebi que não tinha mudado muito. Fiquei triste por ele.

— Ari — disse ele. — Você está saindo com alguém?

— Não — respondi, balançando a cabeça. — E você?

Ele deu de ombros.

— Desde que nós terminamos, não houve ninguém importante.

Eu me senti um pouco convencida. Pensei que ele deveria ter percebido mais cedo que pessoas importantes não aparecem com muita frequência e precisamos mantê-las por perto quando aparecem. Talvez eu sempre tivesse sido mais inteligente que ele, porque aquilo era algo que eu sempre soubera.

A julgar pela maneira como Blake estava olhando para mim, tive a sensação de que ele finalmente tinha se dado conta disso. Talvez aquela fosse a única coisa que *tinha* mudado nele. Mas ele demorara demais.

Eu me lembrei das coisas sobre as quais conversávamos, as coisas que tínhamos planejado, tudo que eu tinha demorado tanto para deixar para trás. Mas agora eu queria outras coisas, coisas novas, como a carreira que as pessoas do trabalho não paravam de me dizer que eu certamente teria. Eu provavelmente desejaria a casa, os filhos e o marido um dia, mas não agora. Havia muitas coisas que eu queria fazer entre o agora e esse dia. Também sabia que Park Slope não era o único lugar para plantar um jardim de flores. Havia lugares ainda melhores por aí.

Blake me encarava, e eu percebi aonde ele queria chegar: não houvera *ninguém importante*, ele ia ficar em Nova York *permanentemente* depois da faculdade de Direito. Enquanto eu estava ali olhando para ele, Summer me veio à mente. Eu a ouvi dizer: "Não penso muito nos garotos do passado. Gostei de conhecê-los, mas não foi à toa que eles ficaram para trás." Naquela época, achei que provavelmente ela estava certa. Agora eu tinha certeza.

Respirei fundo, trêmula.

— Bom — falei. — Espero que você encontre alguém importante. Espero que você consiga tudo que quer, Blake.

Pelo rosto dele, parecia que eu o tinha decepcionado. Eu não queria magoá-lo, e não era fácil dizer aquilo, mas eu sabia que era o certo.

Blake suspirou, deu um sorriso desanimado e segurou meu cotovelo.

— Obrigado — disse, me segurando com firmeza. Ele ainda tinha cheiro de loção pós-barba e pasta de dentes. — Espero que você também consiga.

— Obrigada — falei, e minha voz falhou. — Adeus.

Ele me soltou.

— Boa sorte, Ari.

Ele começou a correr pela pista, e eu me virei. Andei pela grama em direção à minha família, sentindo o ar morno de agosto contra o rosto e o sol no cabelo. Eu tinha falado sério quando dissera a Blake que esperava que ele conseguisse tudo que queria. E esperava conseguir também.

Naquela noite, limpei meu quarto enquanto mamãe datilografava na cozinha. Selecionei testes amassados da Hollister e joguei tudo que não prestava em sacos de lixo e todo o resto em caixas para a caridade. Limpei minha cômoda e me livrei de revistas empoeiradas e frascos secos de esmalte, e a única coisa que sobrou foi meu urso de pelúcia. Eu o peguei e acariciei sua cara e as contas marrons lisas que eram seus olhos vazios.

— Ariadne — disse mamãe.

Ela me deu um susto. Escondi o urso atrás das costas, e ela não o viu porque estava animada demais. Disse que tinha acabado de finalizar seu romance.

— Ah, mãe — falei. — Parabéns.

— Ainda precisa de trabalho. Mas está pronto — disse ela, sentando-se na minha cama.

— Seu próximo objetivo será parar de fumar.

Ela me lançou um olhar meio irritado e meio divertido.

— Talvez — disse ela, então não insisti. Pelo menos ela não tinha se recusado. *Talvez* era um progresso. Ela baixou os olhos para as rosas bordadas na minha colcha e esfregou uma delas com a ponta do dedo. — Ariadne — repetiu, com os olhos fixos na rosa. — Quando você ia àquela médica...

— Está falando da Dra. Pavelka? Eu ainda me consulto com ela, mãe... mas com menos frequência. A cada três sextas-feiras.

— Certo — disse mamãe. — Quando você se consulta com a Dra. Pavelka... quando você conversa com ela... em algum momento ela diz que... que quando você passou por aquele momento difícil... que foi por minha causa? Por causa de alguma coisa que eu fiz? Quero dizer... eu sempre tive boas intenções. — Ela levantou os olhos. — Você sabe disso, não é?

O rosto de mamãe estava cansado. Seus olhos estavam inchados por ficar até tarde debruçada sobre a Smith Corona. Ela não tinha como saber que eu e a Dra. Pavelka tínhamos passado incontáveis horas falando sobre ela, sobre papai, sobre Evelyn e tudo o mais, e que eu sempre soubera que as intenções de mamãe eram boas. Eu não culpava ninguém por aquele momento difícil... nem mesmo Blake.

— Eu sei, mãe.

Aquilo a deixou feliz. Ela parou de tocar a rosa e observou o quarto.

— Bem — disse ela, se levantando. — Parece que você está agitando as coisas por aqui. Vou deixá-la em paz para terminar... preciso muito dormir um pouco.

Quando ela saiu, fui até o porão, encontrei uma caixa vazia e fechei o urso de pelúcia e o moletom da NYU lá dentro com fita adesiva forte. Comecei a pensar na pulseira de identificação de Leigh e imaginei que um dia, talvez dali a muitos anos, eu pudesse abrir aquela caixa e dizer à minha filha a mesma coisa que Leigh poderia dizer à dela: "Isto era de um garoto que eu conheci. Ele foi muito especial para mim, mas já faz muito tempo."

E, mais tarde, quando meu quarto estava limpo e todas as coisas importantes estavam guardadas, carreguei dois sacos de lixo para o meio-fio e vi Santa Ana quando voltava para dentro. Seu xale brilhava à luz da rua; seu vestido estava com um tom vivo de azul. Ela não parecia solitária, e eu poderia jurar que estava sorrindo.

Este livro foi composto na tipologia Minion Pro,
em corpo 11,5/14,8, e impresso em papel off-white
no Sistema Cameron da Divisão Gráfica
da Distribuidora Record.